引き抜き屋1

鹿子小穂の冒険

雫井脩介

PHP
文芸文庫

○本表紙デザイン＋ロゴ＝川上成夫

引き抜き屋1　鹿子小穂の冒険　目次

引き抜き屋の代理

1

ぶれないように。

まっすぐ。

そして力強く。

鹿子小穂《かのこさほ》は、釣り竿《ロッド》を前へと振る。

左手で引っ張ったフライラインをその手の中で緩《ゆる》めると、それがするするっと逃げるようにして出ていくのが分かった。

ロッドの先では、アイボリーカラーのフライラインがスピードに乗ってぐんぐんと前に伸びていくのが見える。フライラインの先端は遅れて付いていくので、幅の狭いUの字を手前に倒した形、いわゆるタイトループが出来上がっている。

よし、次で決めよう。

小穂はのけぞるほどの勢いをつけてロッドを後ろに振り戻した。太麺パスタのようなフライラインが、今度は後ろへと伸びていく。

そしてタイミングを見計らい、再び前へと振る。全力で、地球の果てまで飛ばすような勢いだ。

後ろから吹く風に乗ったのが分かった。

空を切り裂くようにして飛んでいくフライラインのフロント部分に引っ張られ、足もとに残っていたランニング部分のラインもどんどん出ていく。

今度の新型ロッドは、やはり一味違う。

先端が彼方《かなた》の芝生に着地したとき、リールから出し切っていたフライラインはちょうど緩みがなくなり、瞬間、ぴんと一直線に張った。

「やった！」

小穂は歴史的な目撃者に確認を取るようにして、かたわらに立っていた松山伸好《のぶよし》を見た。

「フルライン！」

前方に伸び切っているフライラインを、小穂はしつこいくらいに指差してやった。

「やりましたね！」

新型ロッドを設計したスタッフたちも、松山の後ろで手をたたいている。彼らだけでなく、近くのベンチで昼休みの日向《ひなた》ぼっこをしていたほかの社員たちからも拍手が起こり、小穂はますます気分をよくした。

「いいロッドね」

フライラインをリールに巻き取るのを松山に任せ、小穂は設計スタッフたちに声をかけた。

「これまでのロッドと比較して、飛距離は平均一〇パーセント伸びる計算です。ただ、フルラインを出したのは、本部長の腕の上達もあるかと」

「まあ、けっこう練習したからね」

「いやあ、我々もその努力はずっと見てきましたから、今日は格別な思いですよ」

九十フィート(二十七・四メートル)あるフライラインを全部リールから出し、それを手もとに余すことなく投げ切る、いわゆるフルラインキャストは、フライフィッシングのキャスティングで一人前を名乗る上において外せないテクニックである。

この〔フォーン〕のオフィス前の芝生広場で、毎週のようにこつこつ練習を重ねて四年。フライロッド開発チームが最新素材を使って設計した新製品の恩恵《おんけい》大とはいえ、とうとうそれを成し遂げたという事実に変わりはない。

「そろそろどうですか。暖かくなってちょうどいい季節ですし、その磨いたテクニックを生かして、芦ノ湖《あしのこ》あたりで実釣《じっちょう》を楽しむのは?」

「ははは」小穂は乾いた笑いを立てた。「そうね、そのうち」

リールを巻いている松山と目が合うと、彼は皮肉っぽい笑みを投げかけてきた。

キャスティングは中級者レベルまで上達した小穂だが、実際に川や湖に行って、毛鉤《フライ》を結んで魚を釣ろうとしたことはない。

中学生の頃、父・隆造《りゅうぞう》に連れられて、ニジマスのいる管理釣り場に行ったことがあった。キャスティングなどできなかったので、ロッドをえいやと前に振り、父が作った仕掛けをそのまま水面に落とすだけだった。浮きが水中に消えればロッドを立てる。そして、それで釣れてしまった。

その瞬間はやったと思った。しかし、そこから阿鼻《あび》叫喚《きょうかん》の地獄が始まった。「ちゃんと竿を立てろ」「左手でネットを持て」「馬鹿、ラインを離すな。早く手繰《たぐ》り寄せろ」……どうしたらいいか分からず、悲鳴を上げながら慌てふためく小穂に対して、父は横から指示の声を次々飛ばすだけで何も助けてはくれなかったのだった。

小穂の父は基本、アウトドア好きの気のいいおじさんという表現で事足りる男なのだが、ふとしたときに脈絡《みゃくらく》もなく小穂に対して厳しくなることがある。はたからは分からないところでスイッチが入ってしまうのだ。どうやら小穂を箱入り的に甘く育ててしまったことへの後悔から来ているらしいのだが、小穂としては突然そうされても困る。

そのときは何とかニジマスをネットに収め、岸へと引き上げたのだが、父はフライを魚から外すことさえ手伝ってはくれなかった。

「怖《こわ》がるな。ちゃんと押さえろ」「早くしないと魚が弱るだけだぞ」

動きを止めたと思って口に刺さっているフライに手を伸ばそうとすると、魚はバタバタと動き出す。その動きはまるで予想がつかない気持ち悪さだ。身体《からだ》はぬめっとしていて、歯は意外とギザギザ尖《とが》っている。下手に手を出せばがぶりと噛《か》まれるかもしれない。

「もう怖い！　お父さん、やって！」

パニックになって泣き喚《わめ》いていると、魚が暴れたことで勝手にフライが外れた。最後はもう、ネットごと放り出すようにして、魚を水に返した。

リリースされた魚は、水面上で横になったまま、まったく泳ぎ出そうとしなかった。

「こいつはもう駄目《だめ》だな」

父はそう言って、魚を再びネットですくい、ビニール袋に入れた。その釣り場では何尾《び》かは食用に持ち帰ってもよかったようだから、父はいざとなればそうしようと思っていたのだろう。

「小穂がちゃんとしないから、こんな可哀想なことになったんだぞ」

そう父は言った。

自然の厳しさを教えたつもりか。おかげでトラウマになったじゃないか……大人になって思い返すたび、小穂はこぶしを振り回しながら、そう叫びたくなる衝動《しょうどう》に駆《か》られる。

以来、釣りに行きたいなどとは思ったことはないし、父から誘われても頑《かたく》なに断ってきた。もともと釣りどころか山遊びも川遊びも好きではないのだ。虫が嫌いだし日焼けもしたくないし、近くにコンビニもないような場所に長時間いたいとは思わない。

そうした性分《しょうぶん》は、大人になった今、普通であれば、実生活に何か影響することはない。

しかし、父が社長を務めているアウトドアグッズメーカー〔フォーン〕で働く身としては、そうも言ってはいられないのだ。

〔フォーン〕は三十年前に小穂の父が創業して以来、今では社員二百二十人、売上百四十億、五年前には東証一部上場を果たすまでの会社となっている。キャンプ用品やアウトドアウェアなどを中心とした製造販売を手がけ、東京の青梅《おうめ》には林間部に敷地面積一万五千平米《へいべい》のオートキャンプ場も持っている。

本社は八王子の郊外にある。ここにもこぎれいな社屋の前に小学校の校庭程度の芝生広場があり、その気になればテント泊を楽しむこともできる。アウトドア好きの社員の間には、新製品を試しがてら、そうする者も少なくない。

アウトドア好きの社員というのは、適切な表現ではないかもしれない。ここの社員はアウトドア好きであるのが普通だからだ。新卒採用にしてもキャンプ好き、トレッキング好き、釣り好きというようなアピールポイントがない人間は基本採らない。だから、アウトドア嫌いと公言しようものなら、周りから白い目で見られる。下戸《げこ》の人間がビールメーカーに勤めたり、コーヒーが飲めない人間がカフェチェーンに勤めれば、周りから浮くだろう。それと同じである。

そうした会社で働いているからには、小穂もことさらアウトドア嫌いを公言しているわけではない。むしろ隠している。しかし、〔フォーン〕では社員が参加するアウトドアイベントも多く、そういう行事に臨《のぞ》む姿勢で薄々周りに気づかれているようなのだ。

松山からは、まだ彼と付き合い始める前、面と向かってはっきり言われてしまった。

松山は小穂より学年で一つ上の三十一歳。今は総務部のシステム管理課長を務めている。彼の同期の中では一番の出世頭だ。

彼とは〔フォーン〕に十数人いる慶應義塾《けいおうぎじゅく》大学出身者で集まった飲み会で知り合った。俗に言う三田会《みたかい》の一種である。

ただ、同窓で集まったところで、〔フォーン〕で働いているような者はワンダーフォーゲル部や山岳部出身など、バリバリのアウトドア経験者がほとんどで、学生時代の話もまったく嚙み合わない。自然と小穂は松山とともに酒席の隅に避難する形となった。

「鹿子さん、実はアウトドア苦手でしょ」

そのとき、松山から決めつけるように言われたのが、そんな言葉である。

「実は俺もそうなんだよね」

彼はいたずらっぽく、打ち明けてきた。

東京の山の手育ちで、遊びといえば青山や西麻布界隈《にしあざぶかいわい》のおしゃれなバーを飲み歩くことだと考えている彼は、シャツが汚れるような遊びはストレスにしかならないのだと言い切った。多摩川の河川敷《かせんしき》でバーベキューをするだけでもテンションが下がるのだという。なぜそんなのが〔フォーン〕に入ったのかとも思うのだが、彼いわく、多くのモノがコモディティ化している今の消費社会では、企業活動の成否はブランド力に懸かっており、アウトドア分野において一定の〝信者〟とも呼べる顧客を獲得している〔フォーン〕には、それがあるのだということだった。どんな業界かは問題ではなく、彼には彼の基準があって、この会社に入ってきたのだ。

商学部出の松山と違い、小穂は慶應といっても湘南《しょうなん》藤沢キャンパスで学生生活をすごしたので、きらきらしたシティライフを満喫してきた人間ではないのだが、アウトドアが苦手なことに変わりはなく、その点では彼とは似た者同士だと言えた。

彼と大きく違うのは、この会社に入った理由であって、小穂の場合は周りすべてがそう見ているだろうが、父親の会社だったからにほかならない。

実は、小穂には三つ離れた兄がいた。その兄・健太郎は明治大学を出て、都内の大型雑貨店に就職した。父としては三、四年外で修業させてから自分の会社に呼びたかったようだ。しかし、それが叶《かな》う前に不慮《ふりょ》の事故があった。父に似てアウトドア好きだった兄は、就職後もまとまった休暇を取っては外国に出てバックパッキングを楽しんでいたのだが、あるときカナダでロッククライミングをしていたところ、運悪く頭上からの落石を受けてしまった。ヘリで病院に搬送され治療を受けたものの、帰らぬ人となった。

そのことがあるまで、小穂は父に、〔フォーン〕で働くように言われたことなど一度もなかった。お気楽な学生生活を送り、就職活動の準備も進めていた。それが突然、〔フォーン〕に入れという話になり、かなり面食《めんく》らったのだが、一方で跡取り息子を亡くした父の無念さも分かるような気がして、小穂は受け入れたのだった。

外で修業することも良しとされなかったのは、そんなことを許している間に何が起こるか分からないという父の思いがあったからだろう。同じように入社後も、「よく遊び、よく挑め」の社訓のもと、社員たちがトレッキング、パラグライディング、フィッシングなど、アクティブな社内サークルに精を出す中、小穂がそれに見向きもしないでいても、父からは何も言われない。父自身は社長業のかたわら、夏は釣り、冬はスキーと、今でも貪欲《どんよく》にアウトドアライフを楽しんでいるのだが、小穂がそれに誘われることもない。むしろ、気まぐれで手を出そうとしたら、無理するなと止められるのではないかという気もする。下手に慣れないことをやって、健太郎のような事故があっては困るとの思いが、おそらく父にはあるはずだ。

結局、そんな環境もあって、小穂の箱入り気質はそのまま放置されて今に至っている。

小穂自身、それの何が悪いのだという思いもあるのだが、社内での地位が上がるにつれて、そうも言ってはいられなくなった。

小穂は今年で入社七年目となるのだが、三年目にはウィメンズウェアの企画担当課長を任せられ、結果が出るとすぐに商品企画部長、そして一年前からは商品開発本部長として取締役に名を連ねることとなった。

小穂がデザイナーの選定から関わったウィメンズウェアは、街着としてもおしゃれに着られると人気を博し、基本コンセプトは現在も踏襲《とうしゅう》されているし、小穂が提案して誰が買うんだと物議をかもした、タープと同素材の日傘も、心ならずもキャンプに参加する羽目になったアウトドア嫌い女子の支持を受けたらしく、今では〔フォーン〕のキャンピンググッズの定番になっている。そういう数々の結果を残しての昇進であって、気が引けるような思いはない。

とはいえ、これほどのとんとん拍子《びょうし》の出世を果たしたのは、やはり、小穂が社長の娘であるからという事実が最大の理由であるのも認めざるをえないところだ。二十七歳で部長に昇進したときに、周りの自分を見る目が少し変わったのに小穂は気づいた。「もしや」という感じだ。それが二十九歳の取締役就任で「やはり」となった。この娘が次期社長らしいぞと……。

最初は同期や同僚から「さすが次期社長」と冗談を飛ばされていたのだが、だんだん同じ言葉にもリアルな色が混じるようになった。そこにこもっている本音は人それぞれで、好感情ばかりとは言えないものの、松山のように応援団役を買って出てくれる者もいる。

「小穂さんが受けてるプレッシャーって、たぶん俺が想像できないほどのものだと思うけど、小穂さんならきっと乗り越えられるよ。俺も少しでも助けになれれば嬉しいし、困ったことがあったら何でも言ってほしいな」

　小穂が部長になった頃から、彼は先輩としての態度を捨て、小穂を一人の人間としてリスペクトしているという姿勢で接してくれるようになった。もともとのインドア志向という相性もあって、彼とはそのあたりから距離が縮まり、やがて付き合い始めた。

「十年後、社長は七十五、小穂は四十……そのへんがタイミングじゃないかな」

　今では、そんなふうに調子に乗って、社長交代時期の予想まで口にしている。

「まあ、そうやって仕事の責任がのしかかる前に、家庭をちゃんと築いておいたほうがいいよな」

　プロポーズとまではいかないが、二人の将来に触れることも忘れない。

　小穂の味方になってくれる人間は松山のほかにもたくさんいるが、その一方で冷ややかに模様眺めの態度を決めこんでいる者たちも一定数存在する。上客を集めて催されるアウトドアイベントに出席しても日傘を差して突っ立っているだけのお姉ちゃんにいったい何ができるのかという懐疑的な目で、小穂の一挙手一投足《いっきょしゅいっとうそく》を追っているのである。

そんな目を意識し、また自身も父の後継者であることを意識せざるをえないようになって、小穂も何かしなければという思いが芽生えるようになった。

その一つが、このキャスティング練習である。ある程度の技術と力がなければ、男でもなかなかフルラインは飛ばせない。小穂は最初、十メートルも飛ばせなかった。

しかし、とうとうこれも成し遂げることができた。実釣に生かす気はさらさらないから、ただのパフォーマンスにすぎないのだが、小穂はそれでいいと割り切っている。どこかの国の大統領が、馬に乗ったり戦闘機に乗ったりしてマッチョをアピールするのと、意味としては同じである。

「俺も小穂を見習って、何かやったほうがいいかな」

松山は小穂から手渡されたロッドを見様見真似で振る。が、フライラインはまったく飛ばず、ロッドに絡《から》まるだけに終わった。

「そんな無理することないんじゃない」

何かに必死になっている松山の姿というのは想像するだけでも違和感があるし、仕事をそつなくクールにこなしてしまう彼の場合、苦手なものがあるほうが可愛《かわい》げがあっていいとさえ思える。

「まあ、そうだね。別に俺は社長になるわけじゃなし」彼はそう言って肩をすくめる。「せいぜい専務になれれば十分だから」

ニヤリとしてみせた松山に、小穂は失笑気味の苦笑いを合わせておいた。


「お疲れ様です」

社屋に入ったところで、カフェテリアから昼の休憩を終えて出てきた副社長の深《ふか》谷《や》昭《あきら》を見つけて呼び止めた。

「副社長、私、とうとうフルライン出しちゃいましたよ」

フライロッドを振る手振りをつけて言うと、深谷は好々爺《こうこうや》のような笑みを顔に浮かべた。

「ほう、その細い腕で、そりゃ大したもんだ」

「新作のロッドがいい感じなんですよ。たぶん、評判呼びますよ」

深谷は会社の創成期から父を支えてきた男で、小穂も子どもの頃から知っている。性格も温厚で何かと優しい言葉をかけてくれるので、入社してからも慕ってきた。

「副社長、ちょうどよかった」

横から声がかかったので、そちらを見ると、常務の大槻信一郎《おおつきしんいちろう》が立っていた。

「一つ案件がありまして、これから社長のところに説明に行くんですが、お時間ありましたらご同席願えますか」

　彫りの深い顔は精気に満ちていて、深谷のようなくたびれた色はそこにない。ネクタイはいつ見ても曲がっておらず、生活感さえ感じさせない男である。「お疲れ様です」という小穂の挨拶《あいさつ》に、彼は気のせいかと思うほどのあごの動きで応じただけだった。

「そうか……じゃあ、行こうか」

　深谷は呑まれたようにうなずき、大槻のあとを追う。

「あの感じ、どっちが上か分かんねえな」

　小穂の後ろにいた松山が、エレベーターホールに向かう彼らの背中を眺めながら呟《つぶや》いた。

　大槻は生え抜き《プロパー》ではない。父がヘッドハンターを使って、大手商社から引き抜いてきた逸材《いつざい》である。

　仕事はできるのだろう。しかし、彼が〔フォーン〕に入ってから一年半ほど経つが、いまだに違和感が拭《ぬぐ》えない。持っている空気が違うのだ。

〔フォーン〕の人間は、よくも悪くもおおらかで隙がある。幹部を務めるような連中でもそうだし、松山のような異端の都会派でもそこは変わらない。突っこみどころがあるし、仕事をしている上でピリピリした空気を発することはない。小穂自身もそういう空気に馴染《なじ》んでいる人間である。

大槻は違う。馴れ合いを嫌い、ひたすら神経を研《と》ぎ澄ませている人間だ。〔フォーン〕の空気に染まることを拒《こば》んでいるようにさえ見える。

〔フォーン〕でも中途採用者は決して少なくないが、経営中枢の人間をいきなり外部から引っ張ってきたのは、彼のケースが初めてである。

これが外の血というやつだろうか。大槻は社長である父のお墨付きを盾《たて》に、社内改革にも積極的に乗り出している。

しかし、その分、〔フォーン〕のよさが失われていくように感じなくもない。会社というのは、歴史も業務内容も社員のタイプも抱《かか》えている課題もそれぞれ違うのだ。優秀だからとヘッドハントしてきたところで、その会社にうまく嵌《は》まる保証はどこにもない。むしろうまくいかないケースのほうが多いのではないかと小穂は思っている。

それでも、そんな心配などどこ吹く風で、大槻は自分の流儀を崩さないまま存在感を高めている。

正直、小穂は彼が苦手だった。

2

「そう言えば……」

湯呑《ゆの》み茶碗を手にした副社長の深谷が、何かを思い出したように呑気《のんき》な声を上げた。

「小穂ちゃん、とうとうフルライン出したそうですよ」

一瞬、気を取られた鹿子隆造は、何だそれはと書類に目を戻した。あの小穂が、と遅れて思うものの、やはり今はそれどころでなく、頭の中では数字のせめぎ合いが続いている。

常務の大槻から相談したい案件があるということで、遅い昼食をとりながら話を聞いていたが、隆造の弁当は途中で箸《はし》が止まってしまっていた。

「うちの獲物としてはちょっと大きすぎるんじゃないのか」隆造は独りごちる。

「無理に釣り上げようとしたら、こっちが水の中に引きずりこまれかねない」

「社長らしくないと思いますが」

すかさず大槻がぴりりとした緊張感を忍ばせた声を飛ばしてきた。

「そうは言ってもだ……」

金の問題がある以上、無茶はできない。

「社債もこのところ出しすぎの感はありますからな」深谷が隆造の意を汲《く》んで言う。「しばらくはおとなしくしてたほうがいいかもしれません」

「馬鹿馬鹿しい」大槻が憤然とソファの肘《ひじ》かけにこぶしを落とした。「こんなチャンスをみすみす逃すんですか？」

フランスの高級ダウンウェアブランド〔ウルソン〕を買収しようという提案である。大槻と付き合いのあるコンサルティング会社から売りこみがあったらしい。高級ダウンウェアの世界では、同じくフランスブランドの〔エマーブル〕が日本でも成功しており、十万円から物によっては三十万円近くする高価なウェアをそろえて都心にも高級ブティックを構えるまでに至っている。〔ウルソン〕はその〔エマーブル〕に挑もうとしている二番手グループのブランドらしい。日本ではまだ認知度が低いものの、フランスではそれなりに知られた名門だという。ただ、いかんせん〔エマーブル〕が強いのと、経営陣の内紛問題などがあり、ここ二、三年は赤字続きでそれなりの負債もある。そして、買収金額もおよそ三十億と、これまでの買収先と比べても別格に大きい。

そんな、慎重にならざるをえない案件ではあるのだが、大槻には勝算があるようだ。こんなふうに、会社をでかくしようと野心丸出しのぎらぎらした話を持ちこみ、社長の隆造を何とか説き伏せようとまでするのは、彼くらいのものである。

今でこそ二百二十人の社員を有する〔フォーン〕も、創業してからの十年近くは零細《れいさい》企業と言ってもいい規模の会社だった。オートキャンプなどのアウトドア文化がまだ日本に根付く前は、フライフィッシャーやバードウォッチャーなどマニアックな層を相手にするしかなく、何年経っても業績は伸びなかった。

その後、アウトドア文化が若者からファミリー、そして趣味を楽しむ中高年にまで広がっていき、キャンプ場なども全国各地で整備された。その流れを敏感に捉《とら》えた隆造は、事業のメインターゲットを彼らに向けた。掲げたコンセプトが「アーバンライフ・イン・フィールド」。都会的で洗練された生活を野外で楽しめるような製品を提供するという考えで、フィールドギアのラインナップをそろえることにしたのだ。

隆造自身は別段、おしゃれな人間ではないのだが、武骨《ぶこつ》なだけの道具では女性層やセンスのいい趣味人を引きつけ切れないという思いは持っていた。また、ただ使えればいいと考えている層には、使い捨て製品との競争で優位性を保つこともできない。

そこで商品企画部に若いデザイナーを何人も入れ、ドイツの工業デザインをベースに、各製品のデザインを一新することにした。もちろん、使い勝手も追求した。売り値は跳ね上がったが、そこは勝負だ。

結果、それらの新製品は見事、市場に受け入れられた。その反応は〝熱狂的〟と言ってもいいほどのものだった。こんな商品が欲しかったというユーザーの声を、隆造自身、何度も聞いた。キャンプ用品をすべて〔フォーン〕製品で統一する〝フォーニスト〟と呼ばれるアウトドアファンも現れた。〔フォーン〕の業績は、それからの二十年で十倍以上に伸びた。

その間、経営陣はほとんど代わっていない。特に上位役員は、社員が二、三十人で業績も頭打ちだった頃から、ずっと同じ面子《メンツ》でやってきた。社長の隆造。副社長の坂下。専務の田中。常務の深谷。いずれも役員と言いながら、普段は営業に駆けずり回り、現場のトラブル処理に奔走《ほんそう》するなど、汗をかいて会社を支えてきた男たちだ。

しかしこの三年ほどで、カルテットの経営にも寿命が来た。五年前の上場をピークに、隆造も含め、会社全体がある種の燃え尽き症候群に陥《おちい》っていた。成長度合にも急ブレーキがかかった。そんな中、隆造より歳上だった坂下ががんを患《わずら》い、闘病に専念したいと七十歳を区切りに引退することになった。そして、それからいくらも経たないうちに、今度は実力派専務の田中が脳梗塞《のうこうそく》を起こしてしまった。

坂下は年齢的にも致し方ないところだったが、隆造より二つ下の田中の離脱は痛かった。会社の規模が大きくなり、上場など大きな目標が立てられるようになるほど、たくましさを増すのが田中という男だった。

彼が復帰したところで経営中枢の重責を担うにはどうにも厳しいと分かった時点で、隆造は経営陣を新たに組み直す必要に迫られた。しかし、長年同じカルテットで会社を動かしてきたことの反作用で、経営を任せられる人材が育っていなかった。平取《ひらとり》クラスでも、隆造と同じ六十代であり、そろそろ後進に道を譲ってもらったほうがいいような脂《あぶら》の抜け具合である。会社のためには、下の世代のリーダーを早急に仕立て上げなければならないのだった。

健太郎が生きていたら……隆造は何度となくそう思った。まだ三十代前半だとしても、ニューリーダーとして常務くらいには収まってくれただろう。小さな頃でも、学校行事で先頭に立つリーダーシップは、担任の先生たちからも評価されていた。成長してからも身一つで海外を飛び回る行動力があり、行く先々で人種問わず友人を作ってこられる人懐《ひとなつ》っこさや、「フォーン」の幹部連中にも臆することなく話ができる度胸もあった。

しかし、死んだ子の歳を数えても仕方がないのだった。

もちろん、隆造には小穂もいる。男の子と女の子で差別する気はないし、有能であれば引き上げることに異存はないのだが、まだまだ未熟なところが多く、いきなり経営の中枢を任せるには無理がある。二百人を超える社員とその家族の生活が懸かっているわけであるし、利益関係者《ステークホルダー》はさらに膨大だ。上場企業を率いているからには、そこへの責任が持てる経営体制を作らなければならない。

そうした問題であれこれ頭を悩ませていたところ、会社を上場させてから付き合いが始まった経営者仲間から、ヘッドハンターにいい人材を紹介してもらってはどうかという助言を受けた。その会社でも執行役員を一人、ヘッドハンターを介して採ったらしい。今の時代、経営陣をプロパーで固めると、その会社はガラパゴス化する。外部の血は馬鹿にできない。一人入れるだけで、新しい風が吹く。もし自分の会社に停滞感が漂っていると感じるなら、思い切って使ってみるのもいい手ではないか……と。

隆造も経営者のはしくれであるから、ヘッドハンターの存在を知らなかったわけではない。ただ、「フォーン」のようなごくごく一般の会社が付き合う相手ではないというイメージがあった。依頼企業は外資系が中心であり、かなり高額な報酬を取るという認識である。

しかし、話を聞くと、昨今は外資系の世界ばかりがヘッドハンティングの舞台ではないらしく、事実、話を聞いたその経営者の会社も普通の国内企業で、海外には支社さえ出していない。また、ヘッドハンティング会社そのものも、かつては外資がほとんどだったが、今では日系もかなり増えているという。

ヘッドハンティング会社が増え、業界内の競争が激化していることによって、報酬の水準が下がりつつあるというのも、初めて聞く話だった。以前は前受け金《リテーナー》を取るのが業界内でも主流だったようだが、今ではヘッドハントの話が成立した場合に支払う成功報酬型の契約を結ぶ会社が多くなっているらしい。成果が形となって示されれば報酬が多少高額であろうと支払いにも納得がいくであろうし、ヘッドハンティング会社も成果を求めて必死になるだろう。それら業界内で起こっている変化は、はたから見ても人目を惹《ひ》く魅力を生み出しつつあるように思えた。

契約が成功報酬型であるということは、向こうからどんな候補者リストが挙がってくるか確かめる程度であれば、ほとんどコストはかからないということだ。ものは試しに、隆造はヘッドハンターに相談してみたくなった。

知り合いの経営者は、二人のヘッドハンターを隆造に紹介してくれた。

一人は〔丸の内コンフィデンシャル〕の戸ケ里《とがり》政樹《まさき》。四十を少し超えたあたりの年格好で、いかにも頭が切れそうな理知的な匂いを漂わせている男だった。以前は外資系のヘッドハンティング会社に勤めていたらしく、名門として名高いハーバードビジネススクール《HBS》のMBAホルダーでもあるという。
もう一人は「フォルテフロース」の並木剛《つよし》。戸ヶ里よりやや歳は上で、おそらく五十前後。この並木には以前、隆造は会ったことがあった。十年以上前の話で、並木のほうが憶《おぼ》えていた。どこかで目にした名前だと思っていたが、言われて思い出した。並木はかつて「ジ・エグゼクティブ」というビジネス誌の編集長をしており、その雑誌の取材で一度顔を合わせたことがあるのだ。何年かは年賀状も届いていた。その後、斯界《しかい》に転身するという挨拶状も受け取ったのかもしれないが、どちらにしろその頃はヘッドハンティングなどに縁があるとは思っておらず、記憶の片隅にも残っていなかった。

面白いのは戸ヶ里と並木、二人ともが、本来なら前受け金をいただくところであるが、懇意にしてもらっている方からの紹介でもあり、活動経費のほかは成功報酬にてお支払いいただければけっこうですと、押しなべて申し出てきたことである。どうやらヘッドハンティング業界では、前受け金を取るところが一流であり、取らないところであっても本来は取るのだという態度を見せておくのが、ヘッドハンターとしてのプライドであるようだった。

彼ら二人と何度か打ち合わせを重ねてみて、隆造は最初、並木に好感を持った。物腰に余裕と貫禄《かんろく》があり、こちらの悩みや事情を過不足なく把握《はあく》してくれている安心感を抱《いだ》かせる男だった。

彼が隆造に投げてきた候補者リストは、誰もがそれなりであったものの、裏を返せば、すぐに食指《しょくし》が動くような人物も入っていなかった。隆造も会社の浮沈が懸かっているだけに、それなりの人材で妥協するわけにはいかない。簡単な人物紹介が記されたリストを見るだけであっても、そこから一人だけ自然と浮き上がってくるような人物が欲しかった。そのことを話すと彼も納得してくれ、あと一、二カ月時間をもらえれば要望に適《かな》う人材を必ず見つけると約束してくれた。

戸ケ里が出してきたリストも、自信を持ってお勧めできるとの強気な言葉の割には、候補者のキャリアやスペックなど、並木が出してきたものとはそれほど差はないように思えた。似たようなリストを出すのに、並木は慎重な姿勢でそれをし、戸ケ里は強気にそれをした。その違いから、並木のほうを信用したくなったのかもしれない。戸ケ里にはその時点で断りを入れた。

しかし、その戸ケ里から思わぬ粘《ねば》り腰を見せつけられ、逆転劇が生まれた。

二カ月近くが経ち、そろそろ並木から何らかの報告があるかと思っていた頃、戸ケ里から、有力な候補者を見つけたので、ぜひもう一度会ってほしいという連絡が来た。電話の口調には、自然と湧き上がってくるような興奮と自信がにじんでいた。以前リストを投げてきたときの、ポーズとしての強気さとは明らかに異なるものだった。

「これほどの逸材はまず見つかりませんよ。私の運がいいのか……いや、やはり、鹿子社長が強運の持ち主なのかもしれません」

会ってなお、戸ケ里は興奮気味の口調を隠そうとしなかった。

その戸ケ里が見つけてきたというのが、二年前の当時で四十八歳だった大槻信一郎であった。彼は大手商社の一角、〔六曜《ろくよう》商事〕でアパレル事業本部の部長を務めていた。一橋《ひとつばし》大学大学院の経営学修士コースを出て〔六曜商事〕に入ってからは繊維畑一筋でキャリアを積み、近年は資本参加しているSPA企業（アパレルメーカーが卸売《おろしうり》などを介すことなく、店舗を持って消費者に直販する業態の会社）の事業戦略に携わったり、海外ブランドの買収などに力を発揮したりしているということだった。

一流商社の、まさに脂の乗ったやり手部長が、転職を考えているので何かいい話はないかと戸ケ里に相談してきたのだ。それを聞けば、彼の興奮ぶりも理解できたのだが、一方では、なぜそんな人材がという疑問も投げ返さずにはいられない。

戸ケ里は彼なりにその理由も承知していたようだが、彼自身の口からは答えず、気になるのであれば、その話も含め、一度本人と会ってみてはどうかと勧めてきた。会社を去るという選択にはどうしてもネガティブなイメージにつながる理由が存在しがちであり、そうであるからには他人がオブラートに包んで説明するよりは、本人の口から率直に話してもらったほうが誤解がないだろうという意図であるらしかった。そうした言い方も含め、このときの戸ケ里には言葉で飾り立てようとする作り物感がなかった。やはり、それだけ自信があるのだろうと思い、隆造は大槻と会うことにしたのだった。

話を聞いてからほどなくして、隆造は日本橋にあるマンダリンオリエンタル東京のカフェラウンジで大槻と顔を合わせた。隠密《おんみつ》の場ではあったが、大槻は堂々としていた。大企業の部長としてのプライドを挙動の端々《はしばし》に覗《のぞ》かせ、それでいながら会話のやり取りの中では隆造を立てるような気遣いも忘れていなかった。

五十を前にして部長職に就いたのは、周りを見渡してみても早い出世なのだと本人は認めた。ただ、恵まれているように見える環境であっても、本人にしか分からない鬱屈《うっくつ》した思いがあるようだった。〔六曜商事〕は元来、資源部門や金属部門が強く、経営中枢も社長をはじめ、それら事業部出身の人間が幅を利かせているという。昨今の資源不況で風向きは変わりつつあるが、代わりに台頭しているのはインフラ部門であって、食品や繊維などの生活産業部門はあくまでも亜流と捉えられているらしい。

そうした会社独特のヒエラルキーに加え、今まで大槻を引き立ててくれたアパレル事業本部の本部長が出向となり、若手時代から何かとぶつかることが多かった、いわくつきの人物に代わった。以来早速、大槻が手がけている案件にも本部長がケチをつけるようになり、プロジェクトが進まなくなってしまったという。

主だった案件はそれでも何とか形にする目処《めど》が立ったので、このあたりを潮時と捉えて、自分の腕を存分に振るえる場所を探したいと思ったのだと、大槻は言った。

彼にとってはあまり触れたくはないはずのそんないきさつも、お茶を濁すことなく率直に語ってくれたことに、隆造は感心する思いがあった。内容だけを取れば恨み節になりかねないものだが、彼のさばさばとした口調に暗さはなく、未来志向の意思を感じさせるものだった。

また、大槻はクロスカントリースキーの趣味を持っていた。毎年一週間近い休みを取って、北海道や長野あたりの山を滑《すべ》るのだという。春の雪山に行ってキャンプを張ることもあり、もちろん「フォーン」のテントなども持っているのだと胸を張った。

「遊びであっても、私はある程度、精神的に負荷がかかるものが好きなんです。凍《い》てつく寒さの中で、道かどうかも分からないような林間のスロープを登っていく。

はあはあ言いながらようやく登って、束《つか》の間、下りのスロープにこの身を委《ゆだ》ねる。登りの苦労に比べて、下りはほとんど一瞬です。ただ、その瞬間だけは気持ちが真っ白になる。林がすーっと視界の端に流れていって雪と心が一体化する。すべてがリセットされて、自分はまたがんばれると思える。それがクロスカントリーの醍醐《だいご》味《み》ですね」

ほかの会社であれば考えにくい話かもしれないが、こと〔フォーン〕では、アウトドアの趣味の一つも持っていなければ、社員として恥ずかしいという風潮がある。社長の隆造自らが率先して野山に出て、社員にも大いに勧奨《かんしょう》し、採用活動でも重視してきた。実体験を糧《かて》にしなければ、どういうグッズを作るべきか、どうやって誰に売るべきかという答えも見つからないと考えるからだ。「よく遊び、よく挑め」という社訓はその考えを表している。本当は「よく遊び、よく働け」と言いたいところだったが、表現的に誤解される恐れがあり、挑戦的な仕事をしてほしいという意味で「よく挑め」とした。

大槻はそんな企業風土にも無理なく溶けこめそうな男だった。

「御社が掲げている〝アーバンライフ・イン・フィールド〟というコンセプトには大変感銘を受けています。都会的なセンスをアウトドアに持ちこむことによって、ぜいたくさが生まれる。そのフィールドライフそのものが憧《あこが》れの対象となっていく。そうなってくると、今度はそのコンセプトそのものも広がりを持つようになっていくと思います。つまり、〝フィールドライフ・イン・アーバン〟とでも言いましょうか。都会生活にも〔フォーン〕のグッズが入ってくる。使いたくなる……そんなふうに消費者の生活を変えていくライフスタイル・イノベーション産業としての潜在能力を考えると、御社には無限の可能性が広がっていることが分かります」

「私は繊維畑でSPAの事業戦略を策定するプロジェクトに長く携わっていました。ブランドの構築、店舗展開、様々な面からSPAビジネスを眺め、その発展に力を注いできました。御社もかつてはキャンピング用品から出発したようですが、今は売上の七割以上がウェアだということですし、商品開発から手がけ、販売店を持ち、業態としてはまさにSPAそのものです。私の能力、培《つちか》ってきた経験は、そのまま御社の成長に寄与できるものだと信じています」

戸ケ里に言わせれば、ヘッドハントの候補者《キャンディデイト》で初めからこれほど前向きな反応を示してくれるのは珍しいのだという。普通は転職の不安や今の職場への未練が先に立ち、ヘッドハンターや依頼側の企業が一生懸命口説《くど》いて徐々に気持ちを動かし、それで何とかうまくいくかどうか……というケースが多いらしい。

大槻のそんな姿勢は、隆造からしても気分のいいものだった。そんな熱い思いがあるなら、遠慮なく飛びこんできてくれと思ってしまう。

その後、並木のほうから、眼鏡《めがね》に適うはずの候補者を数名そろえたとの連絡があったが、詳細を聞かないうちに、そちらのほうは断りを入れた。すでに隆造の心は大槻に傾いてしまっていたのだ。それから何回か面談を重ね、ときには食事をともにしたが、彼こそ〔フォーン〕の新たな推進力になってくれる人物だという思いを強めた結果となった。

ネックとなるものと言えば、ポストと年収くらいだったが、これにも大槻はこちらを驚かせる返事を示してきた。

大槻は〔六曜商事〕で二千四百万もらっているという。〔フォーン〕では常務クラスの年俸である。もちろん、ゆくゆくは深谷を専務に上げ、大槻を常務に置くのが収まり的にもいいのかもしれないが、まずは平取からスタートさせ、何らかの実績を手にしてから引き上げたほうが、社内的にも受け入れられやすいだろうと考えていた。今まで外から役員を引っ張ってきたことなどないだけに、いきなり常務あたりに外の人間が就くことが、いい方向に転ぶかどうかは読めない。大槻も周りが味方になってくれなければ、手腕を発揮しようがないだろう。

それに、口に出しては言えないが、大企業とはいっても部長は部長である。こちらもいっぱしの上場企業なのだから、そう簡単にはいいポストをくれてやるわけにはいかないという、妙なプライドが混じった思いもあった。いろいろな感情をまとめて言葉にするなら、自分でつかみ取るような形でポストと年俸を手にしてほしいということだ。

ただ、平取となれば、年俸は千五百万から千八百万というところである。副社長が空席となった分、回せる金がないわけではないのだが、ほかの取締役とのバランスの問題がある。多少色を付けたとしても、二千万がいいところだ。

隆造は経営企画本部担当の取締役というポジションと、年俸二千万という数字を大槻に提示した。

「決して、転身に前向きなあなたの足もとを見てのことではないし、過小評価しているわけでもない。これ以上は自分の力で取ってもらいたいということですよ。結果を出してくれれば、すぐにでも常務に引き上げる用意はある。もちろん、それで満足することなく、ゆくゆくはそれより上の椅子《いす》も狙ってほしいし就いてほしいと思っていますから」

ほとんど、将来的なポストを約束するような言葉になってしまったが、隆造自身、それだけ大槻を見込んでいるのも事実だった。

あえて戸ケ里を同席させず、ホテルオークラの鮨《すし》屋のカウンターで、差しで肩を並べた会食の席だった。

「ご提示いただいた条件で、私は異存ありません」

静かな了承の言葉に一瞬拍子抜けする思いが湧いたが、返事には続きがあった。

「ただ、社長のほうにも、私に懸ける期待が嘘でないことを示していただきたい。私に就かせる気がおありなら、常務のポストは今から空けておいてください」

今からポストを空けておいても経営には支障がないくらい、電光石火《でんこうせっか》のスピードで駆け上がっていくつもりだという、強烈な意思表示だった。

これで話が決まった。

入社してからの大槻の働きは、期待にたがわぬものだった。

特に彼は、アウトドアグッズの周辺にある製品やサービスを買収で取りこみ、事業の規模と枠を広げていこうとする戦略を積極的に推し進めた。社債の発行や銀行からの借り入れで資金を調達し、水着ブランドやアメリカのレインブーツブランド〔フットパス〕などを次々に買収していった。

入社してから半年後には、深谷を副社長に上げて空席となっていた常務の座に収まった。異論はどこからも出なかった。隆造はリハビリ生活中の田中には顧問の座を用意して移ってもらい、今度は専務の席を空けておくことにした。

今年に入っても、大槻の事業改革の手は止まらなかった。埼玉県の飯能《はんのう》に二十億をかけて新工場を作り、自社製造比率を高める戦略を立てるとともに、コストが嵩《かさ》む分については、下請けに製造委託をしている商品で無駄が生じている部分はないか、工程管理を一からチェックする体制を整えることに着手した。

最新の設備を整えた自社工場を設けることで製造業としての基礎体力を強化し、また新たな商品を開発するのにも役立てるというこの戦略はただ、成果を危ぶむ声が内外で上がったのも事実だ。もともと〔フォーン〕には必要最小限の製造設備はあり、商品開発の研究などもそこで行われてきた。一方で、近隣にも確かな腕を持った中小零細の町工場が多くあり、長年にわたってそれらと協力関係を築き上げてきた。ウェア類はマレーシアの現地工場に生産を委託しているが、主に金属やプラスティックを加工して作るキャンプ用品は近隣の町工場に頼んでいる。意思疎通《そつう》もうまくいっていたし、製品の質も高いレベルに仕上がっていた。

せっかくうまくいっていた関係をわざわざ壊してまで、自社生産にこだわる必要があるのかという疑問の声が上がったのも当然だった。

しかし、大槻に言わせれば、〔フォーン〕の下請け体制には大きな無駄があるということだった。一つ一つ数字を指摘されれば、なるほどと思わされる。隆造にしても、もちろん、コスト管理にはそれなりの目を光らせていたつもりだ。だが、お互いウィンウィンの関係であるのが一番との思いから、下請けの顔がゆがむところまでは攻めていなかった。

難しいことではないと大槻は言う。思い切ってコストカットを迫れば、下請けはどうすればいいかを自《おの》ずと考える。工程の無駄を省いて、今までと変わらない利益を生む手段を勝手に見つける。ローコスト仕様の生産体制にモデルチェンジするようになる。大手はどこも下請けに対してそれをやっている。そしてまた、生産体制のスリム化を体現してみせ、下請けとの交渉をリードするためにも、最新設備の自社工場が必要なのだと。

もちろん、それをするにはまた資金がいる。

小穂などは、この計画に反対の意を示した。今のままでうまく回っているのに、わざわざ有利子《ゆうりし》負債を増やしてまで工場を作っても、会社のぜい肉にしかならないという考え方だ。

ただ、小穂は気質からして冒険嫌いなところがあり、何か新しいことをするときには何だかんだと理由をつけながら難色を示すたちなのである。株式上場で得た資金を種に、隆造が新社屋の建設と青梅のオートキャンプ場の開設計画を立てたときもそうだった。新社屋はともかく、オートキャンプ場を持ってどうするのだ。一万五千平米の土地を開発したら、メンテナンスするだけでも毎年莫大な費用がかかるではないか……と。

しかし、自分も気軽に行けるところに自前のオートキャンプ場を持つことは隆造の夢でもあったので、その計画は押し切った。もとより、小穂以外に反対する者はいなかった。広い土地であっても、手を入れるところは手を入れ、自然に任せるところは任せてしまっているので、小穂が心配したような維持費がかかっているわけでもない。収支で言えば、十分黒字だ。さらに、〔フォーン〕クラブの会員を増やし、新製品の認知や使用感などのデータのフィードバックにも役立っていることを思えば、この計画が失敗だったと考える者はいないはずだった。

経営は冒険だ。隆造はそう思っている。大槻の新工場計画も新たな冒険と捉え、最終的にはゴーサインを出した。隆造が旗幟《きし》を明らかにすれば、経営陣で反対する声は消える。

その新工場計画もプロジェクトチームが組まれ、いよいよ動き出した。社債の発行計画も大口投資機関への説明会開催に向けて、詰めの作業が進んでいる。

そんな矢先、大槻はまた新たな投資案件を持ちこんできたのだった。

どうだろうか。

隆造はこの買収案件については、新工場計画以上に慎重な態度を取らざるをえなかった。

〔エマーブル〕は隆造もよく知るセレブご用達《ようたし》のブランドだ。〔ウルソン〕は、その〔エマーブル〕級に化ける可能性があるブランドだという。

「創業家が放漫経営の現経営陣を下ろして、資金力と経営力のある会社に立て直しを委ねたいということのようですが、どこでもいいというわけではないようなんです。手を挙げたものの、色よい返事をもらえなかった会社もあると聞きます」

ブランド力はあるだけに、相手も安売りはしないということだ。それなりにプライドも高いのだろう。

「ただ、創業家は日本企業には堅実な経営を期待できると考えているようで、〔フォーン〕についても、日本を代表するアウトドアブランドであるというポジティブなイメージを持っているとのことです」

その評価は嬉しいが、だからといって、簡単には決断できない。

「資金の問題でしたら、公募増資はどうでしょうか」

上場会社である以上、公募増資は一つの選択肢である。しかし、株式が希薄化する分、株価は下がるので、既存の株主からは嫌われる。それに、三十億を増資で賄《まかな》おうとすると、隆造の持ち株は三分の一を大きく下回ることになるだろう。友好的株主もいるからそれで今すぐどうこうなるわけではないが、まだまだ〔フォーン〕は自分がオーナーとしての立場も生かしながら、力で引っ張っていかなければならない会社だ。

そういったことを考えると、どれがベストという答えは見出せない。見送るのも一つの道だという気もする。

だが、大槻は今回も、隆造の冒険心を的確に突いてきた。

「〔ウルソン〕は、売上の三割をアメリカで稼いでいます。額で言えば、〔フォーン〕の七・五倍に当たります。その分だけアメリカでのブランド浸透力があると言い換えることもできます。つまり、〔フットパス〕と並び、我々のアメリカ進出計画において、重要なサクセスファクターになりうるものと思います」

〔フォーン〕は十年前から、アメリカやヨーロッパなど海外にも進出している。アメリカではハワイや西海岸のアウトドアショップ二十店ほどに商品を納めているほか、サンフランシスコには直営店も持っている。しかし、彼《か》の地にも〝フォーニスト〟を生み出してはいるものの、本場のアウトドアブランドもやはり強く、その中で存在感を示して数字に跳ね返ってくるところまでには至っていない。直営店にしても、アンテナショップの域を出ていない。

アウトドア大国のアメリカで〔フォーン〕製品を広めていくのもまた、隆造の夢である。青梅にオートキャンプ場を持つのはどちらかと言えばリアルな夢だったが、これはまさに夢物語的な感覚の、自分でも途方もないと思える夢だ。それだけ、新天地でブランドを浸透させるのは、並大抵のことではないのである。

しかし、大槻はそこにも風穴を開けようとしているのだ。

レインブーツメーカー〔フットパス〕の買収にしてもそうだった。〔フォーン〕でも、小穂が開発を主導したレインブーツのラインを持っている。雨のオフィス街でOLが履くのにちょうどいい、洗練されたデザインのラバーブーツである。小穂は、それがあるのにわざわざほかのブーツメーカーを買収する必要などどこにあるのだと反対したのだが、しかし、その〔フォーン〕のブーツをアメリカに持っていっても、なかなか思うようには売れてくれない。

〔フットパス〕はアメリカで知られた老舗《しにせ》ブランドであり、〔フォーン〕のブーツより多少重くても、そのブランド力で売れるのである。そして、全米に取り扱い店舗が三百以上ある〔フットパス〕も、〔フォーン〕ブランドを広げる足がかりにもなるのだという理屈で、大槻は小穂の反対を押し切り、隆造の決断を引き出した。

「私は〔フォーン〕を〔サザンクロス〕と肩を並べるブランドに育てたいんです」

大槻のあまりに大それた言葉に、窓辺でお茶をすすっていた深谷がぎょっとしたような目を見せている。

〔ザ・サザンクロス〕は、アウトドアブランドとしては世界一の売上を誇るアメリカの企業である。〔HPH〕という世界有数のアパレルグループに属してから、広告費を注ぎこんで出店攻勢をかけたパワーゲームに入り、単体でも年間売上三十億ドル、〔フォーン〕の二十倍以上の数字をたたき出すまでになっている。

日本市場に関しても、少し前までは〔フォーン〕も競《せ》り合えていた時期があったのだが、上場という全力疾走のあとに一息ついているうちに引き離され、今では三倍近い開きがある。隆造は協会の会合で挨拶を交わす程度の面識しかないが、日本法人社長は醍醐達郎《だいごたつろう》という四十手前の若い男が務めており、彼の手腕も大きいと聞く。海外名門校のＭＢＡホルダーだというから、彼もヘッドハントでどこかから引き抜かれてきたのかもしれない。そういう人材戦略も、向こうは何歩も先を行っている。

日本法人と伍《ご》していくだけでも大変だ。しかし、それだけでなく、大槻は〔ザ・サザンクロス〕本体を追おうと考えているらしい。

その目はどう見ても本気である。やはり、この男が見据えているものは違う。

それに乗ってみるべきか。

隆造は知らず、武者震いにも似た興奮の吐息《といき》を洩らしていた。

「よし、今度の会議に諮《はか》ってみようじゃないか」

〔フォーン〕では、大きな事業計画については経営戦略会議でコンセンサスを得ることになっている。そこで正式決定される案件もあるが、重要なもの、人事が絡むものについてはさらに取締役会で議決する。

買収計画は取締役会で議決する案件となるので、経営戦略会議に諮るということは、まず第一プロセスに進む許可を与えたことになる。

「ありがとうございます」

大槻はうやうやしく頭を下げた。

「それまでに、各所、説明をつけておきたいと思います。小穂さんにも、今回は何とかご理解いただかないといけませんから」

「ふふ」隆造は思わず笑う。「小穂一人に嚙みつかれたところで、痛くもかゆくもないような顔をしていたが、意外と応えてたか」

〔フットパス〕の一件では、何の根回しもなく経営戦略会議の俎上《そじょう》に載せたところで、小穂から痛烈な反対意見がぶつけられた。多少の反対など涼しい顔で押し切りそうな剛腕タイプに見えるが、同じ轍《てつ》は踏みたくないらしい。

「もちろん、私も人間ですから」

大槻は口もとに硬い笑みを刻んでそう言った。

3

「〔ウルソン〕って何の会社だ……？」

「ほら、ダウンジャケットとかの」

「フランスだってさ……」

「へえ……」

常務の大槻の手から資料が回されると、平取や執行役員の面々から、ぼそぼそとした戸惑いの声が上がった。

月に二度開かれる、経営戦略会議である。

取締役会では末席の小穂も、執行役員も加わるこの会議では少し中に入る。会社のそれぞれの部門で進められているプロジェクトの進捗《しんちょく》報告を聞いたり、新たなプロジェクトのコンセンサスが図られたりする場である。

常務の大槻の手から順番に回ってきた資料は、フランスのダウンウェアメーカー〔ウルソン〕の買収計画に関してのものだった。

出席者の中には初めて知らされる者も多いようだ。資料の半分はアメリカのアナリストによる英文であり、いきなりそれを渡されたところで、細かい意味までは拾えないだろう。

小穂はちょうど昨日、大槻からこの案件について聞かされていた。前の買収案件では小穂が反対したので、根回しをしておこうということだったのかもしれない。

ただ、それにしては話も大雑把《おおざつぱ》なもので、一通り概略を説明すると、そういうことだからよろしくとばかりに終わってしまった。小穂にも自分の意見はあったものの、それをぶつけるタイミングもなかった。

「アメリカで〔フォーン〕ブランドを浸透させることは、我が社が抱えている大きな課題であり、さらなる飛躍を遂げるための最優先事項でもあります。この買収は単に事業規模の拡大だけにとどまらない、重層的な付加価値を我が社にもたらすものであると申し上げておきます」

主にアメリカ市場における〔ウルソン〕ブランドの浸透度と、それを傘下《さんか》にすることで〔フォーン〕のアメリカ市場でのシェア拡大に大きな前進が期待できるという読みを中心にして、大槻の説明は終わった。

「この件について、質問があれば」

会議の進行役を務める父・隆造が口を開く。

しかし、執行役員や平取連中は話を呑みこむのがやっとという顔で資料を繰っているだけだ。逆に副社長の深谷はもちろん話を聞かされているのだろう、妙に分別よく黙りこくっている。経営戦略会議にだけ顔を出す顧問の田中は、致し方ないものの、脳梗塞に倒れて以来、すっかり威勢を失ってしまっている。会議で存在感を示すことより、終わったあとに父の茶飲み相手を務めることのほうが大事な任務だと心得ているような顔である。

「では、何か意見があれば、忌憚《きたん》なく聞かせてくれ」

言われて小穂は手を挙げた。

「私は反対です」

開口一番そう言うと、小穂を指した手も解かぬまま、父の眉間《みけん》に戸惑いの皺《しわ》が寄った。

大槻が目をすっと細めて小穂を鋭く見据えている。

「ご存じの通り、うちはすでにダウンウェアにおいては豊富なラインナップをそろえていて、冬物の稼ぎ頭にもなっています。わざわざよそのブランドを買う意味があるとは思えません」

〔フォーン〕のダウンウェアは、街着に合う軽くて着心地のいいものを中心にして、ベスト、ジャケット、コートとバリエーションもそろっている。毎年、小穂が責任者として、デザイナーと打ち合わせを重ね、細かい流行の微調整を加えながら仕上げているので、当然思い入れも自信もある。

「うちのダウンウェアは一万円台から四万円台。〔ウルソン〕は八万円台から二十万円台。狙っているマーケットがまるで違うから、その指摘は当たりません」大槻が冷ややかに言い返す。

「うちの商品を開発するに当たっては、〔ウルソン〕や〔エマーブル〕など高級ダウンウェアも研究対象にしています。そこで出た意見で目についたのは、高級ダウンは日本の冬着としては、よほどの厳寒期を除いて少しオーバースペックな一面があるということです。歩いていると冬なのに汗をかく。暖房の入ったデパートや地下鉄などでは暑さでのぼせることも少なくないという声です」

「ダウンウェアは、東京のＯＬだけを対象にする商品じゃないでしょう。極寒の山の中を歩く人も満足させる品ぞろえがなければ、アウトドアブランドの名折れというものですよ」

「それ用の品ぞろえも、もちろんあります」

「しかし、フィルパワーの高いフランス産グースを使った〔ウルソン〕には、品質で及ばない。それが事実です」

「コストさえかければ、〔ウルソン〕クラスのものは作れます。技術とデザイン力では負けていません。ただ、そこまでのものを作ったところで、従来の〔フォーン〕の購買層には訴求しない。つまり需要が見込めないから作らないだけです」

「需要が見込めないんじゃない。それを売る力がうちにはないということじゃないですか？」大槻が言う。「うちが十五万円のダウンジャケットを作ったとして、〔ウルソン〕のと並べたら、どちらが売れるか。アメリカでうちの千五百ドルのダウンが果たして売れるのか。つまりはブランド力の話です。一朝一夕《いっちょういっせき》に勝ち取れる力じゃない。今の〔フォーン〕にそれがないなら、ほかから買ってくるしかないじゃないですか。〔エマーブル〕の成長を見れば分かる通り、高級ダウンの需要は確実にあるんですよ。環境問題、動物愛護の問題から、毛皮が着られなくなっている。高級ダウンはそれらの代わりを探している層にもアプローチできる。〔ウルソン〕はお粗末《そまつ》な経営問題もあって収益は悪化しているが、本来、高級ダウンは利益率も高いビジネスだ。それを指をくわえて見ている手はないはずです」

「需要が見込めるからといって、うちがこれまでターゲットにしてきた購買層とはまるで違う層を相手にするのは危険です」

「もちろん、〔ウルソン〕には〔ウルソン〕なりの売り方を考えなくてはいけない。そんなことは百も承知です」大槻はそう言ってから、小穂を指差した。「危険なのは小穂さんのように、〔フォーン〕はこうあるべきだ、〔フォーン〕の購買層はこういう人たちだと、現状に固執《こしつ》してそこから手を広げようとしない考え方そのものですよ。国内主義。ガラパゴス主義。〔フットパス〕のときにも話したはずですが、国内の一定の層だけを相手にして、この先どうやって成長しようって言うんですか？　まさか、これ以上成長しなくていいなんて言うんじゃないでしょうね？」

「別に成長しなくていいなんて言ってません。私は、自分たちのモノづくりの感性を信じるべきだし、そこを離れてまで無理に手を広げるべきじゃないということが言いたいだけです。海外の市場でも、そこに共感してくれる人を相手にするべきだと思っているだけです」

「そんな理想論が通用するなら、モノづくり大国日本のメーカーは、みんな世界的ブランド企業になってる。そんな簡単な話じゃないから、うちの海外進出も足踏みさせられているんです。どこだってブランドの確立に知恵を絞ってやってるんですよ」

「だからって、借金をしてまで買うようなものじゃないと思います」

「この超低金利のご時世に借金を怖がるなんて、小穂さんくらいのもんだ」大槻は小馬鹿にしたように首を振った。「ただ、今回は社債ではなく、公募増資での資金調達を検討しています。だから、借金をしてまでということでもない」

「公募増資なんて反対です」小穂は言った。「株価が下がって、既存の株主に迷惑がかかります」

「そんなのは一時的な問題だ。増資を否定してたら、上場してる意味なんかなくなってしまう」大槻が片頬を引きつらせて言う。「だいたい、春物コートで赤字を出した人間が、借金どうこうなんて言えた義理じゃないんじゃないかな……ん？」

不意に今年の企画品の不振を引き合いに出され、小穂は奥歯をぎりりと嚙んだ。

今年の春物の目玉として、〔フォーン〕ではトレンチコートとステンカラーコートを開発し、大々的に売り出した。通勤にも着られれば、オフのカジュアルな装いにも合わせられるよう、素材の加工やステッチなどのデザインにアウトドアブランドならではの遊びを盛りこませたシリーズとなった。

広告費をかけてポスターを刷《す》り、ファッション誌にも売りこんで取り上げてもらった。店では店頭のマネキンに着せたほか、売り場スペースも一番広く取ってもらうようにした。

しかし、オン・オフどっちつかずのコンセプトがあだになったのか、売れ行きはまったくはかばかしくなかった。まだスタート一年目の企画だから仕方がないという言い訳では済まされない結果となっている。一〜三月期は、ウェア事業全体の利益をウィメンズウェアが半分以上食ってしまった形だ。アウトドアブランドがオンの服に手を出したらこうなる……そんな声が社内からも上がり、来年以降の商品戦略も見直しを余儀なくされることとなった。

小穂が陣頭指揮をとった企画だっただけに、言い訳のしようもない。取締役ともなれば、不採算事業の責任は容赦《ようしゃ》なく追及される……そんなことを改めて思い知らされる大槻の言葉だった。

「まあ、それはいいだろう」

ひやりとした空気が会議室内を覆う中、父が話を引き取るようにして口を開いた。

「この案件については、今日出た意見も踏まえて、こちらで引き続き検討したいと思う」

「よろしくお願いします」

大槻は何事もなかったかのような能面でそう言ったあと、しかしまだ、論戦の余《よ》韻《いん》を引きずっているようにして、小穂に冷たい一瞥《いちべつ》を投げかけてきた。

「いやあ、聞いてて冷や冷やしましたよ」

商品開発本部のフロアへの戻り道、休憩ラウンジの自動販売機に小銭を入れる小穂の後ろで、商品企画部長兼執行役員の岩井忠成《ただなり》が苦笑気味にそんなことを言った。

「気持ち的には応援してたんですけどね」

「だったら加勢してくれてもよかったのに」

サイダーを手にした小穂が抗議すると、岩井は「いやあ、まあまあ」とごまかすような言い方をした。

「あの常務相手に、ああいう場で言えるのは、やっぱり本部長くらいのもんですよ」

　小穂が社長の娘で後継者だと目されているからこそだと言いたいらしい。言い返したいところではあるが、小穂自身、そういう立場だから遠慮なく意見を言えているという自覚は確かにある。

「しかし、ここにきてまた、常務の拡大路線に拍車《はくしゃ》がかかってきましたね。国柄も由緒《ゆいしょ》もバラバラのブランドを次々呑みこんで、胃もたれ起こさないかなって心配になりますよ。まあ、外からヘッドハントされてきた人だから何も感じないのかもしれないですけど、このままだと〔フォーン〕が〔フォーン〕じゃなくなってくるような気がして」

「胃もたれだけならいいけど、そのうちはち切れるわよ」小穂は言う。「常務が持ちこんだ案件で、これまでどれだけお金使ったと思ってんの。公募増資で目標資金が調達できる保証なんて何もないし、届かなかったらまた社債とか銀行の借り入れに頼るしかなくなるんだから。ちょっと前まで、うちはほとんど無借金経営だったのに」

「無借金経営なんて、何の自慢にもなりませんね」

　不意に後ろから声がして、ぎょっとして振り返ると、大槻が立っていた。先ほどの論戦の続きでもする気なのか、表情には会議のときの険がまだ残っている。

「私は前の職場でいろんな企業の経営戦略を見てきましたが、これくらいの会社の規模でレバレッジを利かせず成長機会を逃しているところは、経営陣が無能なんだと判断していましたよ」

ともすれば、これまでの父の経営手腕をも否定しているような言葉にも取れなくないが、大槻の真意がどこにあるのかは分からなかった。もとより、人間として成り立っている土台がまったく違うのか、大槻の言動にはいつも肌合いの悪さを感じてしまうのだ。

「今日はがっかりしましたよ」小穂が何も応えないのを見て、大槻はそう話し始めた。「〔フットパス〕のときは、あなたへの根回しが足りていなかったから、批判を呼んでしまった。それを反省して、今回は私なりに気を遣ったつもりです。けれどあなたは、口を開けば『反対』しか言わない。もはや話の内容どうこうではなく、私のやることがすべて気に入らないのだとしか思えません」

気を遣ったという割には、その根回しもずいぶんおざなりでアリバイ的なものだった気もするが、問題はそこではなかった。

「別に私は個人的な好き嫌いで反対しているわけじゃありません」好きかと訊《き》かれれば、答えはノーなのだが、それは言わずにおいた。「扱うものは〔フォーン〕本体とかぶっているし、それでいてカラーや購買層はマッチしない。そんなブランドを無理に買ったところで、相乗効果なんて期待できないと思うから反対してるんです。ほかのブランドを取りこめば、それだけ〔フォーン〕本体のイメージが曖昧《あいまい》になってしまいます。がつがつ拡大すればするほど、ブランドは俗っぽくなり、ワンアンドオンリーの魅力は薄らいでいくんです」

「〔サザンクロス〕は巨大グループの一企業にすぎません」大槻はアウトドアブランドの雄《ゆう》の名前を持ち出してきた。「同じ〔HPH〕グループには、強いカラーを持ったブランドがいくつも存在している。しかし、この〔サザンクロス〕のブランドイメージが曖昧で俗っぽいという話は聞いたことがありません」

「〔サザンクロス〕と比べたってしょうがないじゃないですか」

「私は〔フォーン〕を〔サザンクロス〕と並ぶ世界的アウトドアブランドにしたいと思ってるんです。その思いは社長にも伝えてあります」

いろんなブランドを取りこんで〔HPH〕のようなグループを形成し、その中核に〔フォーン〕を据えようとでもいうのか。話が壮大すぎて、本気で言っているのかどうかすら分からない。

「〔フォーン〕は〔フォーン〕です。〔サザンクロス〕とは成り立ちから何から違うんです。常務は世界的企業を相手にしてきたやり手の商社マンだったんでしょうが、〔フォーン〕を成長させるには、〔フォーン〕の風土に合った道を取るべきだと言わせていただきます」

「お嬢さん」大槻は子どもに呼びかけるような言い方をした。

「お嬢さんはやめてください」

「失礼……みんながそう呼んでいるのに釣られてつい」大槻は薄く笑った。「私も頑固に自分の流儀を貫いているつもりが、進言されるまでもなく、ここの風土に影響されているようですな」

社員のみんなが、陰では小穂のことを〝お嬢さん〟と呼んでいると言いたいわけか……苦言の返しとしては、かなりきついのが飛んできた。

「私の考えがあなたにまったく理解されないのは、非常に残念です」彼は言う。「私は役職では上位ですが、創業家の血を引くあなたの立場は十分尊重しているつもりですよ。ブランドを持つ企業にとって創業家の血というのは、内外に向けて正統性を保証し、求心力になりうるものだからです。つまりシンボル的な意味において、あなたは会社にいるだけで価値がある。釣りのキャスティング練習なんかをパフォーマンスとして見せ、社員たちに応援される……まったく理想的で微笑ましい光景です」

あたかも褒《ほ》め称《たた》えているような言い回しながら、明らかに小馬鹿にされているのを感じ、小穂は大槻をにらみつける。

それに構わず、大槻は続ける。「ただそれが、下手に経営の本筋に口を出してくるとなると、いい顔ばかりもしていられなくなります」

「いい顔された憶えはありませんけど」小穂は言い返した。「私も取締役の末席を汚《けが》す身ではありますから、会社を余計な波風から守るために、言いたいことを言う責任くらいはあると思っています」

「波風を怖がって沖に出ようとしない人間に経営の舵取《かじと》りはできませんよ」彼は言う。「まあ、臆病《おくびょう》とまでは言いませんが……今は若い人間のほうが保守的な考えにこだわったりするから、調子が狂いますな」

「私は別に臆病なつもりもないし、保守的なつもりもありません」

「革新的な女性なら、例えば〝商社マン〟なんて言い方もしないものですけどね」

彼は話を打ち切るようにして鼻から息を抜き、冷ややかな一瞥《いちべつ》を小穂に向けた。

「まあ、どちらがこの会社のことをちゃんと考えているかは、社長が判断してくれるでしょう」

そう言って大槻は歩き去っていった。

気まずそうに突っ立っていた岩井と、何となく目が合う。

「いや、僕は〝お嬢さん〟なんて呼んでませんよ」

彼は小刻みに首を振って言った。

4

「〔ウルソン〕の件、どう思う？」

隆造は社長室に顧問の田中文克《ふみかつ》を招き、ソファでお茶をすすっていた。最近は経営戦略会議が終わるとそうするのが習慣になっている。

「まあ、飛びつくような案件ではない気もしますがね……」

半身に脳梗塞の麻痺《まひ》が残っており、本人は喋《しゃべ》りづらそうであり、聞いているほうは少々聞き取りづらい。湯呑みを口に持っていっても少し口からこぼれることがあり、そのたび田中はハンカチで口もとを拭いている。

何より、発病以前の快活さが失われてしまっていて、隆造は別人を相手にしているような気分になることもある。残念でならないと思うが、これればかりは仕方がない。思考そのものはそれほど変化を感じないのは幸いだが、現場から離れてしまっているので、昔のような経営勘はないだろうと思う。

それでも、意見は聞いてみたい相手だ。

「ただ、常務には勝算があるようですから、それをどう取るか……ですね」

田中の言葉に、隆造は小さくうなずく。

上場前後にはあった社内の熱気も今は昔だ。隆造自身、会社の成長を望みながら、ときに守りの判断をしてしまっている自覚がある。アウトドアという、いわば趣味の世界をビジネスにして百数十億の売上を維持していくのは大変だ。十億程度の利益は薄氷《はくひょう》の上に成り立っている結果であり、ひとたび経営判断を誤れば、たちまち同額以上の赤字になりかねない。

しかし、そんな中でも、大槻だけは変革を起こそうとしている。

経営で守りに入れば、それは衰退を意味する。あっという間に時代に取り残される。攻めに出て、やっと現状維持だ。成長させようと思えば、果敢に冒険しなければならない。

それを大事に思うのであれば、多少強引なように見えても、大槻の勝負勘に懸けてみるべきではあると思うが……。

部屋のドアがノックされ、秘書が顔を覗かせた。

「常務が、お時間をいただきたいとおっしゃってますが」

「そうか」

田中が杖を取り、「さて」と独りごちながら立ち上がる。大槻が姿を見せ、入れ替わるように田中が出ていく。二歳下の男の老兵のような背中に、隆造は少し寂しくなる。自分も若くはないと思い知らされる。

田中が倒れてから、経営の悩みが尽きなくなり、夜もあまり眠れなくなった。血圧が高いし、嫌な動悸《どうき》がすることもある。大槻が経営陣に加わり、自分だけで背負いこんでいるような感覚は薄らいだが、経営者として楽になったという気持ちはない。いろいろ考えなければならないことが多いのだ。

「〈ウルソン〉の件、準備に入ってもよろしいでしょうか？」

大槻は田中が座っていたソファに腰を下ろすなり、そう切り出してきた。

「そんなに急《せ》かすなよ」

隆造は苦笑気味に返すが、大槻は愛想《あいそ》笑いも浮かべなかった。

「今日の会議でも目立った反対意見は出ませんでした。あとはもう、社長がお墨付きを与えて取締役会にかけるだけですし、その見込みが分かれば、先にプロジェクトチームの編成も考えておきたいと思って、おうかがいしたのですが」

「別に躊躇《ちゅうちょ》してるわけじゃない。安い買い物じゃないから慎重に考えたいんだ」

隆造はそう言ってから、言い訳のように付け足した。「反対意見なら、小穂から出たじゃないか」

力強くアクセルを踏むようなゴーサインを出してやれればとは思う。しかし、気持ちのどこかでサイドブレーキがかかっている感覚がある。どうやらそれは、小穂が徒手空拳で大槻に嚙みついていった姿が脳裏に残っている影響かもしれないという気がした。

「〔フットパス〕のときと同じです。残念ながら、検討に値する意見ではなかったと考えています」

その口調に小穂と言い争った余韻が興奮として残っているように思えた。それが冷めやらないがために、こうして決断を迫りに来たのだと分かった。

隆造は肩をすくめて、そんなにムキになるなという思いを示したつもりだったが、それでは収まらなかった。

「失礼を承知でお尋ねしますが」大槻は声に冷ややかさを忍ばせて問いかけてきた。「社長は小穂さんをどのように評価されているんでしょうか？」

「どのようにとは……？」

「彼女は口を開けば、私の提案に反対する。改革、拡大、成長、そういうものはまったく無価値で、何もしないでいるのが唯一の得策だと考えているかのようです」

「うーん、そういうわけではないと思うが……」

「あの若さで取締役に就いた人ですから、それなりに注目して見ているんですが、彼女のエグゼクティブとしての価値がどこにあるのか、私にはどうも分かりません」

散々な言われようだが、苦笑できる空気でもなくなってきた。

「まあ、そう厳しいことを言ってくれるな。あれでも一応、商品開発の部門では結果を残してるんだ。ウィメンズウェアはあいつが見るようになって変わった」

「しかし、今年の春物は不振に終わりました。それ一つ取っても、本来なら責任を問われかねないものかと思いますが」

「そりゃ、経験が浅いんだから、失敗することもあるだろう」隆造は言う。「言ってみれば、あいつはまだ修業中だ」

「修業中？」大槻は満面に不満をあらわにして言う。「それはしかし、社長は修業中の人間に経営の一端を担わせているということになりますが」

「そう突っかかるな」

面倒に思い、一蹴《いっしゅう》しようとしたが、大槻は引かなかった。

「いえ、そのあたりの社長のご認識は、はっきりさせていただかなくては困ります」

どうやら本気で抗議しているらしいと気づき、隆造はにわかに緊張感を高めた。本気というのは、自分の立場を賭《と》してということだ。大槻も、上の人間にその剣幕で立ち向かってどう取られるかは承知の上だろう。

自分が採った男ではあるが、まだ一緒に仕事をして一年半というところであり、長年苦楽をともにしてきた連中のように腹の内が分かり合える相手ではない。感情的になっているときにそれを鎮《しず》める手も分からず、隆造としては、とりあえず言いたいことを吐き出させるしかなかった。

「社長は小穂さんを将来的に自分の後継者にしようと考えてらっしゃるんですか？」

「それはあいつの努力次第だ」

「社長の今のお考えをうかがいたいのです」

「もちろん、候補の一人ではあるが、何が何でもとは思っていない。そのときに、どういう人間になっているかが問題だ」

「私は、今のままではとてもではありませんが、その器ではないと思います」大槻は冷静さを装うように、ゆっくりと言葉を継いだ。「この会社は上場して大海原《おおうなばら》へ出てしまっています。社長がいくらがんばって大航海を果たしたとしても、小穂さんの代になれば、あっという間に沈んでしまうでしょう。彼女が経営の決定権を握れば、私の提案はすべて却下されます。そういう現実が将来的に迫っているのが分かっていて、なおこの会社に身命を捧《ささ》げるという選択肢を取るべきなのか、私は真剣に悩まなければなりません」

「そうなると決まったわけじゃない」

そう打ち消してみるものの、大槻は言葉のまま受け取ってはくれないだろうと思った。小穂が後継者になることは、社内の空気の一部になっている。隆造が口に出して言わなくても、坂下や田中、深谷らは、暗黙でそれを了解している。課長、部長から執行役員を飛ばしての取締役への抜擢《ばってき》など、小穂の人事は隆造の一存で決めてきたが、誰も何も言わなかった。この先、大槻を専務に引き上げたときには、彼女を常務に据える青写真も描いていた。

取締役たるもの、何かひとたび事があれば、潔く腹を切る覚悟が求められる。そういう緊張感を常に持って務めなさい……言葉では、そんなふうに厳しく小穂に言い渡している。ただ本音では、できれば小穂に〔フォーン〕の将来を任せたいと思っているし、だからこそ、多少の未熟さには目をつぶるつもりで見守ってきた。それが長じて、彼女が経営の舵取り役を担ったときには、〔フォーン〕が顧客に愛され、そこそこの利益が出る限り、無理に成長を追わせなくてもいいのではないかという考えに至ったこともあった。

もちろんそれは、後継者に懸ける期待としては甘すぎる。そこそこでいいという考えのもとでは、すべての人間を引っ張っていくことはできない。大槻の態度がそれを示している。

「正直に申し上げれば、私のところには今でも他社からの引き合いがあります。一度大手の看板を捨てて、身一つで戦うと決めたからには、ほかの場所で新たな勝負をすることに怖さはありません。ただ、社長の力になりたいと思ってこの会社に入った人間ですから、それをあきらめなければならないという葛藤《かっとう》はもちろんあります」

今は会社から会社へと移って、自分の価値を高めていくビジネスキャリアのあり方が、世の中でも認められてきている。プロ経営者などという言葉で持てはやされたりもする。大槻も放っておけば、そういう勝負師として実業界を渡っていく人間になるのかもしれない。

彼のように怜悧《れいり》でありながら挑戦的な人間を探すのは難しい。簡単に手放していい人材ではない。

「俺は君にこの会社に来てもらってよかったと思っているし、これからも力を尽くしてほしいと思ってる」隆造は少し考えてから、言い足した。「買収の件も前向きに考えてる。そうだな……早速、今度の取締役会にかけよう」

なだめるように約束手形を切ったが、大槻はあまり喜ばなかった。話はもう先に進んでしまっていた。

「それはありがたいと思いますが、小穂さんの話は別の問題です。この会社の将来的なリスクであり、改革しなければならない社内問題の一つとして捉えるべき事柄だと思っています。プロパーの人間には言えないことかもしれません。私にしか言えないと思うからこそ、こうして踏みこませていただきました」

「どうしろと言うんだ？」

未熟者だから大目に見てやれという論理は、この男には通用しないようだ。

「僭越《せんえつ》を承知で申し上げますが、彼女は一度、外に出すべきだと思います」大槻は信念を持っているように、はっきりと言い切った。「社長にはご長男がおられたとお聞きしました。よそで働いていたときに不慮の事故で亡くなったと。社長が小穂さんを早くから自分の手もとに置いておこうとされたのは、そのことが影響しているのではないでしょうか。けれど、結局のところ、それでは彼女を駄目にしてしまうと思います。甘えが抜けず、ストレッチができない臆病者で終わってしまいます。そんな人間に数百人規模の組織を率いていくことなどできるでしょうか」

隆造はうなることしかできない。大槻は隆造の心理の背景も正確に把握しているし、それによって生じているゆがみも正確に捉えているのだ。

「会社のためにも、何より小穂さんのためにも、今は心を鬼にした決断が必要なのではと思います」

小穂を嫌ってのことではない。むしろ彼女を思ってこその進言であり、小穂が成長したときにまた呼び戻せばいいではないかと、大槻は言っているのだ。

隆造はまた、低くうなった。

5

「今度の土曜日、空けといてくれる？」

日曜日、小穂は松山と新宿に出て、評判の映画を観たあと、デパートを回って夏物のワンピースを一着買った。街を歩きながらやっぱり都会はいいねとお互い笑い合い、夜になったところで予約したイタリアンに行って、ディナーにありついた。

その席で松山が赤ワインを飲みながら、次の週末の予定を話題にしてきた。

「いいけど……何で？」

「何でって、小穂の誕生日だろ」

「ああ」小穂は小さく笑う。「急に改まって言うから、何かと思って」

「いや、大事だろ」松山は軽く咳払《せきばら》いして言った。「記念すべき三十歳の誕生日なんだからさ」

「うん……ありがと」

さらりと礼を言うと、松山は肩をすくめてそれを受け流し、それからまた一つ咳払いをした。

「その……最近、実家には帰ってんの？」

「あんまり帰らないかな。社長とは会社で顔を合わせるし、お母さんとはときどき二人でご飯を食べに行くから、それで十分だと思うし」

小穂は社会人になったときに実家を出て、吉祥寺《きちじょうじ》で一人暮らしを始めている。［フォーン］に入るに当たって、会社では父のことを「社長」と呼ぶこと、そして、会社でも家でも父には敬語で接することを、父本人から申し渡された。

今でもそれは慣れないのだが、けじめというやつだから仕方がない。ただ、家にいるときまで会社での関係を引きずらなければならないのはきついなと思い、そそくさと実家を出ることにしたのだった。

会社は八王子の町外れにあり、実家も瀟洒《しょうしゃ》な造りではあるものの、駅から離れた不便な場所にある。大学も湘南台《しょうなんだい》駅からさらにバスに乗って通う辺鄙《へんぴ》な場所だった。ちょっとは都会生活を楽しみたいという気持ちもあった。

だから、きっかけを与えてもらったという意味では、小穂にとっても好都合だったと言えた。

「社長は、小穂の私生活について、何か言ってきたりするの？」

「私生活？」小穂は小首をかしげてみせる。「ちゃんと食べてるかとか？　子どもじゃないんだから、いちいちそんなことは言わないわよ」

「いや、そうじゃなくてさ、結婚は考えてるのかとか、いい人は見つかったかとか……」

「うーん、そういうことも言わないかな」

昔は父にも、もう少し気安い感覚があった。バレンタインデーのチョコレートを作っていれば、誰にあげるんだと興味津々《しんしん》で訊いてきたり、大学時代のボーイフレンドについても、一度家に連れてきたらいいと口にしていた。

ただ、小穂が〔フォーン〕に入って、父娘《おやこ》の関係に一線を引くことを父自身が持ち出したことで、父の口からそういう話題に触れることもなくなった。今では、顔を合わせれば仕事の話しかしない。

「俺のことは社長、知らないよな？」

「付き合ってるとかそういう話はしてないけど」

「いや、それは前にも聞いたけど、俺自身のことだよ」

小穂はふっと笑う。「何で？　話したことあるんでしょ」

「でも、社長から見たら、俺なんかぺーぺーだからな。憶えてるかどうか」

「課長がぺーぺーのわけないじゃない」

「例えばだよ……いや、例えばなんだけど」松山はワイングラスを回し、もったいをつけるように前置きを繰り返してから続けた。「俺が小穂と一緒に家にお邪魔して、『娘さんをください』みたいなことを言ったとして」

「えっ?」

「いや、だから、例えばの話」

あまりに念入りに防御線を引くので、小穂はどういう意図で言っているのか訊きそびれてしまう。

「そういうことになったとして、社長からしたら、『誰だ、お前は?』みたいな……『うちの社員だと? 逆玉狙ってんのか?』みたいな……そんなこと思われたりしないかなって」

小穂は吹き出す。「そんなこと思うわけないじゃない。別に気難しいタイプなんかじゃないから」

むしろ、小穂には甘いからこそ、父は一生懸命一線を引こうとしているのだと、小穂自身は思っている。結婚にしても、小穂がそうしたいと言えば、反対するようなタイプではない。

「それに、伸好さんのことも知ってるわよ。この年代で課長なんて、ほかにいないんだから、有能だって思ってるはず」

「そっか……まあ、そうだといいけど」

もしかしたらと小穂は思う。来週末に訪れる小穂の誕生日に、彼は何か考えているのかもしれない。話の流れからしてもどうやらそうらしいと、確信めいたものを感じ、気持ちがときめいてきた。

「今度社長に会ったとき、伸好さんのこと知ってるか訊いてみようか?」小穂は言いながら、父とは明日の取締役会で会うんだったと思い出し、すぐに首を振った。「でも駄目だ……明日会うけど、たぶん取締役会でギスギスするから」

「何で?」松山が訊く。「取締役会なんて、しゃんしゃんじゃないの?」

「まあ、普通はそうなんだけど、今回提案される常務の計画に私、反対してるんだよね」

月に一度開かれる取締役会は、経営上の問題をざっくばらんに議論する経営戦略会議とは違い、議決して経営体制や大きな事業計画の可否を正式決定する場である。

昨日、父から直々《じきじき》に電話があった。〔ウルソン〕の買収案件には賛成するようにと。

取締役会の議題に上げられる時点でそれは、社長である父の承認を得ていることを意味する。普通はそれにわざわざ反対する者はいない。議決は会社を動かす上での形式的な手続きにすぎない。

そんな中、一人でも反対者が出てしまうと、その案件に味噌《みそ》が付いた形になってしまう。そして、小穂は［フットパス］の買収案件でも反対した〝前科〟がある。だから父も釘を刺してきたのだ。

しかし、小穂も自分を曲げてまで大人しくしているつもりはない。

「へえ、小穂、あの常務と喧嘩《けんか》してんだ？」松山は感心したような声を出した。「あいつ何か偉そうだよな。見るからに自信家っていうかさ。元エリート商社マンか何か知らないけど」

「商社パーソンね」

「商社パーソン」松山は調子が外れたようにおうむ返しをしてから続ける。「社長が引き抜いてきた人間だからでかい顔してんのか分かんないけど、浮きまくりっていうか、いまだにうちの会社の人間って感じがしないんだよな」

「引き抜いてきたっていうか、ヘッドハンターから売りこみがあったらしいんだけどね」

「へえ、ヘッドハンターって実在するんだ」松山はおかしそうに言う。「しかもうちなんかがそんなのに縁があるなんて、冗談みたいな話だな」

「本当、そのヘッドハンターがどういう人か知らないけど、アメリカじゃあるまいし、胡散《うさん》くさいよね」小穂も同調する。「人を会社から会社に動かしてお金取るんでしょ。そんなの虚業も同然じゃない。坂下さんが引退して後釜《あとがま》を何とかしなきゃっていう事情をどっかで嗅《か》ぎつけてきて、口八丁《くちはっちょう》で話を捩《ね》じこんだんじゃないかな。そんで社長も、経歴とか見て、これはすごいってなって……でも、そんなの方々に話を持ってってるだけで、うちの風土とか知らないに決まってるんだから、まともに相手にしちゃ駄目なのよ」

「とにかくまあ、あの常務は、小穂がやっつけてやればいいんだよ。たぶんあれ、ただの小娘だと思ってなめてるぞ。小穂が社長になったとき、あのでかい面《つら》がどうなるか見ものだよ」

「まあ、三十路《みそじ》目前の人間を小娘だなんて見てくれるんなら、逆に嬉しいけどね」

小穂は無責任にけしかける松山の言葉をそうかわしながら、明日の場を想像して、小さく武者震いした。


「では、この議案に対して、最後に何か意見があれば」

大槻が〔ウルソン〕の買収案件について、経営戦略会議での説明をおさらいするように述べたあと、父が話を引き取って、取締役会に集《つど》った出席者たちを見渡した。

「鹿子本部長、何か意見は？」

父が小穂に水を向ける。下手な口を利かせまいとするような威圧めいたものをその物腰から感じ取ったが、小穂はあえて気づかないふりをした。

「私の考えは先の経営戦略会議で申し上げた通りです」小穂は言った。「つまり、この案件には〔フォーン〕の経営体力を奪うリスクがあり、手を出すべきではないと思います」

父の表情が明らかに曇《くも》った。そこに取り返しのつかないものを見るような失望の色が混じり始め、小穂は戸惑う。

「では……決を採りたいと思う」父は気を取り直したように言った。「反対の者は挙手を」

わずかに躊躇したが、小穂は手を挙げた。

大槻の冷たい視線が突き刺さる。

「賛成多数により、本件を承認する」

父は淡々《たんたん》とそう言った。

閉会後、小穂は父に社長室へと呼ばれた。

何か苦言めいた一言があるようだと覚悟して付いていき、社長室で二人きりとなったが、思った以上に空気は重かった。応接ソファに向かい合って座っても、父は腕組みしたまま、しばらく言葉を発さなかった。

「反対するなと言ったはずだ」

ようやくそんな言葉が父の口から放たれた。

「そんな無責任なことはできません」

「偉そうに……」父が吐き捨てるように呟く。「こういう買収案件は、誰が見ても優良でリスクがなくて安いものなんて転がってないんだ。俺だって、手を出すべきかどうかぎりぎりまで悩んで判断してる。それをお前は軽く考えて、何となく反対みたいな……」

「別に何となくじゃありません。私なりに考えてのことです」

「お前はこの会社をどうしたいと思ってるんだ？」

「どうって……」漠然《ばくぜん》とした問いかけに、小穂は口ごもる。

「将来的に〔フォーン〕が〔サザンクロス〕を超えるためにはどうするべきか、お前は真面目《まじめ》に考えたことはあるか？」

「超えるっていうのは、事業規模でですか？」

「もちろんそうだ」

父は大真面目な顔である。

「そんなの無理ですよ」小穂ははっきりと言った。「うちと〔サザンクロス〕じゃ、二十倍以上の差があります。たとえうちが年二〇パーセントの増収を続けていったとしても……ええと」言いながら、スマートフォンを出し、計算機アプリで計算する。「十七年はかかりますし、そもそもそんなコンスタントに増収を続けられるわけがないです。仮に続いたとしても、その頃には〔サザンクロス〕はもっと大きくなってます」

「今のうちから、机上《きじょう》の計算で無理だからと言ってあきらめるのか？」

小穂としては至極《しごく》現実的でまともなことを言っているつもりなのだが、それは父が求めている答えではないようだった。

「そんなこと言ったって、無理なものは無理ですもん。〔サザンクロス〕は〔HPH〕グループに入ってから、その経営資源を最大限に活用しています。うちはこの二十年で売上を十倍に伸ばしましたけど、〔サザンクロス〕は〔HPH〕に入ってからの十年そこそこで、同じく十倍近く伸ばしてます」

「何もしなければ、差は広がるばかりだってことだ」

「競り合いたいなら、どこか大手の傘下に入るしかないと思います。そうしますか？」答えを承知しながら、小穂は訊く。

「そんなことは考えてない」父は片頬をゆがめて言った。「だからって、何もしないでいるのが正しいと思っているのかってことだ」

「規模を競ったって、勝てっこありません。うちはブランド力を高めて収益力を強化する道を進むべきだと思います」

「それは今までだって当然のようにやってきたことだ。それしかやらないというのは、何もしないのと一緒だ」

小穂は肩をすくめる。父の言う通りだとは思わなかったが、答えが出てしまっているのに議論を続けるのは徒労《とろう》でしかないと思った。

「決議が通った以上、足を引っ張るつもりはありません」

それで文句はないだろうとの思いで口にしたのだが、父は「そういう問題じゃない」と厳しい表情を崩さなかった。

全会一致に至らなかったのが、そんなに気に入らなかったのか……独裁国家じゃあるまいしと、小穂は困惑気味に思う。これまでは議決に反対しても、何も言ってこなかったのに何だとも思う。

「常務が怒ってるんですか？」

父らしくない……そう思って言ってみると、父はわずかに眉《まゆ》を動かした。

ただ、返事はなかった。

「まだ取締役は荷が重すぎたな」

小穂から視線を外し、独り言のようにそんなことを言った。

「え？」

「そもそも、ほかで修業させずに、いきなりうちに入れたのがよくなかった」

今さらそんなことを言われてもと、小穂は苦々しい気持ちになる。アパレルの商品企画がやりたくて就職活動も準備していたのに、「ほかに行っても、やりたい仕事をさせてくれる保証はない」「販売の立ち仕事で何年もこき使われるのがオチだ」「うちだったら、商品企画でも何でもすぐやらせてやれる」などと、甘い言葉で誘いをかけてきたのは父なのだ。

「小穂……お前のためを思って言う」父は小穂に視線を戻したあと、そんな前置きを口にしてから続けた。「一度、外の世界を見てきなさい」

「え？」

何が言いたいのかよく分からなかった。まさか、〔フォーン〕を出ていけという意味ではあるまいなと思った。

「このまま続けても、お前は伸びない。何年か、よそで揉《も》まれてきたほうがいい」

その「まさか」らしいと気づいて、小穂は愕然《がくぜん》とする。

「本気で言ってるんですか⁉」

「もちろんだ」言葉通り、父は大真面目な顔のままだった。「今なら、まだ間に合う」

「間に合うって、私、もう三十なんですけど」小穂は感情的になって言い返す。

「今からどこに行けって言うんですか?」

「そんなものは自分で探すんだ」父は素っ気なく言い捨てた。「言ったはずだぞ。取締役になったからには、潔く腹を切る覚悟を持ってなきゃ駄目だと」

小穂は呆《あき》れ返って二の句が継げない。確かに、そんなような話を聞かされたことはあったが、こんなふうに突きつけられるとは誰も思わない。

自分がそれだけ、父娘の関係に甘えてしまっていたということなのだろうか。しかし、小穂からすれば、父の気まぐれで自分の人生がいたずらに引っかき回されているようにしか思えない。

「私より常務を取るってことですか?」小穂はぐっと声を落として訊いた。

「会社を第一に考えての判断だということだ」

「私だって一生懸命、会社のために働いてきたつもりです!」

不意に感情が激して、涙がこぼれそうになる。

父の会社だからということだけではなく、小穂は〔フォーン〕とそこで取り組んできた仕事が好きだった。ウェアの商品開発では、デザイナーと朝から晩まで侃々《かんかん》諤々《がくがく》の議論を尽くし、何度も何度も試作品を作り直しては、ああでもないこうでもないと品質向上のための努力を重ねた。繊維メーカーには生地《きじ》の織りの一本一本にも注文を付けて作ってもらったし、視察するたびに製造のクオリティーを上げていたマレーシアの工場には、自分の魂を置いているような気持ちがあった。ウィメンズウェアは売上が大きく伸び、ファッション雑誌にも取り上げられるようになった。

苦手のアウトドアイベントにも、虫よけスプレーをまき散らしはしたが、ちゃんと顔は出していたし、フライのキャスティング練習のようなパフォーマンスもがんばった。それだって、会社のためにしてきた努力の一つだ。

しかし、父の言葉は、それらの努力や小穂の「フォーン」に対する思いをまったく評価していないと言っているも同然のものだった。

一番見てくれていたはずの父に、何も認めてもらえていなかった。

悔しくて仕方なく、とうとう頬に涙が伝うのを止められなくなった。

「泣くな」父は少しつらそうに言った。「約束だろ」

そうだ……父とは敬語で接すること以外に、仕事上で泣かないことも約束させられていたのだった。

けれど……。

会社から追い出そうというのにそれを言うのは、ずるいじゃないかと思う。

「何だよ……どうした?」

この日、父から突然の引導《いんどう》を渡された小穂は、仕事など何も手につかず、早々と会社を出た。松山を吉祥寺に呼び出し、夕方になると店を開けたばかりの居酒屋の個室に入って、彼が駆けつけるのを待った。

七時をすぎて松山が店に姿を見せた頃には、ビールやハイボールを何杯かお代わりしていたが、酔っているのかどうかは自分でもよく分からなかった。会社を出たときから、頭の中は熱を持ち、ふわふわとしている感覚が続いていた。

松山の顔を見た瞬間、涙腺《るいせん》が緩んだ。涙とともに悔しさをこぼし、慰《なぐさ》められたい気持ちがあった。

しかし、彼を待っている間は、ふつふつとした怒りを溜め、強い人間としてそれを吐き出そうという思いが勝っていた。こんなことで簡単に負けたくない。父を見返してやりたい……そんな気持ちで自分を支えようとしていた。

だから小穂は、松山が向かいの席に腰を下ろして、どうしたのだと問いかけてきても、しばらく口をつぐんで、弱い感情があふれ出ないように待った。その間、彼は仕方なさそうに、店員にビールを頼み、テーブルに並んでいた料理に箸をつけ、運ばれてきたビールを口にした。

「どうした？　黙ってちゃ分かんないよ」

小穂の目が潤《うる》んでいるのを見て、松山の口調も探り探りだ。

「ねえ……一緒に会社作ろ」

弱い感情がだいぶ鎮まったところで、小穂はそんな言葉を彼にぶつけた。

「は？」松山はきょとんとした目を小穂に向ける。

「〔フォーン〕に負けない会社を一から作ろうよ。ウェアとシューズとちょっとしたアクセサリーだけでいい。女性向けに特化したブランドでもいいかもしれない。とにかく、その分野だけでも〔フォーン〕に勝てる会社を作って、社長をあっと言わせるの」

「ちょっと待て。いったい、何言ってんだよ？」彼は戸惑いを顔全面に出して訊いた。

「会社を出てけって言われたのよ」

「は？　誰に？」

「社長によ」

松山は目を見開いて絶句する。表情が固まり、見る見る顔から血の気が引いていくのが分かった。

「何で？」彼はかすれた声で訊く。

「取締役会で常務の提案に一人反対したのが気に入らなかったみたい」

「それで出てけっていうのか？　嘘だろ？」

「たぶん、常務に突き上げられたのよ」小穂は口を尖らせて訴える。「でも、それで向こうの肩を持って私を追い出すってひどくない？　私も最初は耳を疑ったわよ」

正直、小穂は今日まで、自分が父の跡を継ぐことになるのだと疑っていなかった。父もそう考えているものと思っていた。

だからこそ、ショックは強かった。裏切られたという気持ちだ。

「いやいや、さすがに社長も本気じゃないだろ」松山は信じられない思いが強かったのか、決めつけ気味に勘繰《かんぐ》るようなことを言った。「親子喧嘩の末に口が滑ったみたいなもんで」

残念ながら、小穂は首を振らざるをえなかった。

「あれは本気よ」

父はあくまで冷静だった。若干《じゃっかん》の躊躇の色をその目に浮かべながら、言い渡す言葉ははっきりとしていた。それだけ悩んで決断した考えだったということだ。

実の父だからこそ、本気かどうかくらいは分かる。

「嘘だろ……」

松山はさらに顔色を青白くさせて呟いた。

「こうなったら、しょうがないわよ」小穂は言う。「私だって収まりがつかない。

自分で会社作って、〔フォーン〕に対抗して、私を追い出して失敗だったたって後悔させてやりたいの。だから、伸好さんも力を貸して」

「な、何言ってんだよ……?」

ぎょっとするほど拒否反応のこもった口調で返され、小穂は思わず息を呑んだ。

「会社作るって、そんなこと簡単に言うなよ。資金はどうすんだよ? 社長から株とか譲ってもらってんのか?」

「そんなのはないけど、ちょっとくらいなら自分の貯金があるし、あちこち頼めば、創業資金くらい何とかなるわよ」

「自分の貯金って、一千万とか二千万とか、それくらいのあれだろ……」

小穂がその通りとばかりにうなずくと、松山は声には出さず、「馬鹿」と口だけを動かした。

「そんなんで何ができるんだよ」彼は言って、頭をかきむしった。「本当もう、小穂はお嬢さんなんだから……」

「お嬢さんはやめて」

「やめてじゃねえよ。そんな、会社なんて作ったたって、簡単にうまくいくわけないだろ。世の中、吹けば飛ぶような会社が毎日どれだけできて、どれだけつぶれてると思ってんだよ。〔フォーン〕の規模まで大きくなるなんて、奇跡みたいなもんなんだぞ」

「難しいことくらい分かってるわよ。でも、ノウハウはあるんだから、がんばればできるわよ。それとも、何もしないで、ただ泣き寝入りしろとでも言うの？」

「いや、最悪やりたいなら勝手にやればいいと思うけど、俺まで巻きこむなよ」

「巻きこむなって……」小穂は耳を疑いたくなった。「こういうときにこそ、助けてくれるべきじゃないの？」

「無茶言ってくれるなよ。そんな簡単に自分の人生、なげうてるわけないだろ」

今すぐにでもこの場から逃げ出したそうに視線を泳がせ、腰が引けた言葉ばかりを並べてくる松山を見ているうち、小穂は悔しさで煮え立っていた心が急速に冷やされていくのを感じた。

「伸好さん……私を見捨てるの？」

「見捨てるとか、そういうことじゃなくてさ……」

「私たちって、その程度の関係？」

小穂は冷えた心から尖った問いかけを取り出して、松山に投げた。

松山はちらりと小穂を見て、すぐに視線を逸《そ》らした。もう一度それを繰り返してから、喉《のど》を鳴らすように小さくうなり声を立てた。

「べ、別に俺、結婚しようとかそういうことは言ってないだろ」

彼は震えた声で早口にそう言った。

「言ってないよな？」

言っていないからセーフだとでも言いたいのか……小穂はそんな確認の問いかけに答える忍耐力は持っていなかった。

「俺は上の事情なんて全然知らないから、社長がどれだけ常務を買ってるかなんて分かんないんだよ。小穂の立場なら、見てて分かっただろ。何でそんなのと真正面から喧嘩しちゃうんだよ。向こうは百戦錬磨《ひゃくせんれんま》なんだから、小穂なんか、社長が味方してくれなきゃ相手になるわけないんだよ。何でもそうだけど、小穂は社長の娘だからってことで下駄《げた》履かせてもらってる身なんだからさ。それを分かってないと。

この前のキャスティング練習だってそうだよ。フルライン飛ばしたとか、得意げになってたけど、あれはロッドの開発スタッフが小穂用にフライラインを何メートルか短く切ってたんだよ。内緒にしてくれって言われたけど、小穂はそんなふうに、周りにお膳立《ぜんだ》てしてもらって、何とかやってこられてるんだよ。自分の力で何でもできるなんて思ったら、大間違いだぜ。とにかく、もう一度ちゃんと社長と話し合ったほうがいいよ。社長と常務に土下座してでも謝って許してもらえよ」

聞いているだけで、どんどん力が抜けていく。

「ありがとう……心配してくれて」

小穂はぽつりと言って席を立った。

その週、小穂は会社に出なかった。商品開発本部の部下たちには何の連絡も入れていなかったが、彼らから小穂の不在を訝《いぶか》るような電話がかかってくることもなかった。進行中のプロジェクトについて、相談や決裁を求めるような連絡もない。父が差配して、すでに小穂がいなくても仕事が進む形になってしまったのかもしれない。

まだ退職の手続きは何も取っていないが、取締役まで務めていたのに、結局はいてもいなくても変わらないのだという現実を突きつけられているのも同然だった。もはや、戻る場所はないに等しい。

「話を聞く限りは、辞めさせるに当たる理由とまで言えるものがあるとは思えないね」

雑誌の取材を機に、仲よくなった女性編集者がいる。大手出版社のファッション誌で、それ以来、〔フォーン〕のウェアもよく取り上げてもらうようになった。話してみると、慶應義塾大学の同期だと分かり、何度かご飯に行く仲となった。

彼女は法学部出身だったので、同級生か知り合いに親切な弁護士はいないか訊いてみた。〔フォーン〕にも顧問弁護士はいて、社外取締役も兼ねているので小穂は見知っているのだが、おそらくこういう問題では父側に付くだろうと思い、外部に相談したかった。

彼女から紹介されたのは、同じ慶應出身の一学年先輩の男だった。彼の法律事務所は大小の企業の顧問を務めていて、上場企業もあれば、同族会社もあるという。

彼は小穂の話を聞くと、父の判断の理不尽《りふじん》さに一定の理解を示してくれた。

「けど、鹿子さん自身、不服があって辞めたくはないってことなら、戦わなきゃならなくなるよ」

「戦うというと？」

「鹿子さんが自主的に退職しない限り、向こうは鹿子さんを解任しなきゃいけなくなる。解任するには株主総会での議決を経なければならない。お父さんの持ち株が過半数ないとするなら、鹿子さんにも勝算がなくはないけど、その場合、鹿子さんはほかの株主に自分の正当性を訴えなきゃならない。場合によっては、お父さんを含めた現経営陣がいかにでたらめか、背任《はいにん》の証拠でもスキャンダルでも何でも集めて、それを暴露《ばくろ》することによってどちらが正しいか、ほかの株主に問うというような戦法も考えなきゃいけない」

「泥沼じゃないですか」

「泥沼だよ」弁護士はうなずいた。「そこまでして戦う覚悟があるかどうかだ」

あるわけがない。小穂が持ちえている戦闘意欲など、しょせん、松山の逃げ腰ぶりを見ただけですっと醒《さ》めてしまう程度のものだ。

「あるいは、取締役会でお父さんから代表権を取り上げる動議を起こして、自分が代表取締役に就いてしまうか」

「クーデターじゃないですか」

「クーデターだよ」

「味方もいないし、そんなことできません」

だよねと言いたげに、弁護士は肩をすくめる。

「波風を起こしたくないのであれば、多少理不尽だとは思っても、ここは潔く身を引いたほうが、先々のためにはいいかもしれない」

将来、復活できる芽も残るということか……しかし、こんな目に遭《あ》わされて、この先、〔フォーン〕に戻りたい気になるだろうかとも思う。

「まあ、それよりは、もう一度、お父さんと話し合って自分の非を詫《わ》びたほうが、解決につながるんじゃないかと思うけどね」

弁護士も結局は、松山と同じアドバイスで話を終えた。

6

金曜日の夜、家に帰って一息ついた隆造の携帯に、小穂から連絡があった。

〈時間があるときに少し話をさせてください。その……いろいろ謝りたいこともありますので〉

彼女は神妙な口調でそう申し出てきた。

まだあきらめがつかないのか。まあ無理もないが……そんなことを思う。

「そう言えば、明日はお前の誕生日だったな」隆造は手帳を繰りながら話す。「何か予定はあるのか?」

〈いえ……ありません〉

少しふくれているように聞こえたのは気のせいか。

「明日は丸の内で会合があるし、そのまま六時の便で北海道に飛ぶことになってるから……そうだな、四時に丸ノ内ホテルでいいか?」

〈けっこうです〉小穂が答える。

「ケーキを食べるくらいの時間はあるだろう」隆造はそう言ってから付け加えた。

「ちゃんと辞職願を持ってきなさい」

すっと息を呑むような気配が耳に伝わってきた。

「じゃあ明日な」

それに気づかないふりをして、隆造は電話を切った。


土曜日、キャンプ協会の会合を終えたあと、隆造は東京駅の前にある丸ノ内ホテルに入った。八階に上がり、カフェラウンジを覗くと、小穂はすでに、テラスからの明かりが注ぐウィンドウガラス近くの席に着いて待っていた。

「何かおいしいケーキはあるかな?」

紅茶に加え、ケーキを小穂の分とともに、ホールスタッフに頼んだ。

「小穂の誕生日を祝うなんていつぶりだ?　小学生のとき以来かな?」

隆造はそう言って軽く笑ってみせたが、小穂の表情は硬かった。この分だと、たとえケーキが運ばれてきても、手をつけそうにないなと思った。

「あのときは確か、お前をキャンプに連れていって、パンケーキを作ってやったんだったな。お前は、こんなのケーキじゃないって言って、あんまり食べてくれなかったけどな」

「あれは車に酔っちゃって、何も食べられなかったんです」小穂が静かに言う。

「こんなのケーキじゃないって言ったのは、普通のバースデーケーキを楽しみに待ってたら、ロールケーキを買ってきたときです」

「そっか……そうだったな」隆造は小さく笑う。「予約するのを忘れてて、売れ残りのあれを買ってったら、お前に泣かれたんだった」

紅茶とケーキが運ばれてきたが、やはり、小穂はフォークを取ろうとはしなかった。

「誕生日、おめでとう」隆造は構わず言う。「ある意味、再出発に相応《ふさわ》しい日だ。辞職願は持ってきたか？」

「その前に少し話を聞いてください」

小穂はそう言ってから、一呼吸置き、意を決したように頭を下げた。

「このたびは経営陣の意思統一が必要な場で、和を乱すような軽率な言動を取ってしまい、申し訳ありませんでした」

意外に頑固で、気に入らないことは誰に促されてもやろうとしない子が、おそらくは自分を曲げて頭を下げている。それ自体は同情を誘うものの、隆造が求めている行為とは違っていた。

「それはもういい」

隆造は言ったが、小穂は頭を上げなかった。

「取締役を解かれても構いません。平社員からでもいいので、一から〈フォーン〉

でやり直させてください」

「みっともないことを言うな！」

　隆造が一喝すると、小穂はびくりと肩を動かし、顔を上げた。

「ただ自分の食い扶持《ぶち》を稼がんがためだけに、言うような話だ。俺は最初から、会社に貢献する人間になってほしいと思って、お前を入れてるんだ」

「それはだから、現場から貢献したいということで……」小穂は肩をすぼめ、消え入りそうな声で言う。

「お前は、会社を出ていきなさいという俺の話に納得して、それを言ってるのか？」

　納得していなければ、今の謝罪には結びついてこない。しかし、小穂は答えなかった。

「そんな、自分の気持ちに嘘をついてまで会社にしがみつこうとしてる人間に、いったい何を期待しろと言うんだ？　稼ぎ口を失いたくない以上の志を、どこに見出せと言うんだ？」

　小穂は唇を噛み、悄然《しょうぜん》と顔を伏せた。

「追い出されても、どうすればいいか分からなくて……」

　そう弱音を吐いた。正直な気持ちらしかった。

隆造は声を落ち着けて言った。

「俺も実際のところは、この判断が正しいかどうかは分からない。買収の案件にしてもだ。もともと経営の問題で、一〇〇パーセント正しいと思える選択肢なんてないんだ。どれも一長一短ある。それを社長の座にいる者は、次から次に決断していかなくちゃいけない。

小穂もこれまでは、よくやったと思える仕事もいくつかあった。だから、取締役にも抜擢してやれた。けれど、これから先は、今のままじゃ伸びないと思った。五年後、十年後に、俺の跡を継がせるイメージがなかなか湧かない」

隆造は小穂の神妙な顔を見つめ、紅茶に口をつけてから続ける。

「俺も人間だから、いろんな気持ちがあるんだよ。人生一度きりなんだし、今すぐにでも社長業なんか放り出して楽になって、母さんと二人で全国あちこち気ままにキャンプして回るような生活を送ったほうが楽しいんじゃないかと、けっこう本気で思うときもある。

でも、その一方で、〔フォーン〕が今よりもっと成長できる可能性があると分かったら、そのロマンを一生懸命追い求めたくなる。それに人生を懸けたいと思ってしまう。

「よく聞きなさい」

これは経営者の性《さが》だ。ほどほどなんて選択はできない。だから、俺が社長の座を誰かに譲るときには、〔フォーン〕は今よりずっと大きくなってるはずだ。もしかしたら、売上一千億に手が届く会社になってるかもしれない。だから、跡を継ぐ者は、そういう会社を率いる力がなきゃいけないんだ。そして、大槻みたいながつがつした連中をちゃんと従えなきゃいけない。

小穂にその力があるのか……考えたが、俺は難しいと思った。いろいろお前なりにがんばってはいるだろうが、このまま同じように働いていても、大した力はつかない。今はまだ若いし、周りも期待半分で大目に見ているだろうが、そのうち、創業家の娘だから、ある程度の役に就かせておくのも仕方がないと、情けをかけて見られるようになる。お前はたぶん、それに気づかない。そんな無様《ぶざま》な真似《まね》をさせてまで、うちで働かせるつもりはない。だったら今、手もとに大事に置いておくよりも、外に出して化けることに期待したほうがいいと思ったんだ」

小穂の顔には、まだ戸惑いの色が残っていたが、言葉のいくらかは胸に刺さったようで、隆造にまっすぐ目を向けるようになっていた。

「だから、俺の判断が正しいかどうか分かるのは今じゃない。外で揉まれて、何年か後、どんな人間になってお前が帰ってくるかだ。外でなら、いくらでも地べたに這《は》いつくばればいい。うちの連中は誰も見ていない。帰ってきたとき、小穂は変わったと思わせられれば、お前の勝ちだ」

小穂はしばらく、隆造の言葉を噛み締めるようにして黙っていた。ここまで言って伝わらないのであれば、本当の意味で見限らなければならない……そんな思いで、隆造はその沈黙に付き合った。

「分かりました」

やがて小穂はそう言い、バッグからそっと辞職願の封筒を取り出して、隆造の前に置いた。

「私も、頭を下げてまで会社にしがみつこうとするのは、みっともないとは思っていました。本当は悔しくて、社長を見返したくて、〔フォーン〕と戦える会社を起こしてやろうなんて気にもなりました。でも現実問題、そんな力はありません。社長の庇護《ひご》がなければ誰も相手にしてくれないし、何もできない人間なんだって思い知って……だから、どうすればいいか分からなくなっちゃったんです」

「何もできないなんてことはない」隆造は言う。「お前はすぐ自分で限界を作っちまう。もっといろんな人間に触れて、その限界を広げなきゃいけない」

彼女なりに納得してくれたようだが、やはり、途方に暮れたような憂《うれ》いは表情に残っている。就職活動も満足にさせなかっただけに、無理やり外に出されても戸惑う気持ちのほうが強いのだろう。彼女を受け入れてくれる会社を世話してやるべきかと考える。しかし、それもまた甘さになるのではないか……。

そんなことを考えていると、不意にウィンドウガラスがコツコツと鳴った。外のテラス席にいる男が、ガラスを小さくたたきながら、隆造に微笑みかけている。

「ん……?」

見憶えがあった。そう、〔フォルテフロース〕の並木剛だ……隆造は記憶を手繰り寄せて名前を思い出した。

元ビジネス誌編集長のヘッドハンターだ。あのときは結局、戸ケ里に紹介してもらった大槻が気に入ってしまったが、その前は並木に人選を任せようと思っていた時期もあったのだった。

並木はそのときの不義理を何とも思っていないようで、思いがけず旧友と会ったような、嬉しそうな笑みを隆造に向けていた。そして背を向けたかと思うと、テラスの出入口から回りこみ、隆造たちの席へと歩いてきた。

「いやあ、鹿子社長、大変ご無沙汰《ぶさた》してます」

彼は明るさと重みがほどよく混ざった口調で挨拶を口にし、目を細めて人懐こそうな笑みを再び作った。

7

「〔フォルテフロース〕の並木です」

テラス席から回りこんできた五十絡《がら》みの男は、小穂たちの席までやってきて、そう名乗った。

どれほどぶりの再会かは分からないが、以前もそれほど頻繁《ひんぱん》には会っていなかったのだろう。だからこそ彼は改めて名乗ったようだった。

しかし父は、彼のことをしっかり憶えていたらしく、ごく自然な口調で、「どうもその節は」と返した。「こんなところでまたお会いするとは」

「我々はこういうところが仕事場ですから」並木は言った。「鹿子社長とも、確かここでお話をしたことがあったと思いますよ」

「ああ、そうだったね」

「いやあ、あのときは戸ケ里氏にすっかりやられました」並木はそう言って、悔しそうに腕を組んだ。「どうですか、彼が紹介した人は？」

「うん、常務として存分に腕を振るってくれている」

「そりゃよかった」

大槻のことだ。そうか、この並木という男は、大槻を〈フォーン〉に紹介した戸ケ里という男と同じ、ヘッドハンターなのだなと、小穂は理解した。

人と会う約束でもあるのか、土曜日の夕方ではあるが、並木はダークグレイのスーツに小紋柄のネクタイを締め、隙のない格好をしている。

彼はちらりと小穂を一瞥したところで、訝しげに眉を小さく動かした。小穂は先ほどまでの父との話を引きずっていて、彼に対してはどんな愛想も向けられていなかった。

「娘だ」父が紹介する。「誕生日なので、ちょっとお茶でもと思ってね」

「ああ、あなたが……確か小穂さんでしたかね。そうすると、ちょうどキリのいい歳になられたんじゃないですか……それはそれは、おめでとうございます」

小穂の名前も歳も知っていることには軽く驚いたが、誕生日を祝われても心から喜べる状況ではなく、小穂は小さく会釈《えしゃく》を返しただけだった。

「では社長、また何か人のことでご相談がありましたら、遠慮なく声をかけてください。今度はぜひともお力になれればと思います」

並木は小穂の愛想のなさに居心地《いごこち》が悪くなったのか、そんな言葉でやり取りを終わらせ、小穂たちのもとから離れようとした。

「いや、並木さん」

そんな彼を父が呼び止めた。

「はい……？」

父は一瞬、考えるような間を置いたが、すぐに独りうなずいてみせた。

「ここで会ったのも何かの縁だ」父は言う。「実は、誕生日というのは表向きで、ささやかな送別の席でもあったんだ。この子はうちの会社を辞めることになった」

「えっ？」

並木もさすがに、そんな事情とは思っていなかったようだった。

「本当だ。別に何があったわけじゃないが、そういうことになってね。辞職願も預かった。ただ、辞めてどうするかまでは何も決まってなくて、この子も困ってる。だからあなた、ちょっと面倒を見てやってくれないかな」

「はあ……」

並木は見るからに戸惑っていたが、父は彼に頼んですっかり安心したようだった。

「頼んだよ」

父は言い、腕時計に目をやって「こんな時間だ」と呟くと、伝票を取って立ち上がった。

「じゃあ、小穂、がんばりなさい」

小穂にそんな声をかけ、カフェラウンジを出ていく。

「あ、社長……」

並木の困惑した声は父に届かず、その背中はあっさりと消えた。

「参ったな……」

並木は頭をかきながら小穂を見やり、父が座っていた椅子にどかりと腰を下ろした。

「あなたのお父さんはどうも、その場の思いつきで大事なことを決めたりする癖があるんだよな」

軽く舌打ちを交ぜながら顔をしかめ、そんなことをぶつぶつと言う。

「そうなんです」

小穂もそれは認めざるをえなかった。普段はそれほど厳しいわけでもないのに、突然、小穂を鍛《きた》えようとするスイッチが入る。昔、釣った魚を小穂一人で取りこませようとしたときもそうだった。別のときには、キャンプ場近くの森の中で、一人で帰ってこいと、小穂を置き去りにしたことすらあった。

今回、小穂を外に出そうとしたのも、おそらくはそういう思いつきの範疇《はんちゅう》なのだ。

「私に任せたいなんて言っときながら、ほかの会社《ファーム》からいい人がいるなんて話を聞くと、ころっと気が変わる」並木は大槻の件を思い出してか、苦虫《にがむし》を嚙みつぶしたような顔をしてみせた。「そういうのも憎めないが、そのうち痛い目を見たりしないかと心配になるよ」

彼はやれやれというように首を振り、大きく息をついた。

「しかし……面倒を見てやってくれと言われてもな」並木は思案顔になって、小穂を見る。「確かあなた、取締役になってたんじゃなかったか……？」

「そうです」

「そうすると、それなりの年俸はもらってたわけだ」並木は独り言のように言ってから、小穂を見る。「千五百万くらい？」

「え……ええ、はい」

どんぴしゃだったので、小穂は思わずうなずいてしまったが、並木はそれが当たっても、したり顔すら見せなかった。

「難しいなぁ……これは難しいぞ」

腕を組み、困り切った顔をしている。

「並木さんはヘッドハントの仕事をされてるんですか？」

並木はうなりながら、小穂の問いかけに小さくうなずいた。

「そうなんだが、こういうケースは初めてでね」

　三十になったばかりの人間に千五百万の年俸を約束するような会社がめったにないことくらいは小穂も分かっているし、外で今と同じくらいの待遇を期待する気持ちもない。ただ、見かけだけで市場価値を値踏みされるのも本意ではなかった。

　どちらにしろ、ヘッドハンターの彼でも難しいと口にする以上、自分で探しても変わらないのではないかという気がした。

「大丈夫です。自分で何とか探しますから」

　小穂はそう言ったが、並木はそれに首を振った。

「それは駄目だ。あなたのお父さんの気まぐれであれ、私はちゃんと頼まれた。そうであるからには、何もしないのは私の信用に関わる」

「はあ……」

「大丈夫。こういうのは、どこかに答えがある。考えれば出てくるもんだ」

　プライドを刺激されたのか、並木は一転して強気なことを言った。手帳を開き、一心不乱に繰り始める。

「あの……〔フォーン〕ではもともとウィメンズウェアを担当していたんで、アパレル関係の仕事なら、それなりに力を出せると思いますけど」

　いくら得意の分野でも、これまでと同じような待遇を約束してくれる会社があるとは思えないが、プライドを覗かせている彼の「答え」なるものに少し興味が湧いていた。条件に適った会社を本当に見つけ出すとすれば、それは大したものだと思う。

「なるほどね……」

彼は上《うわ》の空のような相槌《あいづち》を打ちながら、手帳に目を落として考えこんでいたが、やがて上着から携帯を取り出した。どこかから着信があったらしい。

「はい、並木です。あ、どうも、こんにちは……」

からりとした声で受け答えをしていた並木だったが、不意に口調が変わった。

「え……ちょ、ちょっと待ってください。いやいや、そうかもしれませんが、冷静になりましょう……いや、そんなことはないと思いますよ」

やたらうろたえ、腰を浮かせてしまっている。

「水野さん、これからお時間ありますか？　そちらにおうかがいしますんで、もう一度一緒に考えましょうよ。大丈夫です。一緒に考えれば、きっといい答えが見つかります。今、東京駅の近くですから、三、四十分もあれば、そちらに着きます。お待ちください。すぐに向かいますので」

電話を切った並木は大きく息をつき、「参ったな、参ったな……」と呟いている。

頼りがいがあるのかないのか、よく分からないな……小穂はそんな彼の様子を見ながら思う。

「どうしたんですか？」そう訊いてみる。

「いや、週明けから依頼先に部長として入社が決まってる人が、やっぱりいろいろ考えたら不安になってきたから、白紙に戻したいって言ってきたんだ」

「えっ？　ドタキャンですか？」

確かにそれは大変だと思うものの、並木はすぐに立ち直ったようだった。

「いや、大丈夫だ。こういうケースはけっこうあるから」

小穂の職探しよりは簡単らしい。先ほどの電話を聞く限りは、これから先方のもとに飛んでいって話し合い、不安を解消してやるということなのだろう。

「あ、花緒里《かおり》さん？」並木はどこかに電話をかけると、猫撫《ねこな》で声で話し始めた。「ちょっとこれから時間ないかな？　実は丸ノ内ホテルで〔クララ〕さんの面談が入ってるんだけど、すぐ行かなきゃいけない用事が入っちゃって……え？　今、千葉？　じゃあ駄目だな」

どうやら、これから人と会う約束があったようだ。それにもかかわらず、電話の相手のところにも向かわなければならなくなったことで困っているらしい。

「あ、左右田《そうだ》くん？　ちょっと非常事態なんだけど、これから丸ノ内ホテルに来てくれないかな？　え？　何？　そんなしょうもないアイドルのコンサートなんていつだって行けるだろ！　あ……もしもし？　もしもし？」

次の相手には途中で電話を切られてしまったらしく、並木は絶望したようにうなだれた。

「駄目だ……まずい」

そう言ったきり、そのまま動かなくなってしまった。

どうしたものか。

戸惑いながら、どうすることもできずに見守っていると、彼は不意に顔を上げた。小穂をじっと見つめながら、何事か考えている様子だ。

「いや、大丈夫だ」

自分に言い聞かせるようにそう言って、小穂を指差した。

「よく考えてみたが、さっき、お父さんは君の移籍先を探してくれと言ったわけじゃない。面倒を見てやってくれというのは、うちのファームで預かってくれという意味だ」

「えっ？」

「いや、絶対そうだ」並木は決めつけるように言った。「大丈夫。保証はないが、がんばり次第では今までくらいの稼ぎは得られる。早速で申し訳ないが、初仕事として、これからここで面談があるから、君に立ち会ってもらいたいんだ」

「そんなの、それこそ思いつきじゃないですか!」父のことを言えた義理ではないと思った。「その場しのぎで人を雇わないでください。ヘッドハンターなんて嫌ですよ。私は、ちゃんと物を作ったり売ったりする実業の仕事をやりたいんですから」

「人の仕事を虚業のように言ってくれるなよ」

「虚業みたいなもんじゃないですか。それっぽい人間を適当に会社から会社へと移して、はい、いくらみたいな」

「君はずいぶんはっきりものを言う子だな」

並木はそう眉をひそめつつも、そんなことはどうでもいいとばかりに、「まあ、とにかく今日だけでも頼むよ」と、押し切るように言った。

「今日だけでもって……」

「いや、大丈夫だから」彼は強引にやり取りを終わらせ、カフェラウンジの入口に小さくあごを振った。「ほら、クライアントが見えたぞ……」

「並木さん、今日はよろしくお願いします」

小穂が狐につままれたような気分から抜け出せないうちに現れた男は、やや緊張した面持《おもも》ちで並木に頭を下げた。並木と同じくらいの年格好で、丸顔が温厚そうに見える。

カーテン・カーペットメーカー［クララ］の人事担当取締役を務めている島貫《しまぬき》さん……彼が入口に姿を見せてから小穂たちの席に来るまでに、並木から耳打ちされた情報はそれだけだった。

「吉野さんのこと、うちの社長に報告しましたら、いたく気に入ったようでして、ぜひともお会いしたいと申しておりました。今日は吉野さんにも、何とかその気になってもらえたらと願っております。大事な面談になると思いますので、並木さんのほうからもお力添え、よろしくお願いします」

「もちろんです……と申し上げたいところなんですが、私、これからどうしても急ぎ処理しなければならない問題が発生しまして、そちらに駆けつけなくてはならなくなってしまいました」

「えっ？」島貫は動揺したように声を上げた。

「いや、大丈夫です」並木は言う。「私の代わりに彼女を付き添わせます。鹿子と申します。まだ名刺もできていない、入ったばかりのコンサルタントですが、アウトドアグッズメーカーの［フォーン］で若くして取締役を務めていた逸材です。島貫さん、キャリアのある女性の対応に今一つ自信がないということを前にちょっとおっしゃってましたので、そのあたりのフォローも彼女ならうってつけだと思い、連れて参りました」

自信たっぷりの物言いも、小穂からすればもはや胡散くさくしか聞こえないが、こうなってしまえば、小穂もその場に合わせて澄ましているしかない。

「そ、そうですか」島貫は戸惑いながらも、「よろしくお願いします」と小穂に声をかけてきた。

「では、私はもう行かなければなりませんので、よろしくお願いします」

もう手当てはすべて済んだとばかりに並木は言い、足早に姿を消してしまった。

「す、座りましょうか……」

テーブルに置かれたケーキが場違いな空気を出していたので、ホールスタッフに下げてもらった。飲み物を頼み直し、島貫と肩を並べて座り直す。

「ええと、ちょっと不勉強であれなんですが……」小穂はそう切り出した。「一つ二つお尋ねしてよろしいですか?」

「何でしょう?」

「これからのこれは、いったいどういった席なんでしょうか?」

「そこからですか?」

「いやあの……なにぶんバタバタしてまして」小穂は頬を引きつらせて言い訳した。

「吉野さんという方との二回目の面談です。我々、マーケティング担当の幹部を探してまして、並木さんにリストアップしていただいた方々の中で吉野さんに目を留めました」

「ああ、なるほど……ヘッドハントしようというわけですね？」

島貫が怪訝《けげん》な顔をして「そうですね」と答えた。

「あ、当然ですよね。並木さん、ヘッドハンターですもんね」

取り繕《つくろ》い気味に苦笑いを浮かべて言うと、島貫はますます表情を強張《こわば》らせた。

「それで、その吉野さんという方は難敵なんですか？」

「難敵？」

「その、気難しいというか、扱いづらいというか……いえ、先ほど、女性の対応にどうこうという話がありましたし、実際その、島貫さん、緊張してらっしゃるのかなというふうにお見受けしますし」

「確かに緊張はしてます」島貫はそう言って、水を口に含んだ。「ですが、吉野さんは気難しいとか、そういう方ではありません」

「島貫さんは、言ってみれば雇う側ですよね。こういうのって、雇う側はどっしり構えて質問とかしながら、相手の能力や人となりを見極めたりするイメージですけど、そういうわけでもないんですか？」

「ヘッドハンターの鹿子さんに説明するのは釈迦《しゃか》に説法のような気もしますが」島貫は言う。「ヘッドハンティングは普通の中途採用なんかとは違います。向こうからうちに入りたいと名乗りを上げてくれている人ばかりを相手にするわけじゃない。よそで活躍している方を引き抜くような話が多いんです。吉野さんにしても、別にうちに移らなくても困らない。けれど、うちとしてはぜひ来てもらいたい。そういう人を何とか口説《くど》かなければならないわけですから、緊張するんです」

「なるほど」

「でも、キャリアを積んだ女性にこういう引き抜き話を向けるとき、いったい何がフックになるのかが今一つ、私にはよく分からないんです。うちは若手はともかく、幹部となると女性の活躍はまだ少ないんです。男なら年収であったりポストであったりと、こだわるポイントは私にも想像できます。でも吉野さんは、前回会った印象では、そういうことばかりが重要というわけではないようでした」

「どうなんですかねえ。男も女もそんなに変わらないような気はしますけど」

小穂自身、まだ会っていない女性であるだけに、適当なことしか言えない。

「長年連れ添っている妻でも、何を考えてるのか分からないこととか、しょっちゅうですからね。まあ、妻なら相手のことを分かろうとするより、こっちのことを分かってもらったほうが早いと割り切ればいいですけど、こちらはそういうわけにもいきません。だから、今日は並木さんにうまくフォローしてもらいながらと思ってたんですが……」

恨《うら》めしそうな視線を送られたが、小穂としては苦笑いで応えるくらいしかできなかった。こちらもその場しのぎの策としてピンチヒッターにされた身である。必要以上の働きを期待されても困る。

「あ、いらっしゃいました」

そう言って立ち上がった島貫の視線に合わせてカフェラウンジの入口を見やると、ワンピース姿の小柄な中年女性の姿があった。

「今日はよろしくお願いします」

島貫の挨拶に頭を下げ返した彼女は、笑みで和《やわ》らげた誰何《すいか》の目を小穂に向けた。

「あ」小穂はお辞儀する。「すみません。並木が急用で立ち会えなくなってしまいまして、私が代わりに……」

「あ、そうなんですか」

名刺も用意できておらずと、小穂は再度詫びながら、名前だけを告げた。

「いいんですよ」

そう言って彼女は小穂に名刺を渡してくれた。吉野美代子《みよこ》。キッズウェアの有名ブランド〔キャンディーボックス〕のマーケティングディレクターと記されている。

「わあ、〈キャンディーボックス〉さんなんですね」小穂は思わず声を上げていた。「私、就活で受けたかったんですよ」

「そうなんですか?」美代子は戸惑い気味の微苦笑で応じた。「受けたかったっていうのは、受けられなかったってことですか?」

「ええ、いろいろと諸事情で」

実際には就活する前に〈フォーン〉に入ることが決まってしまったからだが、それまではアパレル志望で就活の準備を進めていて、中でも〈キャンディーボックス〉を第一志望にしていたのだった。

世界進出にも成功していて、アジアやヨーロッパ各地でも人気を得ている。確立されたブランドを持った優良企業だ。就活においては、小穂だけでなく周りの女子学生にも人気が高かった。

美代子は、四十代の半ばあたりだろうか。身のこなしもゆったりとしていて、仕事一筋の鋭さは外に出ていない。印象的には、普通のお母さんが少しおめかしして都心に出てきたといった感じである。

しかし、〈キャンディーボックス〉でそれなりの仕事を任されている女性であるとなると、見る目が違ってくる。そもそも、そんな人間を引き抜くことができるのかとも思えてくる。

これは確かに、難しい話だ……小穂はそう気づいた。

「〔キャンディーボックス〕さんももちろん、就活生に人気の会社であることは存じ上げていますが、我が社もここ数年、特に女子学生の応募が増えてきておりまして、採用比率も男子に迫るほどになっています」

島貫が〔キャンディーボックス〕に対抗するようなことを言った。

「そうなんですか。島貫さん、女性を相手にするの苦手なのに、そうなるとまたこれから大変ですね」

小穂が言うと、島貫は顔を引きつらせた。

「いえ、苦手だなんてことは申し上げていませんよ。いろいろと男性とはまた違う考え方をされる方もいらっしゃるから、その、なかなか理解するのが難しいというか……」

「それは、苦手ってことじゃないんですか？」

二人のやり取りを聞いていた美代子がふっと笑う。

「それ、私の話ですか？」

「いえ、そうじゃないんです。あくまで一般論で」島貫が慌てるように言った。

ホールスタッフにコーヒーを注文してから、美代子が続ける。

「でも、この前の話で、私、けっこう曖昧な態度に終始してしまったんで、理解が難しいって取られたかもしれません」

「いえ、決してそんなことはありません。こういう話に対して、すぐにいい反応がもらえるとはこちらも思ってはいませんので」島貫は言う。「ただ、この前お会いしたあと、うちの社長である大谷《おおたに》に報告したところ、大谷も吉野さんに大変興味を惹《ひ》かれたようでして、そんな方であれば直《じか》に会ってみたいし、自ら話をすることで我が社の魅力などをお伝えしたいと、そんなふうに申しておりました」

「それはありがたいお言葉ですし、身に余る光栄だと思います」美代子は控えめな笑みを浮かべてそう言った。「ただ、社長さんにお会いするしない以前に、まだ私自身の中で会社を移ることの可能性に向き合えていないと思うんです。どこか他人事《ひとごと》というか、現実味を持って島貫さんの話を捉えていない自覚がありまして……」

「そうですよね」島貫が苦しげに相槌を打つ。「私としては吉野さんのお気持ちを尊重して動きたいと思っていますので、そのあたりは大谷の意向を汲んで無理にとは考えておりません」

「でも、こうやって島貫さんのお話を聞かれるということは、少なからず『クララ』さんにご興味があるということではないんですか？」小穂は口を挿《はさ》んでみた。

「うーん、そう言われると、どう申し上げていいか困るんですが」美代子は苦笑する。「もちろん、まったく興味がなければ、お会いしていないわけですけど、かといって、前向きな興味があるのかと言われると、それもちょっと違うわけでして」

煮え切らない答えに、小穂は首をかしげる。

「そもそも、どうして〔クララ〕さんが吉野さんに声をかけようということになったんですか?」

「そ、そこからですか?」島貫が呆れ気味に声を上げる。

「ごめんなさい。私、正直に言うと、ヘッドハンティングのシステムがよく分かってないんですよ」小穂は開き直って言った。「どうして〔キャンディーボックス〕の吉野さんが〔クララ〕の島貫さんと会おうと思われたのか、そのへんの事情が分かってないと、島貫さんのアシストもできないじゃないですか。だいたい、普通に考えたら難しい話ですよ。だって、〔キャンディーボックス〕のマーケティングディレクターなんて花形じゃないですか。移籍話に耳を貸す理由なんてどこにあるのかって思っちゃいますよ」

島貫は迷惑そうな顔を小穂に向け、軽く咳払いした。

「待遇は負けていません。前回でも触れましたが、うちでも相応のポストを用意しております」彼は力み加減に言った。「マーケティングディレクターは〔キャンディーボックス〕さんでは部門の長、本部長に当たる役職だとお聞きしました。うちではマーケティング担当執行役員がそれに当たります。年俸についても、現在のおよそ一割増しとなる一千四百万をお約束するということになっています」

「それでも難しいと思います」小穂は首を振った。「年俸の一割なんて誤差の範囲ですよ。優良企業である〔キャンディーボックス〕を離れるリスクには見合いません」

「ただ、うちの会社の現状では、これが精いっぱいのところでして……」

「待遇に関してはお聞きしました」美代子が言う。「それについて、物足りないとか、そういう思いがあるわけではないんです。客観的に見ても、〔クララ〕さんは〔キャンディーボックス〕ほどの規模ではないわけですし、そんな中でそれだけの待遇を約束していただくというのは、十分評価されているのだなとも思います」

「でも、それが引きになるわけでもないですよね？」

　小穂が美代子に確かめるように訊くと、島貫が顔をしかめた。

「鹿子さんは私の邪魔をしようとしてるんですか？」

「違いますよ。客観的に思ったことを言ってるだけです。私はインテリア業界にそれほど詳しくないですから、よく分かりませんけど、〔クララ〕さんがどれほどいい会社だとしても、〔キャンディーボックス〕さんを飛び出してまで行く会社だとは思えないんです。私が吉野さんだったら、話も聞きません。でも吉野さんはこうやって、二回も話を聞きに来られてるわけですよね。それはやっぱり、吉野さんなりの、話を聞きに来る理由があるからじゃないでしょうか。私はまず、それを知ることが大事なんじゃないかって気がするんです」

島貫は、それも一理あるという顔をして美代子を見る。

「理由と言えるような、はっきりした何かがあるわけじゃないんです」美代子はどこか申し訳なさそうに言う。「六、七年前でしょうか、並木さんがまだ『ジ・エグゼクティブ』の編集長をやってらっしゃった頃、雑誌の特集でうちを取り上げていただいたんです」

「え、並木さんって雑誌の編集長だったんですか？」

小穂がそう反応すると、美代子は、そこから説明が必要なのかと言いたげに絶句した。

「そうだったんですね……ヘッドハンターになってからの並木しか知らなかったもので」

さっき初めて会ったとは言えず、小穂は笑ってそう取り繕った。

「そうなんです」美代子は気を取り直したように言う。「そのとき、私も幹部候補の一人みたいな扱いで取材していただいて、並木さんとも知り合いました。それからは並木さんがヘッドハンターになられ、私がマーケティングディレクターに就くようになって、業界の話なんかもできますし、年に一度か二度、声をかけていただいてお会いして、お互いの近況報告のようなやり取りをしてたんです。だから私は、特に転職したいとか、どこかいい会社はないかとか、そういうことで並木さんと会っていたわけではないんです。今回は、とにかく一度、話を聞いてみてほしいということで……」

「え、何の話かも分からないまま、セッティングされたってことですか？」小穂は驚いて訊く。

「いいえ、もちろん、並木さんはヘッドハンターですから、そういう話なんだというくらいの理解はありました。とにかくいい会社だから、話だけでも聞いてみるべきだと……ただ、私は、たまたまリストに挙げられた一人というつもりで、こんなに熱心に誘ってくださるとも思ってなくて、全然心の準備もできてなかったんです」

「うーん……それは戸惑うのも無理はないですね」小穂はそう呟いた。

「ですが」島貫が口を開いた。「私の立場からすると、並木さんがリストアップしてきた方である以上、何の見込みもないとは思えないんです。裏側の話をするようですが、並木さんは吉野さんについて、太鼓判《たいこばん》を押せる人物だとおっしゃってましたし、簡単ではないけれども来てもらえる可能性は十分あるとおっしゃってました。彼の人柄からして、適当なことを言うようには思えません」

小穂が短い時間の中で接した並木の印象は、十分適当なことを言う人間であったのだが、そこはあえて触れずにおいた。島貫が並木との裏話を持ち出してまで呈《てい》した疑問が、この場の風穴になるような気がしていた。

小穂は、美代子に視線を向け、彼女から何かが出てくるのを待った。

「確かにそうですね」美代子は言った。「並木さんが適当なことを言ったわけではないと思います。彼と近況報告を交わす中で、私もいろいろ日々の仕事について本音をこぼしたりすることがありました。鹿子さんはうちの会社を何の欠点もない素晴らしい会社であるかのように思ってらっしゃるかもしれませんけど、実際に働いていると人間関係で悩むこともありますし、いろんなしがらみで思うようなワークスタイルを構築できないということもあったりします。そんな話をついつい気を許して喋ってしまったことがあったので、並木さんは今の会社に不満があると取ったのかもしれません。

でも、そういった問題はどこの職場、どこの人間関係でも生じるものですし、隣の芝生じゃないですけど、よさそうに見える環境でも何かしら不具合を抱えているものだと思います。会社を移ったからすべてハッピーになるなんて保証は、どこにもないんです」

「ちなみに、並木にお話しなさったのは、具体的にどんな不満だったんですか?」

小穂はそう訊いてみた。

「それは、言うと愚痴《ぐち》になってしまいますので……」

美代子がそう言ってかわそうとしたところに、島貫が身を乗り出した。

「愚痴ではなく、立派な問題提起です。それらによって吉野さんがストレスを感じ、仕事に集中する上での妨《さまた》げになっているのであれば、一つの重要な問題として考えるべきです。私は人事畑でずっとやってきた人間ですから、人間関係の問題にもいろいろ首を突っこんできました。社員たちから寄せられた相談も、正面から受け止めてきた自負があります。私の持論ですが、ビジネスライフにもQOL、クオリティー・オブ・ライフの概念が必要だと思っています。いい仕事をするには、快適な環境を整えなければならない。問題を検討すれば、何か打つ手はあります。それを打たないのは怠慢《たいまん》です。私はそういう意識で今の職場を見てきました。そういう人間として、吉野さんの問題にも何か言えることがあるんじゃないかと思います」

ずいぶんと気負った島貫の言葉に、小穂は少なからず気圧《けお》されてしまった。美代子も同様のようで、口を半分開けたまま彼の話を聞いていた。

その彼女が小さく笑う。

「そう勢いこまれてしまいますと、逆に喋りづらくなってしまいますけど……」

「あ、いや、すみません」

　我に返ったように言い、恐縮する島貫を見て、美代子はまた微笑む。

「そうですね。でも、ここだけの話にしてもらえますか」彼女は目を伏せるようにしてそう言い、話し始めた。「例えば、マーケティング活動では広告代理店を使って行うプロジェクトがよくあるんですが、どこに依頼するかという選定の権限は私にないんです。全部常務が決めています。常務はマーケティング畑でかつては私の上にいた人で、もちろん仕事はできるんですが、そういう権限を持つようになってからは、首をかしげるような決定が多くなった気がします。プレゼンでこっちの提案のほうが面白いと思っても、彼の意見は違う。私がリスクを指摘しても、そんなのは小さな問題だと言って取り合わない……そういう感じです。

　だから、代理店も常務しか見てませんし、常務に営業をかけるようなやり方をしてきます。私はそんなふうに、不完全なレールが敷かれた中で結果を出さなきゃいけない。そうなるとどうしても駄目出しが多くなりますし、代理店からはうるさい人間だと思われてしまうんです」

「穏やかそうに見えますけど」

　小穂の言葉に美代子は首を振る。

「少なくとも、仕事相手からはそうは思われてません。でも、柄じゃないから、すごく疲れるんです。発注者側の立場を笠《かさ》に着て、業者をいじめているような気になって嫌になることもあります」

「もしかしたら、その常務は吉野さんのことが怖いんじゃないでしょうか」島貫が言った。「普通に仕事を任せていたら、いずれ自分の立場が脅《おびや》かされるという意識があって、業者の選定権などを自分が握ることによって力を誇示しているというか……そんな気がします」

美代子の話を聞いているだけでは、小穂には思い及ばないことだったが、島貫に言われ、その可能性もあるのかという気になった。

「もともとは『ジ・エグゼクティブ』に取り上げてもらったのも、常務が推薦してくれたからなんです。でも、三、四年前に私が発案してイメージ戦略までを手がけた新ラインがヒットした頃から、常務の当たりが変わってきました」

「『OSORO』シリーズですね。母娘《おやこ》でおそろいのワンピースを、という」島貫が反応する。

「そうです。リサーチを徹底してやって、ママタレの中からMAKOさんをイメージモデルに起用しました」

「あっ」小穂も広告などのビジュアルを思い出した。「あれ、吉野さんがやられたんですか⁉」

みの親みたいな形で取り上げられたんです。『OSORO』の宣伝になるならと思って応じていただけなんですが、何となくそのあたりから冷ややかな目を感じるようになりました」

「嫉妬《しっと》ですかね……」小穂は呟く。

「俗に男の嫉妬は怖いと言いますけど、よくあることです」島貫は吐息混じりに言った。

「でも、その話だけするのはフェアではないかもしれません」美代子はそう続けた。「常務は自分の人生のほとんどを会社に捧げてきたような人間です。誰よりも早く出社して、遅くまで残っている。休みもほとんど取らない。うちはワークスタイルのフレキシビリティに関しては先進的に見られますが、そういう人間がいることで緊張感が保たれている側面があります。

そんな彼の目から見たら、私なんかは一生懸命やってない、会社に尽くしてないっていうように見えるんじゃないかと思います。私事《わたくしごと》の話なんですが、ちょっと前に母が脳卒中で倒れまして、今、姉の家で介護してるんです。施設に入れて面倒を見てもらってはという話もあったんですが、母はまだ七十の半ばですし、少し介助すれば自分でできることも多いので、家族が看たほうがいいと姉が決めました。

私も可能な限りはそうしてあげたいと思いましたし、姉が前向きだったので賛成しました。ただ、姉もパートをやっていて全部彼女任せにするわけにもいかないので、週に二、三日は泊まりに行って、夜のトイレの介助をしたりしてます。

そういうことのほかにも、子どもが学校に行ってますので、行事だ何だといって時間を取られる用事も出てきます。とてもではありませんが、仕事だけに自分のエネルギーのすべてを注ぎこめるような生活ではないんです。うちは比較的社員の年齢層が低くて、産休育休については割と理解があります。けれど、こういう問題は個々が抱えこむしかない状況です。それも年齢的には管理職クラスの人間が多くなりますから、弱音を吐くのも許されないわけです。

正直言うと、こうやって引き抜きの話をいただいて島貫さんとお会いしたりしていますけど、私自身はこの先、仕事そのものを続けるべきなのかどうかで悩んでたりしてたんです」

「えっ……?」

彼女の率直な吐露《とろ》に、小穂は思わず声を上げた。

「もちろん、仕事をするのは好きですし、やっている以上は、可能な範囲で自分の能力をそこにぶつけています。でも、うちは夫も働いていて、私まで何が何でも仕事を続けなきゃならないわけでもありません。多少、ぜいたくを我慢すればいいことですし、夫も反対はしないだろうと思います。最近はそんなことをいろいろ考えていたところでして、私はほかの職場を知りませんし、今の会社だから、不自由を感じつつも何だかんだ続けていけるのかなという思いもありました。だから、［クララ］さんからお話をいただいて戸惑いの部分が大きかったのは、そういう個人的な事情があってのことなんです」

美代子の確かな本音を聞いた気がした。

口を開けば、安易ないたわりの言葉でお茶を濁してしまいそうで、小穂は何も言わずにただ、隣の島貫に視線を向けた。

美代子の話に、彼がいったいどんな言葉を返すのか……半ば事故のようにして加わる羽目になったこの席ではあるが、今は社命を背負った島貫と、人生の岐路《きろ》に立たされている美代子のやり取りに、すっかり惹きこまれてしまっていた。

「仕事を辞められることだけは、何とか思いとどまってほしいです」美代子の話を十分呑みこんだような間を置いてから、島貫は彼女を見つめてそう言った。「うちに来ていただくかどうかは別にして、その選択肢だけは取ってほしくない。吉野さんは今後まだ二十年は、仕事を通じてこの世の中に貢献できる人です。今少し苦しいからといって引っこんでしまうのは、社会の大きな損失です」

「そう言っていただけるのは嬉しいのですが」美代子は恐縮したように言う。「私は自分がそれほどの者とは思ってもいませんし……」

島貫は首を振る。「私も自分の話をさせていただきます」彼はそう言って続けた。「私には二十六になる娘がおります。昔から跳ねっ返りでちゃんとした大人になってくれるのかと気を揉んでいましたが、三年前、割と早くに嫁に行きました。相手は一回り上の和菓子屋の若旦那《わかだんな》です。それはいいのですが、その若旦那はバツイチで当時四歳になる娘が一人いて、両親も同居しているということが分かり、話を聞いたときは、私も妻も心配する思いのほうが強かったんです。そんな家庭にまだ若いうちの娘が後添《のちぞ》えとして入って、うまく溶けこめるのだろうかと思いました。

妻は考え直したらどうかと、娘にはっきり言いました。将来きっと苦労するから と……けれど、娘はまったく聞き入れず、私どもも結局は渋々認めるしかありませんでした。

向こうの家族は、私たち夫婦が結婚に反対であることに薄々気づいていたようでした。だから、顔合わせや結納の席なども空気は非常に微妙なものでした。けれど、それからしばらくして、向こうのお母さんが一人でうちを訪ねてきました。実はうちの娘と向こうの若旦那の子どもが同じ九月に誕生日を迎えるので、一緒にお祝いをしたいと思っている。ついてはそちらも、ぜひ参加してほしいのだがということでした。お祝いの話そのものには反対も何もありません。ただ、我々がしゃしゃり出るのもどうだろうと思い、お気持ちはありがたいのですがと、やんわりと遠慮しました。

　向こうのお母さんも無理に押してくることはなく、そうですかと残念そうに了承してくれました。そして、ただ一つだけお願いしたいことがあると、代わりに言ってきました。向こうの子ども——五歳になる孫にプレゼントを買ってあげてほしいと言うんです。品物ももう決めてあると言います。

　それが〔キャンディーボックス〕さんの『ＯＳＯＲＯ』のワンピースでした。大変人気の品で、向こうのお母さんは、うちの娘にお母さん用のそれを買うつもりだということでした。だから、お宅は孫に子ども用のそれを買ってもらえないかと……血はつながっていないかもしれないけれど、二人が結婚すれば、うちの孫はお宅の孫にもなる。同時に、お宅の娘さんとうちの孫は本当の意味での親子になってほしいと思っている。だから私はこのおそろいのワンピースを二人に贈りたいと思っているのだと、彼女は言いました。

　私はその提案を聞いたとき、初めて、もしかしたら娘は向こうの家族に溶けこんでうまくやっていけるのかもしれないと思いました。その誕生会が終わってから、娘が一枚の写真を見せてくれました。『ＯＳＯＲＯ』のワンピースを着て並んだ娘と孫を撮ったものでした。写真の娘は嬉しそうに笑っていました。とても仲がよさそうな若い親子に見えました。人は着ている服によって、こんな幸せそうに見えるのかと思いました。孫からは拙《つたな》い字で書かれたお礼の手紙ももらいました。

結局、それをきっかけにして、娘の結婚式のときには、私たち夫婦は心から素直に祝う気持ちになれたんです。今は娘も和菓子屋を手伝いながら、夫婦、親子、仲よくやっているようです」

額から汗が滴《したた》り落ちた島貫は、上着のポケットを探りながら、口を動かし続けた。

「今回、このエグゼクティブサーチの話の中で、並木さんから有力な候補者として吉野さんを推され、そのキャリアをお聞きしたとき、私はそのことを思い出して、あっと思ったんです。あの……」

熱にうなされたように喋り続けてきた島貫だったが、だんだん緊張感が舞い戻ってきたのか、言葉を途切れさせ、咳払いした。

「子ども服とカーテンやカーペットでは世界が違うかもしれません。けれど、その……『ＯＳＯＲＯ』のような素晴らしい仕事をしてきた人がうちに来て、何というか……マーケティング戦略を引っ張ってくれたなら、それは必ず、うちが飛躍的な変革を遂げるきっかけになるだろうと思えました」

ポケットから出したハンカチで額の汗を拭きながら、彼はなお喋り続ける。
「大事な話になると、どうもうまく話せなくなってすみません。ただ、私の立場から一つ言わせてもらいたいのは、あの……仕事の能力だけじゃなく、いろんな生活スタイル、いろんな家庭環境を持った人たちに、会社にいてほしいということなんです。私は営業では失格の人間でしたが、社長の大谷から怒られたことはありません。お前はそれでいいんだと言われ続けてきました。それで人事畑で会社を縁の下から何とかよくしようと考えながら仕事をしてきて、取締役まで引き上げてもらいました。今でも大谷からは、彼の考えを忖度《そんたく》するように言われることはありません。お前の考えでやれと言われます。今回の件でも、まず、お前の目で見つけてこいと言われています。それが一番、間違いがないと……私はその特権を今回、最大限、生かそうと思っています。大谷に間違いなかったと言わせる自信があるからです。

仕事とプライベートの両立についても、どうか心配なさらないでください。うちはオーダーメイドのカーテンやカーペットが売りですが、ワークスタイルもオーダーメイドできます。私が承ります」

肩で息をするようにして話し切った島貫は、じっと話を聞いている美代子からふと目を逸らし、少し悔しそうな顔をした。

「すみません。いろいろまとまりなく言ってしまい、うまく伝わったかどうか……」

消え入りそうな声で言った島貫は、フォローを求めるように小穂に視線を向け、ぎょっと目を丸くさせた。

「伝わりました……」

小穂は島貫の話の途中から感情が抑えられなくなり、ぼろぼろと涙をこぼしてしまっていた。

「いや、あの……鹿子さんに伝わっても」

「私に伝わっても仕方ないかもしれませんけど、伝わってしまいました」小穂はハンカチで涙を拭いながら言う。「私はこんなふうに自分がしてきた仕事を評価してもらって、こんな熱心にその力が欲しいって言ってもらえる吉野さんが羨《うらや》ましいです。もちろん、吉野さんのこれまでのキャリアがあってこそのことですけど、でも、本当にこうやって心から、あなたの力が欲しいって言ってくれる人がいて、言ってもらえる人がいるんだって……今の私にはそれ自体、奇跡みたいなことに思えてしまって……」

困惑気味に小穂を見ていた美代子が、「何かあったんですか？」と優しげに尋ねてくれた。

「私も自分の話をしていいんですか？」

涙声で問うと、彼女は「もちろん」と、うなずいてくれた。

「私は父の会社から追い出されました。一生懸命、私なりに会社のことを考えて仕事をしてきたつもりでしたけど、今のお前なら会社にはいらないと言われてしまいました。商社からヘッドハントされてきた優秀な人と経営方針で対立して、父は向こうを支持しました。私は臆病で冒険ができないんです。父もそんな人間に大事な経営の舵取りは任せられないんです。父の後ろ盾を失った私は、何もできない人間でした。今までそんなことは思ってもいませんでしたけど、実際はそうでした。小さな会社一つ起こせません。人からも必要とされません。恋人さえも逃げていきました。そんな私からしたら、吉野さんは本当に眩《まぶ》しい存在です。島貫さんの熱意もやけどしそうなくらい伝わってきます……」

「何かいろいろ悔しいことがあったみたいだけど」美代子が言う。「鹿子さん、まだお若いんだから、これからだと思う」

「若いって言っても、もう三十なんです」小穂は洟《はな》をすすりながら応える。「それなのに放り出されて……」

「何言ってるの。十分若いわよ」美代子はそう言って笑いかける。「お父さんもきっと、心から見捨てたりはしてないと思うわ。鹿子さんに一つのチャンスを与えたってことじゃないかな。あえて後ろ盾をなくして、自分の力で何かをするチャンスを」

「そうかもしれません」小穂はまた泣けてきて、唇をゆがめた。「でも私は本当に何もできない人間だって分かって……」

「私はそうは思わない」美代子は小穂をじっと見つめながら首を振る。「確かに鹿子さん、ヘッドハントの仕事を始めてから、まだ日は浅いんだろうというのは分かるけれど、でもあなたがいなかったら、この場は成り立っていなかったと思うの」

「ごめんなさい。いきなりの代役で至らないことばかりで……」

「でも、あなたがいなかったら成り立たなかった」美代子はもう一度言った。「私は正直、転職への興味は半分もなくて、半分以上は付き合いのある並木さんへの義理立てでここに来てたの。前回も島貫さんは熱心に、〔クララ〕さんがどういう会社か、どういう仕事をして、どんな業績を挙げているかを話してくれました。でも、私の気持ちが大きく変わることはなくて、そういう態度が島貫さんを悩ませているのも分かっていたけれど、それはもう、しょうがないことだと思ってたの。少なくとも今日、わざわざ自分の家庭の話なんかを持ち出そうなんて思ってなかった。もしかしたら、島貫さんもそうかもしれない」

美代子から問いかけの目を向けられた島貫は、こくりとうなずいた。

「吉野さんが自分のプライベートの話をされたので、私も話そうと思ったわけですから、その通りです。それまでは、何とかうちの会社を気に入ってもらいたい、〔キャンディーボックス〕さんよりは小さくてマイナーではあるけれど、見どころがあると思ってもらいたいと、そればかり考えていました。吉野さんのキャリアに見合う、やりがいのある仕事がうちにもあるというところをお伝えしなければという思いが強かったんです」

ほらというように、美代子は微笑みかけてきた。

「二人だけだったら、何も話は深まらなかっただろうし、並木さんがいても、どうだったか分からない。鹿子さんがいたから、変わったのよ」

美代子は自分を納得させるように小さくうなずいてから、話を続けた。

「私、鹿子さん自身の話を聞いていても、感じたことがあるの。それまでは島貫さんの熱心な話を聞いても……いえ、聞けば聞くほど、困ったなって思いが心のどこかにあった気がする。どうやってかわそうかって、逃げ道を探してる自分がいたのね。でも、確かに、こんなに人から今までの自分を評価してもらって、うちに来てほしいって言ってもらえるなんて、素晴らしいことだなって思えてきたのよね」

美代子はちらりと島貫に視線を移した。

「島貫さんの話、もちろん私にも十分伝わりました」

そう言って、また小穂に笑みを向ける。

「それが、鹿子さんの涙のアシストで、さらに突き刺さってきた」

「いえ、私は本当に……」

そう言いかけて、小穂は自分の中にあった無力感が薄らいでいることに気づいた。

「でも、そう言っていただけると嬉しいです」

そんなふうに言い直すと、小穂をじっと見つめていた美代子がこくりとうなずいた。

「島貫さん」彼女は改まったように、島貫に向き直った。「もちろん、すぐにお返事ができるような段階ではありませんけど、このお話、じっくり考えてみたい気がしてきました。御社《おんしゃ》の仕事のことも、もう少し詳しく知りたいですし、社長さんからお話をうかがえるということであれば、私もぜひお会いしたいと思います。一度そういう機会を作っていただけるとありがたいです」

「あ、ありがとうございます！」

島貫ははっとしたように言い、頭を下げた。

頭を上げ、小穂に向けたその顔は、どこか目の前の現実を信じられていない表情にも見えた。

「いや……」

美代子が帰ったあと、島貫は喉が渇いていたのか、アイスコーヒーのお代わりを頼んだ。それを一気に飲み干してから、ようやく人心地がついたように口を開いた。

「正直、私は駄目かと思ってました」

「よかったですね」

小穂がそう声をかけると、彼は何度も首を振った。

「よかったなんてもんじゃない、奇跡ですよ」彼は言う。「彼女は〔キャンディーボックス〕だけじゃない、アパレル界のスターマーケッターですよ。その彼女がうちに興味を持ってくれたなんて」

「よかったですね」

小穂としては、それ以外、言いようがない。ただ、今度は彼の気持ちにしっくり収まったようで、「本当です」と大きくうなずいた。

「鹿子さんのおかげです」彼はうやうやしくそう言った。「最初は正直、並木さんが同席しないと知って、何て無責任なと思ったりもしましたが、結果的には大正解でした。並木さんはやっぱり、人を見る達人ですね」

「ははは……そうですね」小穂は乾いた笑いで応えておいた。

週明けまで待てない、早速社長に報告しなければ……やがて島貫は腕時計に目を落とすと、そう言ってカフェラウンジを出ていった。

島貫が帰ってから、しまった、彼に並木の携帯番号を訊けばよかったと思った。ここで待っていて、並木は帰ってくるのか……それすら分からなかった。

とりあえず、待つしかない。

外が暗くなるのに釣られるようにして、小穂のまぶたも重くなってきた。いろんなことが重なって疲れていたのかもしれない。ディナーの客が周りの席を埋める中、窓際の席に一人居座り、こくりこくりと首を折った。

やがて、向かいの椅子が引かれる音がして、小穂は顔を上げた。

「いやあ、参った、参った」

並木が苦笑いを浮かべながら、どかりと腰を下ろした。

「どっしりしてるように見えても、人ってのは分からないもんだ。人生の岐路に立たされると、やっぱり迷いが出るんだな。でもまあ、大丈夫だ。これでもう気持ちを固めて、新天地でがんばってくれるだろう」

何だか懐かしい顔を見ているような気がして、不思議な気持ちになる。今日初めて会った人間のはずなのに、彼が戻ってきて、ほっとしている自分がいる。

じっと彼を見ている小穂の様子をどう取ったのか、並木は不意に決まりが悪そうな顔をした。

「いやぁ、まあ、こっちのほうは気にしないでいい。気まずい空気だっただろうが、もちろん君のせいじゃない。もともとちょっと無理筋だったんだ。嵌まれば面白いと思って引っ張ってきたキャンディデイトだったんだがね。彼女自身は会社を渡り歩いてのし上がっていくタイプじゃないんだ。本人も乗り気じゃなかった。島貫さんはかなりいれこんでたから可哀想だが、まあ、今日であきらめがついただろう」

「吉野さん、今度は、〔クララ〕の社長さんの話をうかがいたいそうですよ」

小穂が言うと、並木は「そうか」と流すように応えてから、小穂の顔を見返した。

「何だって⁉」

「いや、すぐにOKの返事を出せるわけじゃないけれど、興味が出てきたから、じっくり考えたいって」

並木は、冗談かどうか確かめるように小穂の顔をまじまじと見つめてから、やはり信じられなかったのか、携帯を取り出してどこかにかけた。

「もしもし……ああ、並木です。今日は立ち会えなくて失礼しました」

どうやら相手は美代子のようだった。

「ふむ……あ、そう。いや、そりゃよかった。でも、この前の感じからすると、どういう風の吹き回しなのかなと思って……」

小さく相槌を打ちながら相手の話を聞いていた並木は、小穂に一瞥を向けた。

「なるほどね……いや、もちろん僕の代役だから、そんないい加減な人間を置いていったつもりもなかったわけでね。可愛い顔して、けっこうきついこと言ってきたりするし、なかなか見どころがある子なんだよ。今日の場でも何らかのケミストリーがあるんじゃないかと期待してたんだけど、やっぱり僕の目に狂いはなかったね。いや、とにかくよかった……」

調子のいい言葉を並べて電話を終えた並木は、得心したような澄まし顔を作って小穂を見た。

「初仕事にしては上々の出来だったようだな」

「初仕事って……私、まだ、並木さんのもとで働くなんて一言も言ってませんけど」

「でも、意外と面白い仕事かもしれないと顔に書いてある」並木は小穂の顔を指差して言った。

「それは……否定しませんけど」

並木がほくそ笑むようににんまりとしてみせたので、小穂も釣られて小さく笑った。

「腹減っただろう。何か食おう」

並木はぽんとテーブルをたたいて言った。

「そうだ……今日は君の誕生日だったな。酒が飲めるんだったら、シャンパンでも頼むか」

今日会ったばかりのこのおじさんに誕生日を祝われるのか……そんな冗談みたいな感覚に、素直な嬉しさが少しだけ混じり、小穂は「やったー」とおどけるように万歳した。

引き抜き屋の微笑

1

「東西ホテル、浅草《あさくさ》に三百室規模のホテルを計画　定期借地権《しゃくちけん》契約を締結」

経済新聞の片隅に載っていたその記事に目を留めた三好初彦《みよしはつひこ》は、パソコンを開いて、その土地が浅草のどこにあるのかを調べた。

京都駅にほど近い一角に構えたビジネスホテル〔ゼロエトワール京都〕の二階。事業本部と総務部が並んだ奥に、〔ゼロエトワール〕社長である三好の執務室がある。広さは抑えられているが、茶系に統一されたシックな内装に安っぽさはない。

もともと三好は、手を伸ばせば何にでも届くような、狭い空間にこそ居心地《いごこち》のよさを感じる性分《しょうぶん》である。西京極《にしきょうごく》にある自宅も、いわゆる京都の町屋そのものであり、お気に入りの居間はせいぜい八畳というところである。

その感覚が、このホテル事業にいかんなく生かされている。

ビジネスホテル事業に乗り出したのは、今からまだ六年ほど前のことだ。父の代では、京都の市街地に八つのビルを所有し、貸しビル業を営んでいた。父が他界し、三好が経営の実権を握ったのを機に、事業を大きく転換したのだ。

若い頃、三好は大学卒業後、しばらく東京のシティホテルで働いていた。政治家のパーティーがあり、財界の会合があり、芸能人の結婚式があった。自分の仕事場が歴史の舞台となっている実感が、その頃の日々にはあった。

もしかしたら、当時の興奮の記憶が影響したのかもしれない。

ただ、いきなり大型のシティホテルを構えるような資金力はなかったし、時代的にも、大きなホールを持って、パーティーや会合などの利用で稼ぐスタイルは難しくなっていた。

一方で、宿泊に特化してサービスを絞《しぼ》り、必要最小限の空間を使い勝手よくデザインして提供するビジネスホテルは、年々革新を続けていた。ミドルレベルではなく、シティホテルに近いクオリティーをリーズナブルに提供する、アッパーミドルタイプのビジネスホテルが増えてきていたのだ。

三好もその時流に乗ることにした。

京都駅から徒歩四分の場所にあった、一番大きな持ちビルを建て替え、客室数六百を誇る〔ゼロエトワール京都〕を開業した。それから三年の間に、京都にもう三店舗、そして持ちビルのいくつかを売って、大阪と神戸にも二店舗ずつ作った。

メインの部屋はシングルで十八平米《へいべい》、ツインで二十平米が基本だが、その中で、いかに快適な空間を作り出すかに苦心した。ツインであればトイレと浴室は分け、浴室は窓側に配置するような設計を組んだ。シングルであれば、浴室などの水回りはガラス張りにして、視覚的にも居室《きよしつ》に広がりを持たせるデザインにした。ベッドの寝心地や空調、防音といったものも一つ一つ研究し、今もなお宿泊客の声を取り入れながら、快適性の追求に挑んでいる。

もちろん、ミニマムな空間を提供するだけがビジネスホテルの芸ではない。〔ゼロエトワール〕の売りは、一階のオープンカフェと最上階のサウナ付き大浴場である。特に一階のオープンカフェは、ホテルの象徴ともなっている。日よけ《オーニング》の下で風を感じながらエスプレッソなどを楽しむことによって、宿泊客は、その旅の豊かさを実感することができる。

そうした空間づくりが奏功《そうこう》し、業績は絶好調だ。外国人観光客の増加の影響もあって、平日休日問わず、客室の稼働率は連日フルに近い状態が続いている。

そうなれば、イケイケドンドンで店舗増に打って出るのが、経営者としての当然の選択である。事業展開に関しては、小さくまとまっているつもりはない。

大阪にもう一店という声もあったが、東京への進出を決めた。大学は立命館《りつめいかん》を蹴って立教《りつきよう》の観光学部に進んだ三好は、京都人独特とも言われる閉鎖的な気質は持っていない。同時に、東京に対するコンプレックスもない。あるのは、巨大観光都市のマーケットに参入したいという、企業家としての勝負心だけである。

そして、東銀座《ひがしぎんざ》に念願の〔ゼロエトワール銀座〕をオープンさせたのが昨年。

関西の主要店舗より宿泊料金は高く設定したが、周辺のライバルホテルとは十分勝負できる値段であり、事実、一年目から申し分のない客足を見せている。

銀座の出足を見て、三好は自分のビジネスが東京でも通用するという自信を深めた。差し当たっては、今後五年のうちに、関西と同じ八店舗ほどはそろえたいと思っている。

そんな目論見《もくろみ》から、先月、東京事業企画室の調査をもとに見つけてきた浅草の土地を契約したばかりだった。浅草駅から徒歩七分。もう少し駅から近い場所がよかったが、これだけの土地はこれからしばらく見つからないという室長の言葉を信じて決断した。

しかし……。

ディベロッパー系のホテルチェーン〈東西ホテル〉が契約したというこの土地は、駅から三分の場所にあり、どう見ても〈ゼロエトワール〉の土地より利便性で勝《まさ》っている。

ストリートビューで見る限り、前の通りの街並みも華やかだ。〈ゼロエトワール〉はオープンカフェの併設がマストとなっているだけに、場所が寂《さび》れた裏通りでは話にならない。先月契約した土地は、ここならぎりぎり様になるかというレベルだったから決断したが、ここが候補に挙がっていれば、間違いなくここに決めていた。

土地まで自社所有している関西の店舗とは違い、東京の店舗は、土地オーナーとの数十年にわたる定期借地権契約を基本路線にしている。出店の機動性やコストを考えれば、それが一番であり、ビジネスホテルを運営する会社は、土地を借りるか、建物までオーナーに用意してもらってそれごと借りるというやり方が多い。その際、鍵となるのは、どこに貸し出してくれる土地があるかという情報だ。〈ゼロエトワール銀座〉のときは、ディベロッパーや不動産コンサルタントに声をかけまくり、採算度外視の報酬を弾んでまで探し出してもらったが、そんなやり方をいつまでも続けてはいられない。今は、銀座のホテル内に東京事業企画室を作り、そこに土地の情報収集や交渉、出店計画の立案を担わせている。

「三好やけど、倉田はおるかな？」

三好はその東京事業企画室に電話した。

〈倉田です。おはようございます〉

「おはようさん」室長の倉田が電話に出たところで、挨拶《あいさつ》もそこそこに三好は切り出した。「〈東西〉さんのニュースを見たんやが」

〈経済新聞ですね〉倉田がかすかに緊張したような声で反応する。

「あんた、この土地の話はつかんどったんか？」

〈あ、いえ、その……〉

「つかんどらんわな。つかんどったら、私に言うもんな」

〈はい……申し訳ありません〉

倉田は大阪の人間で、大阪や神戸に店舗を出したときには、土地の選定でいい働きをした。銀座への出店でも先兵役《せんぺいやく》として、手堅く動いていたように見えていたので、そのまま東京での出店計画の責任者として向こうに置いていた。

しかし、やはり厳しかったか……。

〈ですが、場所というのはコストとのバランスですから、そういう意味では、うちが契約した場所のほうが、値打ち物と言えるんじゃないかと……〉

「言い訳はあかん。〔東西〕さんほどのとこが、儲《もう》からん話に手を出すわけがないやろに」

〈はい……〉

三好にぴしゃりと返され、倉田は悄然《しょうぜん》と返事をする。

「まあええ」

そう口にしつつも、電話を切った三好は、このままでは駄目だなと考えていた。

「社長」

外に出たところで声がかかり、そちらを見ると、スーツ姿の男がオープンカフェのテラス席に座って、にこやかに手を挙げていた。

「並木さん」

三好は笑顔を返し、並木のもとに近づいていく。

「お早いお着きですね。お荷物は預からせてもらいましたか？」

「ありがとうございます」並木は薄いブリーフケースしか置かれていない脇の椅子《いす》に目をやりながら礼を言う。「いや、おかげさまで助かりましたよ。一時はもう、そのへんの公園で夜を明かすしかないかと観念しかかってました。でも、どこかにいい答えがあるはずだと必死に考えてたところに、社長の顔が思い浮かびまして」

今はヘッドハンターに転身したという並木だが、以前は「ジ・エグゼクティブ」の編集長を務めていた。そのとき、京都特集が組まれ、新進経営者の一人として取り上げてもらった。その特集は京都財界でも話題となり、三好も仕事付き合いの中でいろいろと好影響があった。

その並木からは、彼がヘッドハンターに転身したのちも、折々に挨拶の便りなどをもらっていて、〔ゼロエトワール銀座〕がオープンした際にも顔を見せてくれていた。そして、つい二日前、京都に急の出張が決まったのだが、お宅に空《あ》いている部屋はないかという問い合わせの連絡が来たのだった。

昨今は外国人旅行客の増加で、京都の宿は一、二カ月前からどんどん部屋が埋まっていくから、並木が困っている事情はすぐに理解できた。〔ゼロエトワール〕の京都四店も予約でいっぱいだったが、千三百室あるからキャンセルは必ず出る。それを優先的に振り分けることにして、並木の予約を受け付けたのだった。

「壬生《みぶ》の別邸が取れたらよかったんですけど、あそこは部屋が少なくて、なかなか空きが出ませんので、すみません」

〔ゼロエトワール京都別邸〕は町屋を改装した宿で、趣向を凝《こ》らした造りはグループ店舗随一《ずいいち》である。オープンカフェも和風だ。部屋数が二十しかないこともあり、一泊三、四万の部屋がまたたく間に埋まり、キャンセルもなかなか出ない。

「いいえ、もう、こちらで十分ですよ。着いて早々、こうやって一服しているだけですが、それだけでも旅の疲れが取れて、午後からの仕事に向かうエネルギーが溜まっていく気がします」

「お部屋もお気に召せばよろしいですが」

「一仕事終えてからの楽しみにします。こちらは確か、ベッドのマットレスパッドは〔眠民堂《みんみんどう》〕を使っているんじゃなかったでしたっけ。私も自宅では〔眠民堂〕を愛用してましてね」

「そうですか。それでしたら、ご自宅と同じ感覚で休んでいただけるかもしれませんな」

三好はそう応えてから、「では、ごゆっくり」と言い結ぼうとして、ある考えが頭をよぎった。

「並木さん、今はヘッドハントの仕事をやられてるとお聞きしましたけど、それはどういった企業さんを相手にしてるんですか？」

「いろいろですよ」並木は答えた。「一部上場の大手から従業員十人、二十人の中小まで付き合いがあります。ただ、基本的にはその会社の幹部クラスの人材を探す仕事ということでやってまして、我々の場合は、年俸一千万以上というところで線を引かせてもらってます」

「ふむ……もちろん優秀な人間なら、それくらいは払ってもいいですが」

三好が独りごちると、並木は眉《まゆ》を動かした。

「人材をお探しですか？ お役に立てれば何よりです。本来なら我々の仕事、前受け金をもらって着手するのが流儀なんですが、三好社長のご依頼とあらば、そのあたりは柔軟に対応させてもらいますので、気軽にお申しつけいただければ」

「それはおおきに」並木のそつのない返事に、三好は微苦笑を返す。「ですが、仕事のことですから、簡単に、じゃあお願いしますとも言えません。工事であれば、たとえ電灯の取り換えでも相見積もりを取れというのが先代の教えでもありましてね。同業者さんのこともちょっと調べてみないと」

「賢明ですな」並木は余裕めいた微笑を見せて言った。「検討相手の一社に加えていただくだけでも光栄です」

自信を漂わせる彼の言葉に触れ、三好はヘッドハントという手を真剣に考えてみるべきかもしれないという思いを強くした。

2

「社長も言ったら聞かない人だからなぁ」

〔フォーン〕元副社長の坂下功治《さかしたこうじ》は、楊枝《ようじ》に刺した羊羹《ようかん》を頬張《ほおば》り、もぐもぐと口を動かしながら、困ったようにそう言った。

「俺もまあ、深谷《ふかや》くんからちらっと聞いただけだから、全部の事情を知ってるわけじゃないけど、例の常務と折り合いがよくなかったらしいね」

「ははは」小穂《さほ》は向かいで乾いた笑い声を立てながら、お茶をすする。「それだけが理由じゃないとは思いますけど」

「俺がもうちょっと若くて身体《からだ》も丈夫で、まだバリバリやれてたなら、何とかうまく収めてやれたかもしれんが……小穂ちゃんには気の毒なことしたな」

坂下は二年ほど前にがんを患《わずら》い、歳も七十となっていたこともあって、引退の道を選んでいる。名誉顧問の肩書きはあるものの、会社には出てきていない。がんのほうは小康《しょうこう》状態で、体調のいいときは〔フォーン〕のアウトドアイベントに顔を出したりすることもあるが、それ以外は通院しながら自宅でのんびり療養生活を送っている。

療養見舞いに〔フォーン〕退職の挨拶を兼ねて、小穂は坂下の家を訪れていた。梅雨《つゆ》も近く、草木も茂りに勢いがつく時期だが、畳の間から見える庭は手入れが行き届いている。坂下が暇に飽かせて、庭いじりに余念がないからだという。

「でも、私自身は心の整理もつきましたし、今は新しい生活に向かってがんばろうって思ってます」

「いえ……」

「それなら、余計なことは言わないけどな……でもまあ、親父さんの立場も理解してやってくれや。上場してなかったら、たぶん、こういうやり方はしなかったと思うな。上場した以上、いつまでも鹿子《かのこ》商店としてだけではやっていけないんだ。あの人も今は、大きくなった会社をコントロールするのに必死なんだよ。経営の立場から見ると、会社ってのは、上場前と上場後では別物みたいになる。ほら、ゴジラで進化して形態が変わる映画があっただろ。あんなふうに、ほっとくと手がつけられなくなるんだよ。俺はそれが分かってたから上場には慎重だったんだが、社長がやると言ったらやるしかないわな。その代わり、社長自身も情け無用の姿勢を強《し》いられる。本当はそんなビジネスライクに切り捨てていくことなんてできる人じゃないから、きついと思うよ。そこを、できたらまあ、分かってあげてほしいな」

「私も自分が未熟なのは承知してますし、確かに言われたときはびっくりしましたけど、今は社長の考えもそれなりに理解できてるつもりです」

「うん……ならいいけどな」

坂下はそう言って、苦そうな笑みを口もとに浮かべた。

先々週、一週間ぶりに〔フォーン〕のオフィスに顔を出した小穂は、自分の机にあるものを片づけながら、数日かけて粛々《しゆくしゆく》と仕事の引き継ぎを済ませた。

進行中のいくつかのプロジェクトは、小穂が不在中から執行役員の岩井が父・隆造《りゆうぞう》の指示のもと、滞りなく進めていたようだが、まだ動いていないプロジェクトなどは岩井が詳細を関知していないものもあり、ほかの幹部クラスの人間も交えて、時機が来れば滞りなく動けるように手当てをつけておいた。

彼ら商品開発本部の幹部たちからは、大々的な送別会を提案されたものの、小穂はやんわりと遠慮した。代わりに引き継ぎがすべて終わった日、五、六人で八王子駅前の居酒屋で打ち上げをやることになったのだが、その酒席の存在を知った同僚たちがあとからあとから途中参加してきて三十人ほどが集まり、ついにはその店のほとんどの席が「フォーン」の社員で埋まることとなった。一緒に働いてきた仲間たちは、最後まで温かかった。

夜明け近くまで飲んだ日のあと、身の回りの用事に数日を費やし、母と連れ立って箱根の温泉宿に泊まりに行ったりもした。煙で目をしょぼつかせながらキャンプ場でバーベキューをするより、やっぱり上げ膳据え膳だよなと、おいしい料理に舌《した》鼓《つづみ》を打ち、露天《ろてん》の湯でぽかぽかになってリフレッシュした。

母はもともと、小穂が厳しい仕事の世界でどれだけ揉《も》まれてでも、父の跡を継がなければならないなどとは考えていない人で、会社を辞めたのであれば、早く結婚して幸せな家庭を作りなさいと言う。しかし、それも松山と別れたばかりの小穂には難しい注文であって、はいはいというような、適当な返事で受け流すしかなかった。

その旅行から帰ってきて、坂下の家に見舞いがてら挨拶に行き、それで身の回りの用事にも区切りがついた。

そしてまた週が明けた月曜日の朝、小穂は、並木剛《つよし》が経営するヘッドハンティング会社「フォルテフロース」に顔を出した。

ヘッドハンティングは、その業界ではエグゼクティブサーチとも言われ、ヘッドハンティング会社はサーチファームという名で呼ばれている。ヘッドハンターはコンサルタントという肩書きが付くのが一般的だ。

サーチファームは数人のヘッドハンターと、それを支えるリサーチャーなどのスタッフで構成されている。大手と言われるサーチファームでも、在籍するヘッドハンターはせいぜい十人そこそこというところである。一匹狼で業界を渡っているヘッドハンターもいる。必要な資格はなく、参入障壁もないから、ビジネススタイルもそれぞれだ。ただし、人脈がなければ何もできないし、能力がなければ信頼は勝ち取れず、依頼は回ってこない。誰でもできるようでいて、誰もができるわけではない仕事である。

ヘッドハンターは平均して五十代の人間が多い。四十代前半は若手。三十代は数えるほどしかおらず、二十代は並木の知る限り、皆無《かいむ》だという。依頼者《クライアント》側、候補者《キャンディデイト》側ともにエグゼクティブを相手にする仕事だけに、それなりのキャリアに裏打ちされた知見や信頼性が、ヘッドハンターにも備わっていなければならないのだ。

また、ヘッドハンターはそれぞれ、得意とする業界がある。並木のサーチファームは主に、消費財《コンシユーマーグッズ》&サービスの業界を相手にしている。簡単に言えば、〔フォーン〕のようなメーカーや小売サービスなどの企業だ。ほかでは、金融《ファイナンス》業界であったり、医薬《メデイカル》業界であったりを専門にするヘッドハンターもいる。大手ファームは得意分野の異なるヘッドハンターを抱《かか》え、いろんな業界を網羅《もうら》して活動しているわけだ……。

先日、並木に誕生日のディナーをご馳走《ちそう》してもらった席で、彼から聞いたヘッドハンティング業界の事情というのは、そういうものだった。

〔フォルテフロース〕は、東京駅からは目と鼻の先である京橋《きようばし》にあった。街並みは古いビルと新しいビルが混在しているが、紛《まが》うことなき都会のオフィス街である。

やっぱり都会はいいなと、小穂は気持ちを浮き立たせながら、東京駅からの道を歩いた。

ファームが入っているのは、真新しさが残る十数階建てのオフィスビルだった。東京駅を囲むようにして屹立《きつりつ》している高層ビル群のような豪壮《ごうそう》さはないものの、ゆったりとしたロビーの奥に受付が構えられ、その横には最新式のセキュリティゲートがある。小穂はIDカードを持っていないので、来訪者として受付で手続きをし、ゲートを通った。

「お、来た来た」

十階のフロアに入っている〔フォルテフロース〕のオフィスを「おはようございますす」と言いながら覗《のぞ》くと、四人の若い男女が机を向かい合わせている島の向こうで、並木が小さなソファに腰かけて、のんびりと新聞を読んでいる姿があった。小穂を認めた並木は、待ちかねたようなことを言いながら新聞を畳み、立ち上がった。

「はい、紹介しよう」

彼は小穂の隣まで回りこんできて、机に向かっているスタッフに声をかけた。

「新しいコンサルタントの鹿子ちゃん」

まるで飲み会の席上のような紹介に拍子《ひょうし》抜《ぬ》けしながら、小穂は「鹿子です。よろしくお願いします」と頭を下げた。

「若っ……」

女性の一人から驚いたような呟《つぶや》きが洩《も》れる。リサーチャーの細川瑞季《みずき》だ。並木からファームの紹介パンフレットをもらっており、その中に顔写真つきでスタッフの名前と略歴も出ていたから分かる。

「何言ってんだ。瑞季ちゃんと同い年だぞ」並木が軽い調子でそう返した。
「でも、コンサルなんですよね？」彼女の口調は、どこか文句を言っているように
も聞こえるものだった。
「そうだ。まあ、確かに若いが、何とかやってくれるだろ」
「ふーん」
お手並み拝見とでも言いたそうな相槌《あいづち》を打たれ、小穂は愛想笑いを引きつらせ
た。
「よし、君の部屋に案内しよう」
そう言って彼はスタッフルームを出た。コンサルタントには、それぞれ個室が宛《あて》
がわれているらしい。
「春先に一人辞めてね。クライアントに気に入られて、人事担当役員として引き抜
かれてった」
通路に沿って並ぶドアの一つを開け、並木が入っていく。
「まあ、ヘッドハンターがヘッドハントされるなんてことも、この世界じゃ、よく
ある話だ」
その人が使っていた部屋だということらしい。六畳ほどの広さの中に、机と書棚
が置かれただけの部屋だが、大きな窓からは京橋の街が見下ろせる。

「まあ、こんなもんだ」並木はざっと部屋に手を振って言う。「気に入るかどうかは分からんが、どちらにしろ、ヘッドハンターは外に出て人と会うのが仕事だから、ここにいる時間はほとんどない」

「気に入りました」小穂は言う。「でも、いまいちまだ実感が湧かないっていうか、私がやっていけるのかなって思っちゃいます。ヘッドハンターとしては、やっぱり若すぎるみたいですし」

「大丈夫、大丈夫」並木は言う。「ヘッドハンターにとって若いのはハンディだが、一方で、女性であることはアドバンテージになる」

「そうなんですか？」

「この前の吉野《よしの》さんみたいなケースはまだ珍しくて、エグゼクティブの世界は、まだまだ男社会なんだよ。そこにヘッドハンターまで男となると、互いの値踏みをし合ったりして、一向に面談の空気が暖まらないもんだが、女の場合はそんなこともない。現に、この業界で一番稼ぐと言われてるヘッドハンターも女性だしな」

「へえ」

「あら」

　ドアを開けっ放しにしてあった部屋の入口から、不意に声が聞こえた。振り向くと、タイトスーツに身を包んだ長い髪の女性が立っていた。

「花緒里《かおり》さんなんかもそうだ。うちのファームのエースだからな」

渡会《わたらい》花緒里。歳は四十前後だろうか。パンフレットの顔写真は美人そのもので、相当修整加工を施したのかと思いきや、現物もほぼそのままだった。上智《じようち》大学の外国語学部を卒業後、化粧品会社で販売部門のエリアマネージャーなどを務めてから、超名門ビジネススクールとして知られるペンシルベニア大学ウォートンスクールに留学、MBAを取得したのち、アメリカの大手サーチファーム〔ルイスラザフォード〕でヘッドハンターとして活躍した――パンフレットには、そんな経歴が記されていた。

「鹿子ちゃん」

並木は花緒里に、小穂を短く紹介した。

「鹿子ちゃん」

花緒里はその呼び方が気に入ったようにおうむ返ししてから、かすかに目尻を下げ、「よろしくね」と愛嬌《あいきよう》のある言い方で、小穂に声をかけてきた。

「よろしくお願いします」

艶《つや》のある髪に色香を漂わせている美人でありながら、口を開いたとたん、近寄りがたさが消え、隙のようなものまで覗かせる。挨拶を交わしただけで、人を相手にするこの仕事で結果が残せる理由のようなものに触れた気がした。

「彼女もちょうど、君くらいの歳に、ヘッドハンティングの道に入ったんだ」花緒里が去ってから、並木が言った。「外資大手の〔ルイスラザフォード〕な。本国で二、三年アソシエイトをやってから、三十三の歳にプリンシパルとして日本法人に移ってきた。〔ルイス〕史上、最年少のプリンシパルだ」

〔フォルテフロース〕のような小所帯では、ヘッドハンターは誰もがコンサルタントとして一括《ひとくく》りにされるが、〔ルイスラザフォード〕のような大手では、コンサルタントにもアソシエイトとプリンシパルという職階があるのだという。花緒里がなるまで、〔ルイスラザフォード〕のプリンシパルには、四十歳以上の人間しかいなかったらしい。

「それを俺が、一緒にやらないかと五年前に引き抜いた」

「へえ、よく引き抜けましたね。そんな人を」

「おかげで俺は左うちわだ」並木は冗談めかして言う。「まあ、彼女がやるって言わなかったら、俺もこの世界に入ってこなかっただろうな」

〔フォルテフロース〕という名前は、並木剛の「剛」と渡会花緒里の「花」を合わせたものであり、つまりこのファームは、この二人が共同経営者《パートナー》だということである。並木自身は早稲田《わせだ》の政治経済学部を卒業後、雑誌社でビジネス誌の編集をずっと手がけてきただけの人間であり、ヘッドハンティングの世界はただの取材先でしかなかった。花緒里という切り札を手にしたことで、この世界で成功する勝算を得たのだ。

「だから、まあ、君も若いからって気後《きおく》れすることはない。彼女くらいとは言わなくても、がんばって稼いでくれれば、俺もますます楽ができるってもんだ」
〔クララ〕の一件でも思ったが、並木自身はヘッドハンターとして有能というより、ただの要領のいい人間だという気がする。
「確か、コンサルはあと一人、いらっしゃいますよね」

「ああ、左右田《そうだ》くんね」並木は言う。「彼はまあ、今日は外に出てるし、顔を合わせたときに挨拶しとけばいいだろ。基本、人嫌いだから、ほっといても構わん。アイドルの話題でも持ち出せば、食いついてくるかもしれんが」

「人嫌いがヘッドハンターなんてできるんですか？」

「そこは仕事だから、やるしかないだろ」並木は肩をすくめて言う。「まあ、編集者時代からの付き合いだからな。働き口がなくて困ってたし、多少は大目に見てやらないと」

けっこうな情実《じょうじつ》採用もしているらしい。花緒里が稼いでいるから、そういうことも可能なのか。

ただ、そうやって聞くと、自分もその類《たぐい》で――つまりお情けで雇われたのかなと思ってしまう。

気になるが、さすがに面と向かっては訊《き》けない。

まあ、がんばって、ファームの戦力になればいいことだ……不安はもちろんあるが、新しい世界で仕事をする楽しみもそれ以上にある。小穂は前向きに考え直した。


さて、仕事をするか。

といっても、何をどうやったらいいか、さっぱり分からない。

「名刺、できてますよ」

並木が出ていって途方に暮れていると、秘書の平岡碧衣《あおい》が小穂の名刺を持ってきた。

「ありがと……え、これ全部？」

「もちろんです」

碧衣は名刺の束を五つほど机に置いた。五百枚か。

「けっこう早くなくなると思いますから。次に刷るときは、レイアウトとか自分で考えて作られたらいいと思います」

「そう……ありがと」

碧衣は学習院大学卒としかパンフレットに書かれていないが、おそらくは新卒でこのファームに入ってから、まだ一年か二年というところだ。見た目でも、ここのスタッフの中では一番若い。

「何か用事があったら、遠慮なく言ってください。所《ところ》さんは渡会さんにかかりきりですから」

もう一人の秘書である所美南《みなみ》は、花緒里の専属も同然らしい。

「じゃあ、ちょっと訊いていい？」小穂は尋ねてみる。「ほかの人たちはどんなふうに仕事してるの？」

「そこからですか」碧衣はぷっと吹き出した。「分かりました。とりあえず、データベースの見方から説明します」

彼女は小穂の隣に椅子を持ってきて座り、机の上に置かれていたノートパソコンを起動させた。

「基本、コンサルが使うデータベースは、この二つです。こちらが現在、話を受けているクライアントの一覧。新しいところから順番に並んでいます。会社名をクリックすると、オーダーの詳細が出てきます」

「え、こんなにたくさんあるの？」

画面の上から下まで、ぎっしりと会社名が並んでいる。スクロールすると、その下まである。

「急を要しないっていうか、『いい人がいたら教えてほしい』くらいのところも入ってます。だいたい、そういうのは後回しになっていきます。逆にびっくりマークが付いてるところは、前受け金《リテーナー》をもらってるところなので、がんばって探さないといけません。たまに、そういう案件もあります」

「へえ……この、WとかNってのは?」

「着手してるコンサルのフラグです。Wは渡会さん。Nは並木さん。Sは左右田さん。鹿子さんも、この中で手がけたい案件があったら、ここにKのフラグを立ててください。フラグが立ったら、ほかのコンサルは、その案件に手を出せません」

「なるほど」

「で、こちらはキャンディデイトの一覧です。名前をクリックすると、経歴なんかが出てきます。びっくりマークが付いてる人は、以前、うちがどこかの案件でヘッドハントした人です。この人たちには当たれません。一度引き抜いてきた人を、今度はまた、ほかの会社に引き抜くというのは、最初のクライアントに不利益を与えることになるからです」

　この業界独自の掟《おきて》みたいなものがあるらしい。

「その人が、新しい職場が合わないから、ほかを探してほしいって言っても駄目?」

「クライアントが追い出したがってるのでもない限り、駄目ですね。勝手に探してもらうか、ほかのファームを使ってもらうしかありません」

「なるほど……まあ、そうよね」

「あと、こちらにもコンサルのフラグが付いてます。コンサルが当たった人、これから当たる予定がある人です。フラグが付いてる人には、ほかのコンサルは当たれません」

「ほとんど付いてるじゃない」

WとNがびっしりと並び、時折Sが交じっている。

「サーチをかけて、フラグが付いてない人を抜き出すこともできます。付いてない人は、リサーチャーが何かの媒体《ばいたい》で取り上げられている人をピックアップして載せてたりするんですが、目ぼしい人には渡会さんあたりがすぐに会いに行ったりするんで、すぐフラグが立っちゃいます」

「早い者勝ちなのね」小穂は嘆息《たんそく》する。「そうすると、まず私が何かやるとするなら、手がける案件を選んで、キャンディデイトの一覧から、オーダーに合いそうな人をピックアップして本人に当たってみるってことになるのかな」

「案件にもよりますけど、たぶん、このデータベースからキャンディデイトを探すだけでは、全然足らないと思います」碧衣は言う。「通常、クライアントには、第一段階として、ロングリストと言われるものを出すんです。キャンディデイトを十数人から四、五十人くらい集めたものです」

「そんなに？」

「うちはこれくらいの人には声をかけられるっていう、ちょっとしたアピールも入ってるんで、少々、クライアントが求めるタイプから外れてても、とにかく人数をそろえるんです。そのリストの時点では、まだ名前は伏せられてますけど、経歴なんかから判断して、クライアントが興味を示す人材が出てきます。そうしたら、今度はその傾向に沿って新たな人を追加したりして、三、四人から七、八人のリストに作り直します。これをショートリストと言います。この段階になると、キャンディデイト本人にも当たって、人となりとか転職の意思なんかを確かめておきます。クライアントが興味を示した人には、さらにキャンディデイトの周辺に照会《リファレンス》を取ったりもします。そうやって、いよいよこの人で行こうとなったら、お互いを引き合わせて面談の場を作るっていう感じです」

「その面談も、何回かは重ねるわけよね」小穂は〔クララ〕の件を思い出して、そう口にする。「正式に決まるまでは、けっこう時間がかかりそうね」

「そうですね」碧衣はうなずく。「とんとん拍子に行っても二、三カ月はかかりますし、普通は半年とか一年でようやく形になる案件が多いです」

「うわ」小穂はにわかに焦ってきた。「てことは、早く動き出さないといけないってことよね。でも、人脈もないし、手がける案件を決めたとしても、ロングリストに入れるキャンディデイトなんて、どうやって探せばいいんだろ」

「それはもう、あらゆる手を使ってとしか言えません」碧衣は眉を下げて残念そうに言った。「大学時代の先輩だとか恩師だとか、とにかく自分が持ってる限りのつてをたどって、これこれこういう分野で誰か優秀な人は知りませんかって訊いて回るんです。それか、ビジネス誌や業界新聞で取り上げられた人に、一度お会いできませんかって手紙を出したり」

「けっこう泥くさいんだねえ」

「近道はありません」碧衣はきっぱりと言った。「普段からも、合コンをセッティングしたり異業種交流会の幹事をやったりして、人脈を広げておくのが重要みたいですよ」

「そんなことまで？」

「渡会さんは、それどころじゃないですよ」

「え、何？」

「まあそれは、興味があったら本人に訊いてください」碧衣は思わせぶりに話を収めた。「もちろん、そういう人材発掘は、リサーチャーの仕事でもありますから、細川さんや井納《いのう》さんにも手伝ってもらえばいいと思いますけど、あの二人はあの二人で、また癖がありますから、鹿子さんが頼んだことをちゃんとやってくれるかどうかは分かんないです」

「やってくれなかったりするんだ？」

細川瑞季は先ほども、小穂を値踏みするような目で見ていた。井納尚人《なおと》は瑞季の隣で仕事をしていたが、そう言えば、小穂の挨拶にもほとんど何の反応も示さなかった。

「細川さんは五年前にこのファームができたときからのスタッフなんですけど、もともとコンサル志望らしいんですよ」碧衣は少し声を落として、そんな話を始めた。「でも、ヘッドハンターとしてはまだ若いからって並木さんに跳ね返されて、て、それが、同い年の鹿子さんがコンサルとして入ってきたから、複雑なんじゃないですかね」

「なるほど」

「並木さんは、コンサルとリサーチャーは役割が違うだけで上下はないって言ってますけど、やっぱりコンサルは外を飛び回って交友関係も華やかだし、稼ぎも大きいじゃないですか。だから、細川さんみたいに上昇志向のある人は、早くコンサルになりたいって思うんじゃないんですかね」

細川瑞季は青山学院大学の国際政治経済学部を出たのち、広告代理店からこのファームに移ってきている。それなりに優秀な人間なのだろうし、だからこそステージを上げたいと思っているのだろう。

「そっか」小穂は相槌を打ってから、そんな話をわざわざ聞かせてくれる碧衣をちらりと見た。「平岡さんは細川さんが苦手なの？」

「え、どうして分かるんですか？」碧衣はうろたえるように声を上げた。「やっぱり、コンサルやる人は鋭いですね」

「いやいや、けっこう分かりやすいと思うけど」

小穂は苦笑して言う。碧衣の表情や言動には、学生から抜け切れていない無防備な正直さが出ている。

「でもまあ、悪い人ではないですけどね」碧衣は取り繕《つくろ》い気味に言って、小さく肩をすくめてみせた。「井納さんは逆に、三カ月くらい前に、並木さんがコンサルとして連れてきた人なんですけど、とにかく人前に出られなくて、仕方なくリサーチャーにしたんです。何しろ、今でも私たちとさえ、まともに話せないんですから」

「何でそんな人、連れてきたの？」

「並木さんと同じ早稲田の政経だし、頭はいいんですよ。何でも、付き合いのある社長の息子とからしいですよ。並木さんは人を見ないで、そういうスペックとかコネで判断しちゃうとこがあるんですよね」

うっと、小穂は反応に困った。

「じゃあ、がんばってください」

「ありがと」

碧衣が出ていくと、小穂は早速パソコンのデータベースに向き直り、自分の仕事を探すことにした。


「鹿子ちゃん、行こう」

気づくと、十二時を十分ほどすぎていた。並木が部屋に顔を覗かせ、パソコンに向かっていた小穂に声をかけてきた。

「昼ご飯ですか？」

「昼もそうだが、午後一にセミナーがある」

「セミナー？」

「クライアントの説明会だ。君もいきなりじゃあ、仕事の進め方が分からないだろ。最初のうちは俺に付いたりして、流れを覚えたほうがいい」

「ありがとうございます」

意外と面倒見がいいなと思いながら、小穂は急いで出かける支度をした。

タクシーで銀座まで出たあと、三越《みつこし》に入っているそば屋で昼食をとった。

「今日のクライアントは、〔ゼロエトワール〕っていうビジネスホテルチェーンだ」

食べながら、並木が説明してくれた。

先代の跡を継いだ息子が、京都の貸しビル業から事業転換し、ホテル業に進出した会社だという。今の社長は並木が見る限り、なかなかの才覚を持っていて、数年のうちに関西での事業を軌道に乗せ、東京に進出してきたらしい。

「ただ、拠点はあくまで向こうだし、東京は東京で勝手が違うってのを感じたんじゃないかな。こちらの人間で優秀なのを採りたいってことみたいだ」

「じゃあ、今日は、具体的にどういう人物を探してほしいかっていう話が聞けるわけですね」

「まあ、そうなんだが、まだうちに依頼すると決まってるわけじゃない」

「というと?」小穂は訊く。

「ほかにも、どこかのファームに声をかけてるらしい。だからこそのセミナーだ」

「へえ……じゃあ、見積もりとか取って、その中から選ぶって感じですか」

「見積もりを取ったところで、どこのファームも報酬は大して変わらん。ヘッドハントする人物の年俸の三割。年俸一千万クラスの案件なら三百万。プラス経費だ。クライアントがどこのファームを選ぶかの判断基準は、どこが一番いい人材を引き抜いてこれそうかってことだ」

「ああ、ロングリストとか……」

「そう。ちゃんとしたロングリストを出せるかどうか……君にも手伝ってもらうぞ」

「分かりました」小穂は応える。


昼食を終えると、小穂たちは三越を出て晴海《はるみ》通りを渡った。買い物などで銀座に出てくることは年に数えるほどしかないが、訪れるたびに思うのは外国人観光客の多さだ。そこかしこで彼らがカメラやスマホを使って記念撮影するところをカットインせずに歩くのは不可能に近い。

人波を右に左にとかわしながら東に歩き、路地に入る。その路地を少し奥に進んだところで、並木が足を止めた。

「ここだ」

「へえ、こんな便利なところに」

ビジネスホテルという名が示す地味なイメージとはかけ離れた、石壁のおしゃれな建物だった。エントランスの向こうにはオープンカフェが出ている。宿泊客だろうか、短パン姿でサングラスをした白人夫婦がテーブルを囲んで優雅にお茶を飲んでいる。

何度かヨーロッパなどを旅した経験から言えば、どっしりとした大きなホテルに泊まるのもいいが、街角に普通の建物と一緒に並んでいる小粋《こいき》なホテルもいいものだ。このホテルは銀座の街並みにも溶けこんでいて、旅と街との一体感がそこに生まれているように思えた。

「おっと」並木が右手の路地から歩いてきた男に目を留めて、軽くのけぞるような仕草をした。「ムッシュ」

出張った喉仏《のどぼとけ》と妙に整った口ひげが印象的な男だった。五十代半ばの年格好で、チェック柄のスリーピーススーツに細い身体を包んでいる。

「これはこれは、並木殿」

並木に「ムッシュ」と呼ばれた男は、九官鳥《きゅうかんちょう》のような高い声で、芝居がかった驚き方をしてみせた。

「お宅も呼ばれたとなると、これはがんばらないといけませんな」

男はそう言い、小穂にもちらりと目を向けたあと、お先にという意味なのか小さく肩をすくめ、ホテルのエントランスホールに入っていった。

「あれは矢来富士夫《やぎふじお》っていう、一匹狼のヘッドハンターだ」男の背中を眺めながら、並木が小穂に耳打ちする。「この道二十五年っていう触れこみでな。まあ、ヘッドハントなるものがこの国に根づく前から、いろんな会社の裏をちょこまか歩き回っていた御仁《ごじん》だ」

「ムッシュっていうのは……？」

「自称、グランゼコールのエセック出身だからな」

小穂も大雑把《おおざっぱ》な捉《とら》え方しかできないが、フランスの名門ビジネススクールの一つを出ているということらしい。

しかし、「自称」とは何だ。その一言が付くだけで、矢来なる男が怪しく見えてくるから不思議だ。

並木は意味ありげな笑みを見せてから、矢来に続いてホテルのエントランスホールに入った。そこですぐに立ち止まり、小穂は彼の背中にぶつかりそうになった。

「おっと」

並木が見ているのは、小さなエントランスホールの片隅に立っていた男だった。四十代半ばだろうか。筋の通った鼻にメタルフレームの眼鏡《めがね》をかけた、背の高い男だった。濃紺のスーツに磨きこまれた黒の革靴という装いには隙がなく、おそらく仕事の上でも妥協はしないのだろうという印象を抱かせるに十分だ。

並木は澄まし顔で男に会釈《えしゃく》を送ってから、また小穂の耳もとに顔を寄せてきた。

「〔丸の内コンフィデンシャル〕の戸ケ里政樹《とがりまさき》だ。彼も呼ばれたらしい」

戸ケ里という名前には聞き憶《おぼ》えがある。

「もしかして〔フォーン〕の……？」小穂は小声で訊き返した。

「ああ、そうだ。〔フォーン〕の話も今回みたいに競合だったんだが、結局、あいつが持ってっちまった」

今は常務として小穂の父の片腕になっている大槻信一郎《おおつきしんいちろう》を、〔六曜商事《ろくようしょうじ》〕から引っ張ってきたヘッドハンターが、彼なのだ。

「彼はハーバードビジネススクールを出てる」

こちらは「自称」とは言わなかった。

ウォートンスクールを出ている花緒里といい、ヘッドハンティング業界は、MBAホルダーが当たり前のようにいる世界らしい。

「前は外資大手の〔ルイスラザフォード〕にいた。今の〔丸の内コンフィデンシャル〕も日系では大手だ」

「〔ルイスラザフォード〕っていうと、花緒里さんと同じ？」

「同じどころか、彼は花緒里さんの元旦那だ」

「えっ、ええっ⁉」

驚きすぎて、広くはないエントランスホールいっぱいに小穂の声が響いてしまった。

「この世界は割と狭い」並木が腕時計で、まだ時間に余裕があるのを確かめながら言う。「元夫婦はともかく、ハーバードやウォートン、スタンフォードやケロッグといった名門ビジネススクールのつながりをたどれば、だいたいの人間には渡りがつく」

「ヘッドハンターって、そんな優秀な人間じゃないと務まらないんですか？」

「そういうわけじゃない。まあ、〔ルイス〕なんかは院卒じゃなきゃプリンシパルになれないいんだが、やってる仕事そのものは、基本的に町のお見合いおばさんと変わらない」

「お見合いおばさん……」妙な言い方に、小穂はどう反応していいか分からない。

「ただ、ビジネススクールを出てる層には、我々が探してるいい人材が転がってるわけで、そこに渡りがつけられると、ヘッドハンターとしては有利になる。つまり、ウォートン出身のヘッドハンターは、そこで何を学んだかよりも、同じウォートン出身のエグゼクティブとつながりやすいという点において、最大の強みがあるってことだ」

「はあ……人脈がすべてなんですね」

「まあ、そういうことだな。MBAなんか持ってなくても、俺あたりは編集者時代の人脈で何とかやれてる。君もこれから自分なりの人脈を築いていけば、この世界が狭く感じられるようになるさ」

三田会《みたかい》でも［フォーン］内部の集まりくらいにしか顔を出したことがない小穂は、人脈と言えるようなものは持っていない。このヘッドハンティング業界が狭く感じられるようになるには、これからいったいどれくらいの人とつながらなくてはいけないのか……考えると、気が遠くなるような思いがした。

一時になると、小穂たちは通用口からオフィスに案内され、こぢんまりとしたミーティングルームに通された。

やがて、四十代後半の、撫で肩の男が入ってきた。

「お世話になります。本日はご足労《そくろう》ありがとうございます」

ゆったりとした口調の挨拶には、かすかに関西のアクセントが交じっている。彼が［ゼロエトワール］社長の三好初彦だった。

「おかげさまで、昨年オープンしましたこのホテルも、多くのお客様にごひいきいただきまして、客室の稼働率も毎月九割以上を保つなど、嬉しい悲鳴を上げているところでございます」

三好社長は上がった口角を保ちながら、景気のいい話を始めた。

「外国人観光客の増加率を見ても、この東京にはまだまだ、手頃で質のいい宿が足りておりません。私どももホテル業に進出したからには、この熱いマーケットを、指をくわえて見ている手はないと思っています」

口調はホテル業のサービス精神が染みついているように穏やかだが、話そのものには新進経営者としてのぎらつきが出ている。

「ただ、ご存じの通り、私どもは京都が本拠地でございまして、あちらも東京と同じように業績好調、さらなる充実を図っていかなくてはなりません。そうすると、どうしても手が届かない、目が行き届かないという事態が生じてしまいます。

特に出店計画、どこの場所に店舗を出すか、どこなら出せるかという問題については、東京に根を張ってしっかりした調査活動を行わないことには、なかなかいい情報を拾うことができません。中の話をしますが、この銀座に続いて、浅草に二店目を計画しております。すでに土地も契約しました。もちろん、この銀座にも負けない箱をそこに構えるつもりであります。

ただ、私は正直、まだ箱も作ってはいない浅草の店舗に、早くも悔いを残しておるんです。もっといい土地があったはずだという思いです。観光名所として名高い街だから、このあたりでも十分勝負できるだろうという読みが、今から考えれば妥協だったと思えてしまう。店舗展開の速度を上げなければという焦りもありました。この銀座の成功で、気持ちに隙もできておりました。この調子でこの先、東京の出店計画を進めていったら、早晩痛い目に遭うだろうと思いました。ですから、浅草の計画を担当していた者は、京都に戻しました。浅草以降の出店計画は、新しい担当者が見つかるまでストップです」

口調の柔らかさや絶えない笑みにごまかされてしまうが、経営者としては非常に厳しい人だと思った。

小穂はこれまで、企業の経営の話などは、〔フォーン〕内部でしか見聞きしてこなかった。父は社長であっても、やはり小さな頃から家の中で見てきた相手であり、怖《こわ》さはない。坂下、田中、深谷といった幹部たちも昔からの顔見知りであり、同様だ。彼らが交わす仕事の話というのは、どこか日常生活の延長線上にあり、小穂にとっては厳しいと感じる響きはどこにもなかった。唯一、大槻だけは違う空気を発していたが、彼については〔フォーン〕の風土に馴染《なじ》まない異端児《いたんじ》として片づけていた。

三好の話を聞いていて、小穂は経営者が持っている厳しい一面を確かに垣間見《かいまみ》た気がした。柔和《にゅうわ》な物腰ながら、その厳しさだけは隠そうとしていない。隠し切れないのかもしれない。

こういう、父とは違うタイプの経営者の顔が見られるのは刺激的だった。

「そうすると、その出店計画を再び進めるに当たっての担当者が欲しいということですね」三好が話を切り、湯呑みのお茶に手を伸ばしたところで、〔丸の内コンフィデンシャル〕の戸ケ里が口を開いた。「東京でサービス業の出店案件を多くこなしていて、できればビジネスホテル事業にも精通している人物……というところでしょうか」

三好はうなずきつつも、「ホテル事業の経験は問いません」と返した。「もちろん、ホテルとはどういうものであって、どういう場所に作るべきかという哲学は理解してもらわなければなりませんが、サービス業でそれなりの能力を発揮している人でしたら、おそらくそれは肌で理解できるものでもあると思います。一番はやり、東京の不動産事情に明るい人。いい情報にアプローチできて、いい条件で交渉できて、〔ゼロエトワール〕はこんないいところに出したのかという結果を残せる人が何としても欲しいんです」

「なるほど」戸ケ里がメモを取りながら相槌を打つ。「用意されるポストと年俸はどういったものになりますか？」

「東京事業企画室長です。交渉事は私に代わって進めることも多々あると思いますんで、執行役員の肩書きも加えようかと思っております。年俸については一千万。

これは京都の事業企画室長、あるいは大阪店の総支配人の年俸と同水準です。ただ、その人物によっては一千二百万までは考えたいと思います」

「具体的な名前は控えさせていただきますが」戸ケ里が言う。「私は以前、某外資系ホテルが日本に進出した際の総支配人を手当てする仕事に携わりました。あるいは某リゾートホテルの宿泊部長をライバルホテルから引き抜いてきて、顧客満足度とリピーター率を劇的に改善させた実績もあります。そうした経験からホテル事業についてはある程度、理解しているつもりですし、もちろん、ほかのサービス業においても、店舗展開をマネージメントする人材にアプローチする案件にいくつか関わってきました。そういう意味でも今回の件、お役に立てるのではないかと考えています」

話し方に淀《よど》みがなく、相当の自信を感じさせる。いかにも切れ者で、並木が「フォーン」の一件で苦杯を喫したのも仕方ないと思えるような男だった。

「いやあ、これは私におあつらえ向きの仕事やと思いますわ」

その戸ケ里に負けじと、矢来が妙な関西風アクセントで喋《しゃべ》り始めたので、小穂は面食らった。

「これは本当、マル秘扱《コンフィデンシャル》いで名前が出せないのがつろうおますが、京都の老舗《しにせ》和菓子屋さん、わらび餅《もち》や豆菓子が有名でありはって——ここまで言うと分かってしまうやろかなぁ——そこが東京に打って出たいってことで、銀座や新宿あたりの百貨店とテナント交渉できる人間を引っ張ってきたことがあったんどす。もう、そこは今や、自前の店含めて、東京、横浜に十店ほど出してはります。業績も右肩上がりどころやおまへん。爆発的ですわ。私はこう見えて京都の吉田で青春時代を送った人間ですから、京都びいきなんどす。京都の会社にはどんどん東京に出てきて、がんばってもらいたいんどすわ。その力になれたら、こんな嬉しいことはおまへん」

「ほう、吉田で……ムッシュが京大を出てたとは初めて聞いたな」並木がそんなふうに横やりを入れた。「前に信州大出身の松川社長を『先輩』と呼んでたのは何だったのかな?」

「人生の先輩を『先輩』と呼んだらあかんのか」矢来は下唇を突き出してそう返し、すべてをごまかすような笑みを顔面に張りつけた。「そういうことですから社長、本来ならば、人材を探すに当たっては、報酬の半分ほどを前受けとしていただくところですが、この仕事、私に任せていただけるのであれば、そうしたものはすべて、採用が決まったあとでけっこうでございます。報酬は、採用する人物の年俸の三割。それからまあ、活動経費もいただくことになりますが、せいぜい数十万の範囲です。それでやらせていただきますので」

「いえいえ」並木が声を張る。「私どもも前に申し上げた通り、ほかならぬ三好社長のご依頼、すべて一括《いっかつ》、成功報酬としていただければけっこうです。今の社長のお話をお聞きしただけでも、何人か、ぴったり合いそうな人物が頭に浮かんでいます。おそらくはご満足いただける結果が出せるものと思っています」

戸ケ里が小さく咳払いする。

「私どものファームではあまりやらないんですが、他社さんがそういう条件ということであれば、合わせないわけにはいきませんね。私は、〔ゼロエトワール〕さんはホテル業界の雄《ゆう》になれる存在だと思っていますので、ぜひ、その一助を担いたいと考えております」

「ふむ」じっと、それぞれの話を聞いていた三好が小さくうなった。「条件はどこも同じということですな。もちろん、多少違ったところで、問題はどういう人材を連れてこられるかにかかってくるわけですから、そこが分からないことには、お任せもできません。ちょっと聞いたところによると、みなさんのやり方としては、まず、アプローチできそうな人材のプロフィールを匿名《とくめい》の形でリストにして出してくれるとのこと。それを見てから判断したいと思いますが、いかがでしょう？」

「けっこうです」並木ら三人が声を合わせた。

「あの社長はやり手だ。戸ケ里氏も言ってたが、これからのホテル戦争を勝ち抜いていく可能性が高い。将来性も含めて、この仕事は取っておきたいところだ」

帰りのタクシーで、並木はそう言った。

「並木さん、何人か合いそうな人物が頭に浮かんだっておっしゃってましたけど、三好社長に気に入ってもらえそうですかね？」小穂はそう訊いてみる。

「何言ってんだ。キャンディデイトはこれから探すんだよ」

「えっ？」

「ああ言ったところで、あの場で、それは誰だなんて話にはならない」並木はしれっと言った。「とりあえず最初は、こいつに任せれば何とかなるんじゃないかと思ってもらうことが重要なんだ」

「はあ……」

薄々感じていたが、小穂は確信した……この男は仕事のかなりの部分を、その場しのぎとはったりで何とかしている。

「俺もホテルの社長や総支配人なんかの人脈はあるが、出店計画担当者となると、思い浮かばない。サービスとか営業面の話ではないから、業界の外から探したほうがいいかもしれないな。フランチャイズチェーンの会社だとか、あるいは不動産関係だとかな」

「なるほど」それはそうかもなと思った。

「君のほうでリサーチャーの二人にも頼んで、リストを作り始めてくれ」

一月《ひとつき》後を目処《めど》に、それぞれのファームで作成したロングリストを三好社長に提出することになっている。

「分かりました」小穂は返事をした。


「細川さん」

オフィスに戻ると、小穂はスタッフルームに寄って、細川瑞季に声をかけた。

「ちょっと、人材のリストアップを手伝ってほしいんだけど、いいですかね？　今、ビジネスホテルチェーンの〔ゼロエトワール〕ってとこのセミナーに行ってきて……」

パソコンに向かっている瑞季の隣に行って説明を始めたところ、彼女は小穂に目を向けないまま、「ごめんなさい」とさえぎった。

「私、今、渡会さんの案件で手いっぱいなんで無理です」

「あ、そうなんだ……」

これから一月かかる仕事なので、今でなくてもいいのだが、取りつく島がない。秘書の所美南と同じく、彼女も花緒里の専属みたいなものなのだろうか。しかし並木は、リサーチャー二人にも、と言っていた。

小穂は気を取り直して、同じくパソコンのキーボードをたたいている井納尚人の隣に回りこんだ。

「すみません。今ちょっといいですか?」

そう声をかけたが、まったく反応がない。いや、かすかに小穂のほうに首が動いたから、聞こえてはいる。しかし、見事に無視された。

何だこれ。

戸惑いながらも、とりあえず落ち着こうと自分の部屋に戻ると、碧衣があとを追ってきた。

「これ、井納さんのメアドです」そう言って、彼女はメモを差し出してきた。

「メアド?」

「リサーチの仕事ですよね? だったら、メールで頼んだほうが早いですよ」

「早いって、そこにいるのに……」小穂はスタッフルームを指差して訴える。

「でも、そのほうが早いんで」碧衣は当然のことのように言った。

「そう……」

どれだけ対人コミュニケーションが苦手なのだ。小穂は頭が痛くなってきたが、ここではそれで回っているらしいから仕方がない。

「細川さんもメールで?」

「いえ、あの人は、無理って言ったら無理なんじゃないですか」

「そう……分かりました」

そんなことでは結局、自分一人でリストを作らなければならなくなるのではないか……小穂はこの先が思いやられる気分になりながら、井納へのメールを作ることにした。

3

「いやあ、三好さん、しかし、最後の五メートルのパットはよくまあ、冷静にねじこみましたねえ」

〔眠民堂〕の宮村社長はシャワーを浴びたばかりだというのに、おしぼりで顔を拭き、しわがれ声でそんなことを言った。

「冷静だなんて、とてもとても」三好は笑う。「手が震えて、たまたまうまく当たってくれたんですよ」

「何が何が」宮村はそう笑い飛ばした。「アプローチも見事なもんだったじゃないですか。最終ホールをパーにまとめるなんて、シングルプレーヤーでも難しい。三好さんは見かけによらず、やっぱり、タフなんですな。ははは」

　クラブハウスの外はだいぶ日が陰ってきている。一日グリーンを歩いた疲労の中、ねぎらいのように褒《ほ》められるのは、お世辞が入っているとしても、それなりに気持ちがいいものだった。

　宮村とゴルフをプレーしたのは初めてである。形としては、〔ゼロエトワール〕の客室にマットレスパッドを納入している〔眠民堂〕が三好を接待するというものだったが、歳は三好より一回り以上上で、豪放磊落《ごうほうらいらく》と言えば聞こえはいいが、どこか細かい神経が欠けているような相手なので、どちらがもてなしているのか分からなくなるようなこともあった。

　ただ、一日を通して見れば、楽しいゴルフだったと言えた。

「三好さん、ここはビールだけにしときましょう」食堂のメニューを眺めていた三好に、宮村が言う。「麻布《あざぶ》に行きつけの店がありましてね、さっきそこのオーナーに電話して席を取ってもらいましたから、東京に戻って、そこで食べましょう」

「そうですか」すでに予約したとなれば、否《いや》も応もない。

「こっちから誘ったのに賭《にぎ》りで勝っちゃって、このまま帰すわけにはいかないからね、ははは」

「それはゲームですから、気にしないでください。私は楽しかったですよ」三好は言う。

「いやまあ、そう言っていただけるとね、ははは」宮村は憎めない笑みを浮かべて言う。「でもまあ、それはそれ、とっておきのレストランだから、腹のほうはちょっと我慢して、そこに行きましょうや」

「分かりました」

とっておきとまで言われると、楽しみになってくる。

同行していた〔眠民堂〕の松井営業部長の運転で東京に戻る。すきっ腹にビールが染み、気《け》だるい心地よさを味わいながら、三好はクラウンの後部座席に身を預けた。

「いやいや、おかげさまで、特にマットレスパッドなんか、方々のホテルさんからも引き合いが来るようになりましてね……」

三好の隣で、宮村が言う。改まってというほどの口調ではないが、仕事の話は今日初めてだ。

「ベッドの寝心地はうちのホテルの売りにもなってます。〔眠民堂〕さんの品が素晴らしいからこそですよ」

〔眠民堂〕のマットレスパッドは、特殊なポリエチレン繊維が編みこまれたもので、弾力性と通気性に優れている。

寝具においては、客室をデザインする中で、三好もいろいろ研究してみたのだが、普通のホテルで使われるようなコイルマットレスと薄いパッドは、どこか硬く感じられるような気がして、検討の余地があると思っていた。もう少し身体が包みこまれるような感覚が欲しかった。

マットレスでそれを望もうとすると、コストがかかりすぎる。しかし、〔眠民堂〕のマットレスパッドは、マットレスの上にそれを敷くだけで、三好の理想に近い体感を得られるのだった。

もちろん、寝具にパーフェクトなものなどはなく、特に室温の変化によって、同じものを使っていても、寝心地は大きく変わってくる。〔眠民堂〕のパッドも通気性がいい分、多少保温性に欠けるところがあり、木造一軒家の自宅で使ってみると、冬場などは冷気が忍びこんでくる感覚がある。しかし、空調が行き届いている客室との相性は抜群であり、〔ゼロエトワール〕では〔京都別邸〕を除く全館で〔眠民堂〕のマットレスパッドを導入していた。

「いやいや、それもこれも、〔ゼロエトワール〕さんに、ひいきにしてもらったからですよ」

〔眠民堂〕は〔ゼロエトワール〕への納入実績を宣伝に使い、その結果、ほかのホテルからも引き合いがくるようになったということだ。

「次は浅草に出すと聞きましたが」

「ええ。だいたいシングル二百、ツイン百くらいの箱を作る予定です」

「ベッド数で四百くらいですか。いいですね。またそのときはうちの品を検討していただければ」

「もちろん、そのつもりです」

「ありがたい」そう言って、宮村は殊勝《しゅしょう》に頭を下げた。「よろしくお願いしますよ」

「こちらこそ」

「しかし、〔ゼロエトワール〕さんは、まさに飛ぶ鳥を落とす勢いですな」

「いえいえ、まだまだ、そこまでのもんではありませんよ」

「東京のほかのホテルチェーンの重役にも知り合いがおりますが、はっきり『脅威』だと言ってましたよ。『脅威』なんてのはあなた、最高の褒め言葉だ」

「それだけ注目されているとすれば、光栄ですが」

「浅草の次も、どこかもう、目をつけておられるんですか？」

「いえ、実は出店計画の責任者を代えることにしましてね、決まるまでは、その先のことはストップです」

「ほう」宮村は詳しく聞きたそうな相槌を打った。

「東京の出店というのは、関西とはまた勝手が違いますし、向こうから出した人間では情報戦で後《おく》れを取ってしまうものですから。今、ヘッドハンターに頼んで、いい人材を探してもらっているところなんですよ」

「ほほう」宮村は興味をそそられたような声を上げた。「そのヘッドハンターというのは、いい人間を連れてこれそうなんですかな？」

「ちょうどいくつか目ぼしいところに頼んだんですが、まだ何とも」

「私も、あれ、ヘッドハンターっていうんかな」宮村は足を組み、自分の話を始めた。「うちは秘書室長が務まる人間がどこにもいなくてね、まあ、私の片腕になってもらうんだから、そう簡単ではないわけだけど、これに困ってて、前に、人材コンサルタントなる人間が紹介してくれたのを雇ったんですよ。ビジネスコンサルティング会社にいたっていう、まだ三十二の男だったな」

「若いですね」

「優秀だっていうからさ」宮村は詐欺《さぎ》にでも遭ったかのような、忌々《いまいま》しげな言い方をした。「東大を出て、英語もペラペラなんていうから、そんな人間が私の片腕になってくれるのかと期待するじゃないですか」

「ところが見込み違いだったと」

宮村はそうだとうなずく。「まあ本当、口だけ生意気なやつで参ったね。私がこうしろって言っても、それは経営学の何とか理論でリスクが指摘されてる手だから考え直したほうがいいとか、偉そうなことばかり抜かしやがって。だから私は言ってやったんだよ。お前な、その何とか理論を唱えた学者先生は、マットレスの一枚も売ったことがあるのかって」

この社長ならそう言うだろうなと、三好は苦笑する。

「そんなこんなで、一カ月も経たないうちに辞めちゃいましたよ。まあ、半ば私が追い出したんだけどね。東大出てるからって、いい仕事ができるとは限らないんだな。あのコンサルタントもヘッドハンターの端くれかどうか分からないけど、学歴だけ見て引っ張ってくるようなのなら、三好さんも気をつけたほうがいいですよ」

「それは災難でしたね」三好はそう言っておいた。「私もヘッドハンターを使うのは初めてですから、今回は三人くらいに声をかけてあるんですよ。そのうち一人は旧知の人間ですし、まあ信頼もできる相手です。でも、一応競争してもらったほうが、いっそうがんばってくれるだろうと思いまして。ほら、宮村さん、『ジ・エグゼクティブ』はご存じでしょう」

「何回か出たことがありますよ」宮村は応える。「それが？」

「何年か前まで、あそこの編集長をしていた並木さんって方が今、ヘッドハンターをされてるんですよ」

「ほう、並木さん」宮村は記憶をたどるように上を向いた。「私にインタビューした人かな。妙にいい声した、渋い舞台俳優みたいな……」

「たぶんそうです」

「そう言えば、何か、挨拶状が来てた気もするなぁ」宮村はうなりながら言う。

「そうですか、あの人がヘッドハンターに」

「ええ」三好は応える。「編集長時代の人脈を生かしてるんでしょう。私も久しぶりに会って、声をかけられましてね。ちょうど人を探してたもんですから、乗ってみたんです」

「なるほど」宮村が思案顔になった。「あの人なら、いい人材を見つけてくれるのかなぁ。松井ばっかり俺の都合で引っ張り回してたら、松井も仕事にならんもんなぁ……なあ？」

冗談とも本気ともつかない宮村の言葉に、ハンドルを握っている松井部長は、「いや、はは」と乾いた愛想笑いを返した。


「宮村様、お待ちしておりました」

宮村が予約した店は、東麻布のビルの五階にあった。〔詩絵路《しえろ》〕という名の、創作料理を出すダイニングバーらしく、ビルのエントランスに手書きのメニューボードが出ていた。それを見ただけで三好は食欲をそそられ、エレベーターで上がる時間も惜しくなってきた。

五階に上がって店に入ってみると、暖かいオレンジ色の照明の下、茶系の落ち着いた空間が広がっていた。壁のデザインもテーブルも趣味がいい。

奥の予約席まで歩いていく間に、三好はもう、居心地のよさを覚えていた。高級なレストランなら、ほかにいくらでもある。しかし、そうした店でも、こんな感覚にはならない。ここは〔ゼロエトワール〕の雰囲気にどこか似ているのだ。

予約席は大きな窓に面した四人がけのテーブル席だった。外にはライトアップされた東京タワーが見える。

「いい店ですね」

思わず宮村にそう言うと、彼は豪快な笑い声を上げた。

「食べ物屋なんだから、あなた、その言葉は料理を一口でも食べてから言わんと」

「そうなんですが、うちのホテルにどことなく似てる気がしまして」

「なるほど……まあ何でも、気に入ってもらってよかったですよ」

宮村がシャンパンを頼み、料理もいくつか注文した。

三好はシティホテルに勤めていた若い頃から、勉強を兼ねて、評判のレストランを食べ歩く機会が多くあった。だから、少々のおいしさでは驚かないし、逆に評判ほどとは思えず、失望することも少なくない。

しかし、この店の料理は、そんな三好の舌をも十分満足させるものだった。さっぱりした味わいの鯛《たい》を使ったカルパッチョから、濃厚な味わいのウニのクリームソースを敷いた海鮮串揚げなど、味にメリハリが利いていて、一つ口にするたび、うなりたくなる。今度、上京するときは、またここに来ようと思った。

「宮村社長、ご無沙汰《ぶさた》しています」

東京タワーが眺められる側の席に座らされていた三好は、そんな声に後ろを振り返った。三十代の後半だろうか、肌つやのいい男が立っていた。髪が耳までかかっているが、スーツの上着のボタンを留めていて、だらしなさは感じない。

「おう、若狭《わかさ》くん、今日は無理言ってごめんな」宮村は男にそう声をかけ、それから三好を見た。「彼がこの店のオーナーの若狭くんだ。ここのほかに表参道《おもてさんどう》と中目黒《なかめぐろ》にも、いい場所に店を出してる。まだ三十七だが、なかなかがんばってる」

「いやあ、宮村社長には、本当、可愛《かわい》がってもらっています」

若狭はさわやかな笑みを見せて、そう言った。

「こちらは〈ゼロエトワール〉の三好社長だ」宮村が三好を若狭に紹介する。「京都の若きホテル王で、東京にも進出してる」

「ホテル王だなんて」という三好の言葉と、若狭の「えっ」という驚いたような声が重なった。

「いや、私、京都が好きで、年に二、三度は旅行に行くんですが、最近はもっぱら〔ゼロエトワール〕さんにお世話になってるんですよ」

「そうですか。それはありがとうございます」

「駅前のホテルもおしゃれで大好きですし、それから壬生にある町屋風の宿、あそこは本当に京都らしくていいですよね」

どうやら〔ゼロエトワール〕をひいきにしているという言葉に偽りはないようだ。だからこそ、素直に驚いてみせたのだろう。

「ここもいい店ですね。眺めがいいですし、落ち着きます」三好もそんな言葉を返した。

「三好さんは、自分のホテルに雰囲気が似てるとおっしゃってるよ」宮村が言う。

「〔ゼロエトワール〕さんからパクったんじゃないか?」

「ああ、もしかしたら無意識に追っちゃってたかもしれませんね。デザイン料をお支払いしないといけないですかね」若狭がそんなふうに答え、場は笑いに包まれた。

「場所もいいですね」三好が言う。

「ええ、ここはほとんど、眺めだけで決めました。このあたりは多少駅から遠くても、グルメのお客さんは足を運んでくれる土地なんで幸いです」

「ほかの二店もいい場所にあるとか」

「桜が見られる店が欲しかったんで、中目黒にそれを作りました。目黒川に面してるんで、春は最高ですよ。表参道は骨董《こっとう》通りから路地を少し入って、おしゃれな街並みを少し楽しんだ頃に店へたどり着くというような感じの場所です。そこは個室を中心にした造りになってます」

「ずいぶん探しましたか?」三好は訊く。「いえ、うちもホテルの土地探しにはいつも苦労するものですから」

「分かります。根気がいりますよね」若狭がにこやかに言う。「ただ、正直に言うと、場所探しは私の得意分野なんですよ」

　思わせぶりな言い方に、三好は眉を動かす。

「この人は昔、〔六曜不動産〕にいたらしい」

　宮村から意外な話を聞き、三好は思わず「へえ」と声を上げていた。財閥系の大手ディベロッパーである。

「二十代の頃です」若狭が言う。「マンションや商業ビルなんかの開発部署中心でしたけど、不動産の見方や取引の知識なんかは一通り身につけました。だから、商業物件を見ても、それがどのレベルのものか分かりますし、もっとほかを探すべきか、それで決めるべきかなんてことも迷わないんです。

私の店の場合、第一号店は表参道に作ろうと思ってたんですが、なかなか気に入る物件が出てきませんでした。だから、ここを先に作って、表参道は一年半粘ったんです。でも、その甲斐《かい》あって、向こうも値打ち物でいい物件が見つかりました。今ではここより人気があって、今日なんかもあっちだったら、急には席が取れないくらいです」

「だから、麻布のほうならってことだったのか」宮村が笑う。

「社長に麻布でいいと言っていただいて、ほっとしました」若狭は軽やかに言い返し、「また機会がありましたら、表参道や中目黒の店にもどうぞ」と、三好を見て付け加えた。

「ぜひ、そうします」

社交辞令でなく、三好はそうしたいと思った。

ただ、若狭と会ったことにより、店自体への興味より、若狭本人への興味のほうが強くなっていた。

4

ゼロエトワールのキャンディデイト、とりあえず10人挙げておきます。

〈ゼロエトワール〉のロングリスト作成を手伝ってほしいとメールで頼んでから一週間、いきなり井納からリストが上がってきた。

リストにはそれぞれ、添付書類が付いている。開いてみると、その人物が雑誌などに取り上げられた際の記事のＰＤＦなどだった。

わざわざＰＤＦにしなくても、ここに持ってくればいいのに……そう言いたくはなるが、意外と頼りになるではないかという思いもあった。

井納が挙げてきた人物はいずれもそれなりの経歴を有していたが、中でも山倉孝《たか》信《のぶ》という男が小穂の目に留まった。

山倉は現在、五十三歳。電鉄系のリゾートホテル〈帝鉄《ていてつ》ガーデン箱根〉の副支配人を務めてから、同じく箱根にある〈帝鉄こどもパーク〉の園長に収まっている。添付されている雑誌記事は、その〈帝鉄こどもパーク〉が閉園するということで、山倉の無念の思いを取材したものだった。

コメントを読む限り、ホテルの仕事で培ってきたホスピタリティーの精神を〈こどもパーク〉でも大事にしてきたなど、人柄的にも期待できるものがある。閉園後は事業元の〈帝鉄観光開発〉本社に戻り、新たな観光事業の開発に携わる予定だと書いてあった。

井納の注記によると〔帝鉄観光開発〕は、箱根や軽井沢《かるいざわ》などにホテルやゴルフ場、スキー場やスパ施設などを展開しており、社員であれば長年のキャリアの中で、それらの運営業務はもちろん、開発計画などにも関わっている可能性が高いという。そうだとすれば、〔ゼロエトワール〕が求めている人材と合致する。

「井納さん、どうもありがとうございます。どの人も有能そうですし、この山倉さんとか、キャリアから見てもよさげですよね」

よく一週間でこの十人をリストアップできたなと感心しながらスタッフルームに行き、井納本人に声をかけた。

カタカタカタ……。

井納は何も聞こえなかったかのように、キーボードをたたき続けている。

お礼も受けつけないとは……。

井納の向かいに座っている碧衣がくすりと笑った。

ロングリストの提出期限まではあと三週間ある。引き続き、リストアップの作業はやらなければならないが、井納が出してきた中で、会える人物は一度会っておいたほうがいいなと思った。

問題は、どうやって相手とコンタクトを取るかだ。

「平岡さん、ちょっといい？」

碧衣を呼んで、キャンディデイトへのコンタクトの取り方にはどんな方法があるのか訊いてみた。

「人それぞれですけど」碧衣は言う。「相手の連絡先が分かってるときは、最初に手紙を書いて、少ししてから電話をかけるっていう手が基本ですよね。渡会さんなんかは筆まめですから、そういうやり方ですよ」

「なるほど……やっぱりそうだよね」

「でも、並木さんはいきなり会いに行ったりしますよ。待ち伏せしたりとか、あとを尾《つ》けてって、どこかの店に入ったところで、偶然を装《よそお》って声かけるとか、聞いたことあります」

「何それ」

「人から紹介してもらったときは、押しかけてったほうが手っ取り早いし、そうでないときも、偶然を装ったほうが怪しまれないで済むってことじゃないですかね」

「ヘッドハンターだなんて名乗ると、やっぱり怪しまれるのかなあ」

「ヘッドハンターの話をどの程度信頼してくれるのかっていうところが、最初は分からないじゃないですか。だから、まずは目的を告げずに距離を詰めるやり方も多いみたいですよ。あと一応、うちの事業内容には、市場分析とか人材教育とか、そういうことも入れてあるんで、そういう方面のコンサルタントなり、アナリストなりを名乗って近づくこともあるみたいです」

並木はその場しのぎであれこれ考える男だから、やりかねないなと思う。

「あとはそうですねえ、左右田さんなんかは、いきなりメールしたりしてますかね。反応はそれぞれみたいですけど」

「メールって言っても、メアドが分かんなきゃ話にならないよね」

「当てずっぽうで送ると、意外と届くんですよ。その人じゃなくても、同じ会社の人から名刺をもらってて、そこにメアドがあれば、@マークの前の名字と名前の順番とか、間はハイフンなのかアンダーバーなのかとか分かるわけですから、その方式で送ってみればいいわけです」

「はあ……なるほど」

遠慮がなさすぎて、逆に感心したくなる。

「私はやっぱり、手紙から始めようかな」

それが一番、無難《ぶなん》な気がする。

「よかったら手伝いますよ」と碧衣。

「ありがと」小穂は応える。「でも、手書きにしたいし、ちょっと自分でやってみる」

幸い、字は汚いほうではないし、手書きの礼状なども〔フォーン〕にいた頃から書き慣れている。

「じゃあ、便箋《びんせん》持ってきます」碧衣は言った。

自分は人材コンサルタントで、現在、サービス業の出店計画に携わる人材についての研究を進めている。ついては、そうした業務の経験がある方々からの生の声を広く集めたいと思い、雑誌の記事で目にした貴方《あなた》様にも声をかけさせていただいた。もし許されるならば、短い時間でもけっこうなので、直《じか》にお会いし、貴重な意見としてお話をうかがいたいと思っている……。

相手によって多少ディテールを変えながらも、小穂はそんな意味合いの文面を作って、手紙にしたためた。碧衣の助言を念頭に、ヘッドハンターとは書かなかった。

「はるばるこんなところまで来ていただいて恐縮です。遠かったでしょう」

「いえいえ、こちらからお願いしてお約束いただいたことですので、楽しみにして来ました。ドライブ気分で車を運転してきましたから、全然遠い感覚もなかったです」

リストアップした人物へのコンタクトは、予想以上にうまくいった。手紙を出してから連絡がついた相手に、少しの時間でいいのでと厚かましくもお願いしてみると、面会を断られることもなかった。やはり、今も昔も、初めて会う人には手紙を出してから電話をかけるという手が王道であることを、小穂は再確認した。

そして、手始めに会うことになったのが、〔帝鉄こどもパーク〕の園長を務める山倉孝信だった。レンタカーを借り、日焼け対策を万全に施した上で箱根まで運転してきた。

「ここはもうすぐ閉園するそうで、残念ですね」

〔帝鉄こどもパーク〕は、観覧車やメリーゴーラウンドなどの遊園地でお馴染みの施設のほか、立体迷路やちょっとしたアスレチックコースなど、身体を動かして楽しむようなプレイスポットも用意されている。ただ、事務所を訪ねる前にざっと園内を一望しても感じられたことだが、今の時代の家族連れに一日楽しんでもらうには刺激が足りなすぎるような気はした。

事務所にも、数人のスタッフしかいない。応接室に通された小穂にお茶を出してくれたのは、山倉本人だった。

「残念ですが仕方ないですね。何とかがんばってきましたが、会社の判断ですから、言われたらあきらめないと」

　彼はそう言って、寂しそうに笑った。

「山倉さんは、ここの前ですと、ホテルの仕事が長かったんですか？」

「そうですね。うちは数年ごとにグループの運営施設を回っていくんですが、ホテルの仕事が一番性《しょう》に合ってましてね、会社に入って三十年経ちますけど、箱根と熱海《あたみ》、軽井沢に志賀《しが》高原――そのへんのホテルに合わせて二十年はいましたね」

「全部、宿泊業務ですか？　出店というか開発というか、そういう計画段階の業務は……？」

「いやいや、うちのホテルは一番新しいのでも、建てたのは四半世紀前ですからね。私はまだ若手でしたし、開発なんかには関わってませんよ。そう言えば、お手紙にもそういうことが書かれてあって、私でいいのかなとも思ったりしたんだけど」

「いえ、いろいろ広くお話をお聞きして回っているんで、それは全然大丈夫です」

　電話でやり取りしたときから、捉えどころのない反応が目立ち、少し不安があったのだが、会ってみるとやはり、期待していた人物とはだいぶ違っていた。小穂としても、あからさまに失望感は表に出せないが、出店業務に携わったことがないのであれば、先に言ってほしかったという思いは正直ある。

「ホテルの仕事は、どういうところが山倉さんに合ってたんですか？」仕方なく、そんな問いを向けてみる。

「結局まあ、人のために何かをするっていうところですかねえ。別にお礼の言葉なんてなくたって、お客さんの笑顔を見れば、自分の気持ちが届いたなっていうのが分かるわけですよ。ホテルの仕事は、そういうことの積み重ねっていう部分がありますからね」

いい人なのだろうなとは思う。園長室の窓から見る園内の緑は、来月に閉園が迫っているとは思えないほど、手入れが行き届いている。山倉の神経の細やかさの表れだろう。

しかし、キャンディデイトとしては、あまりにもパンチが足りない。この人なら、交渉事も積極的にリードできるだろうというタイプではない。

「ところで、〔フォルテフロース〕さんっていうのは、ちょっとホームページを見させていただきましたけど、ヘッドハンティングみたいなこともされてるんですか？」

あとは適当に世間話でもして終わるかと考えていると、山倉がそんなことを尋ねてきた。

いきなり、聞いたこともない会社の人間が話を聞かせてほしいと言ってきたわけだから、どういう会社か検索したくなるのも無理はないか。

「ええ、人材コンサルティングの業務の一環として、そういう仕事も請け負ってますね」小穂は答える。

「今日、来られたのは、そういう件とは全然関係ないわけですか？」

山倉の口調は、ヘッドハントの話であるとしたらまんざらでもないと言っているようにも聞こえ、小穂は返答に困った。

「どう言ったらいいんでしょう……もちろん、例えばですけど、ホテルの支配人を探してくれというような話が持ちこまれたときには、そう言えば山倉さんがいたな、一度声をかけてみようかな、ということになる可能性はあります」

「なるほどね」山倉は言う。「まあ、ホテルの仕事だけしかできないというつもりもないですけどね」

微妙に売りこみをかけられているようにも感じ、小穂は作り笑いを浮かべた。

遠くまで足を延ばしてみたが、思ったような収穫は得られなかった。

「初めからそんな、厳密に考える必要はないんだよ。とりあえず人数をそろえることも大事なんだから、せっかく箱根まで行って会ったんだったら、リストに入れとかなきゃもったいないよ」

翌日、並木がランチをご馳走してくれるというので、銀座に出てきた。京橋に近い銀座一丁目に〔リストランテ ヴァンノ〕という、こじゃれたイタリアンの店があった。

そこでついでに、リストアップの進捗状況を報告すると、彼らしいというべきか、適当な感じのアドバイスが返ってきたのだった。

「でも、どう考えても、今回のオーダーには合わない人じゃないですか。そんな人をリストに入れて、もし三好社長が間違って興味示しちゃったら、どうするんですか？」

「そんときはそんときだ。そこで初めて、この人はこういう面があるんですがと、社長の耳に入れればいい。だいたい、そんな心配をしなくたって、あれくらいのやり手社長なら、それくらいの見極めは利くよ。静岡大卒。五十三歳。電鉄系リゾート開発会社勤務。箱根、熱海、軽井沢などでホテル勤務経験あり。元副支配人……なるほど、こういう人材も一応、押さえてきたか。しかし、東京の事情には疎《うと》そうだな。やっぱり今回はパスだな……と。それで十分だ。ロングリストは、とにかく、よりどりみどりのほうがいい。このメニュー」

並木は店のアラカルトを開いてみせた。

「料理が二つか三つしか書かれてなかったら、寂しくないか？　それがたとえ、この店の自信の一品であってもだ。それよりも、十、二十の品があって、ある一つにこっそり、おすすめの一品と書いてある。そのほうが比較もできるし、その上でおすすめを頼んだとしても、自分の感性で選んだという自覚が持てる。ロングリストだって、同じことだ」

相変わらず口だけはうまいというか、そうかもなと思わせられるような、妙な説得力はある。

「でも、お勧めの一人がいないことには、話にならないじゃないですか」

小穂が言うと、並木は空とぼけたような顔をした。

「うーん、まあ、それはおいおいやっていく中で見つけるしかない」

彼はそう言い、視線を小穂からどこかに移した。

「おう、どうも」

並木が声をかけたほうを見ると、ひげを蓄えた四十代半ばの小太りの男が、二人の席に近づいてくるところだった。

「いつもありがとうございます」

愛嬌のある笑みを添えて、男は挨拶してきた。

「ここは昼もいいね。野菜のグリルがうまかったよ」

並木が言う通り、出てくる料理は、どれも申し分のないおいしさだった。

「並木さん好みに味を合わせてますから」

調子のいい返事に、並木は「またまた」とでもいうように、いたずらっぽく彼を指差した。

「並木さん、山梨のご出身でしょう。この野菜は甲州《こうしゅう》の畑で採れたものなんですよ。有機栽培で引き合いが多いらしいんですが、何とかうちにもってことで、分けてもらってるんです」

「ほう、そうなんだね」

適当に言ったのかと思いきや、それなりの理屈があったようだ。お客相手の仕事をしている人は、並木のような無責任な言葉は口にしないものだなと、小穂は感心する思いが湧いた。

「そう言えば、幡野《ばんの》さんて、前は〈横浜ベイクラッシィ〉に勤めてたんじゃなかったっけ？」

並木が何やら思い出したように、そんなことを問いかけた。

「そうです。こう見えてホテルマンだったんですが、ひげを伸ばしたくて辞めちゃいました」

「支配人？」並木は幡野のとぼけた冗談に付き合わず、そう問いを重ねた。

「いえいえ、まだ四十前でしたし、飲食課長っていう、飲食部門の現場マネージャ

「みたいな役ですよ」

「いいじゃない。十分、十分」並木は勝手に及第点を与え、話を続けた。「実はホテル関係の仕事ができる人を探してるんだけどさ、幡野さんもリストに入れさせてもらっていいかな?」

「えっ⁉」

幡野だけでなく、小穂も思わず声を上げたのだが、並木は真面目《まじめ》な顔をしている。

「それはヘッドハントの話なんですよね？」

並木の仕事については心得ているらしく、幡野はそう確かめるように訊いた。

「そうそう」

「いやいや」幡野は苦笑いを作った。「何を言い出すんですか。オーナーの僕が引き抜かれたら、この店、なくなっちゃいますよ」

「ははは、そんなことにはならないから大丈夫だよ」並木は言う。「とりあえず名前を貸してほしいだけ……っていうか、実際は名前も出さないよ。ただ、実在してないとさすがにまずいからね。ありがと、これでまた一人埋まったよ。よかったな、鹿子ちゃん」

「ははは、そうですね」

無理もないが、幡野の顔は引きつっていた。小穂も釈然《しやくぜん》とはしないが、並木にそう声をかけられれば、話を合わせておくしかない。

その一方で、一刻も早く、ちゃんとしたキャンディデイトを見つけなければと思った。


その日、オフィスに戻ってパソコンを開いてみると、井納から「追加のリストです」というメールが届いていた。新たに七人の名前とプロフィールが並べられていた。

その中に、真田光俊《さなだみつとし》という名前があるのを見つけ、小穂はおっと思った。小穂自身もいろんなサービス業の業界誌などを当たっていた中で、目を留めていた人物だったからだ。

真田は現在、四十一歳。このところ都内を中心に店舗網を急拡大している居酒屋〔鳥大名《とりだいみよう》〕を運営する〔TDフードサービス〕の事業本部にいる男だ。なかなかのアイデアマンらしく、店舗展開から商品開発、従業員教育やプロモーションまで、いわゆる社長の片腕として事業計画に影響を及ぼしている存在らしい。

小穂が見たのは、ある大学に寄付講座を開設し、その受講生をインターンシップで雇う特別店舗を下北沢《しもきたざわ》に構えたというものだった。その店舗はほかのグループ店と一線を画し、受講生たちのアイデアによって営業内容が決められているという。その取り組みによって、とかくブラック企業的なイメージが付きまとう一般の飲食チェーンとは違った学生たちの評価が獲得でき、新卒の採用活動にも好影響があったほか、若い客層に受け入れられる店づくりの研究にも役立っているとのことだった。

この〔TDフードサービス〕の社長が、事業の成功物語を自伝として出版しているらしい。井納はそこから真田に触れている記述を探し出し、プロフィールとしてまとめてくれていた。

真田は慶應義塾《けいおうぎじゅく》大学卒業後、社長が後援会の幹部として支援していた代議士の秘書を十年近く務めていたが、その代議士が亡くなったのを機に政界から離れ、〔TDフードサービス〕に雇い入れられた。

その後、彼は議員秘書時代に培った情報収集力や交渉力をいかんなく発揮し、〔鳥大名〕の「首都圏ターミナル制覇作戦」と名づけた出店計画の推進に大きく貢献したという。

ホテル業界の人間ではないが、三好社長が求めているのはこういう人材ではないだろうかと小穂は思った。

真田とは手紙を送ってから三日のうちに連絡がついた。向こうから電話がかかってきたのだ。

〈そんなに時間は取れないですけど、それでもよかったら、こちらは構いませんよ〉

彼はそう言い、翌日の十六時に新橋の第一ホテル東京で会うことを提案してきた。こちらが戸惑うほどに話が早い。これはできる男だなと思った。

翌日、指定されたホテルの一階のラウンジで待っていると、約束の時間ちょうどに、真田は現れた。ノーネクタイのスーツ姿で、自分の面会相手はどこにいるかと、あたりを見回す視線には鋭さがあった。

「〔フォルテフロース〕の鹿子です。今日はお時間いただきまして、ありがとうございます」

立ち上がって出迎えた小穂に、真田は「どうも」と一言で応え、名刺交換もきびきびとした手つきでこなした。

「それで、今日の話というのは?」

手始めに大学の話でも振ろうと思ったのだが、飲み物を頼むと、彼は早速、本題に水を向けてきた。

「ええ」小穂は話し始める。「手紙でも触れさせていただいたんですが、私どものほうで今、サービス業の業績拡大に寄与する人材とはどういうものなのかというテーマで、取引企業さんへの提案をまとめる作業を進めておりまして、特に出店計画の……」

「うん」真田は小穂の話をさえぎるようにして、口を開いた。「それは読ませていただきましたけど、本当にその理由で会いに来られたんですか?」

「え……?」

「ホームページを拝見したんですが、お宅は、ヘッドハンティングをされている会社ですよね?」

「え……ええ、人材開発の一環として、そういう業務も手がけています」

山倉をはじめ、何人かに会ったが、聞き馴染みがない会社だということで、事前に事業内容を調べてくる相手が多い。たいていは小穂の説明で納得してくれるのだが、真田は違った。

「ヘッドハンティングなら、先にそう言ってもらいたいんですよ。それで、話も聞かずに門前払いすることはないですからね」

そこまで言われれば、隠す必要もない。

「正直に申し上げると、そういう意味合いも兼ねていまして」小穂は言った。「ただ、今のところは、どういった方々にアプローチが可能かという下調べの段階ですので、正式な依頼を受けてというわけではないんです」

「ふむ」真田はうなずいた。「そういう話は初めてでもないんで、だいたい分かりますよ」

彼は運ばれてきたアイスコーヒーに少し口をつけてから、改めて小穂を探るように見た。

「出店戦略を取り仕切る人間、ということですか？」

「……ええ」

「業種は？」

回りくどいことが嫌いなだけかと思いきや、それなりに転職への興味もあるようだった。

「アッパーミドルのビジネスホテルです」

「なるほど」真田は納得したように言う。「ホテル業界は有望ですよ。特に東京は、まだまだ伸びる余地がいくらでもある……待遇はどれくらいですか？」

「どれくらいとは？」

「いくらもらえるのかってことですよ」

「ああ……正式には、会社側との面談を経て決まっていくと思いますけど、私が聞いているのは、一千万程度でということです」

「ふむ」真田は小さくうなって、思案顔になる。「それは、下回る可能性もあるってこと？」

その数字が不服というわけではないようだ。

「それはないと思います」小穂は言った。「会社側は出店戦略のキーパーソンを求めていますから、年俸を抑えたくなるような人は、はなから採らないと思います」

「なるほどね」真田はそんな相槌を打ち、自信を取り戻したような表情を見せた。

「会社を移られることに抵抗はないんですか？」そう訊いてみる。

「いや、特には」真田は答えた。「別にプロパーでもないしね」

「中川社長とは、真田さんが議員秘書をされていた頃からのお付き合いなんですよね？　そのへんの関係というか、しがらみみたいなものも、特に問題はなさそうですか？」

「いや、それは言われるでしょう」真田は冷笑を浮かべて言った。「この恩知らずが、くらいのことは言われますよ。だけどね、今の会社で私がいくらもらってるのか分かります？」

「いえ……」

「七百万ですよ。まあ、確かに、秘書をやってた頃よりは上がってますけど、あれはもう完全に、奉公として割り切ってのことですからね。それで拾ってやって育ててやったみたいに思われても困るよね」

飲食業界で七百万は、ことさら低いとも思わないが、彼の自己評価には見合わないのだろう。お金の問題は大きいのだな……小穂はそんなふうに思う。

「それに、社長が私をリクルートしたのも、理由があるんですよ。仕えていた先生が亡くなって、その地盤を継ぐのに、先生の息子と私とどちらがいいかっていう話になってね。私はやりたかったし、私を支持してくれる人のほうが多いっていう手応えもありました。中川社長も私に付いてくれて、後援会内の調整役も請け合ってくれてたんです。でも、補選の告示が近づくと、どうも旗色が悪いってことになった。党の県連も息子じゃないと選挙協力しないなんて言い出した。結局最後は、俺が面倒を見るからと中川社長に説得されて、出馬はあきらめることにしました。でも、今はどうなってると思います？　社長は地盤を継いだ息子の後援会に戻ってるんですよ。私を推そうとしてた人たちは、最初から社長は息子に継がせるつもりで立ち回ったんだなんて言ってる。真田は中川社長にあっさり牙《きば》を抜かれ、ペットに飼われて喜んでるなんて言ってるんですよ」

「うわあ……そうなんですか」

政界のドロドロした話には閉口するが、人それぞれ、いろんな背景を持って今の仕事をしているんだなという感想も同時に湧く。

「それは確かに、今の会社にこだわる義理はないかもしれませんね」

真田には有能な人間独特の効率主義や自尊心が会話の端々《はしばし》に見られ、同窓の人間の割には親近感を覚えにくいタイプなのだが、彼が身を置いている環境を知れば、その考えも納得がいくものであるし、転職願望があるなら、それに越したことはない。有力なキャンディデイトとして推してもいいのではないかと思った。

「ほう、いいじゃないか。たぶん、この人で決まりだな」

真田について並木に報告すると、そんな上機嫌な反応が返ってきた。適当に言われた気がしなくもないが、多くのヘッドハントを手がけてきた経験から言っている気もする。

ほかにも井納が挙げてきた人物で会える人間には会ったが、真田が筆頭候補であることに変わりはなかった。〔帝鉄こどもパーク〕の山倉をぎりぎりとしてふるいにかけると、十三人がリストに残った。そこに、小穂が独自に調べて見つけた人物を五人加え、並木からも〔リストランテ　ヴァンノ〕の幡野ら、どこまで候補に相応《ふさわ》しいのか分からない人物が七人ほど追加され、期限の一カ月が経つ頃には、何とか二十五人に上るロングリストが完成した。

「上出来、上出来」

名前や会社名などを隠した、提出用のリストにざっと目を通した並木は、早くも勝算を得たような口調で言った。

「よし、早速、三好社長に持っていこう」

5

「本日はご足労、ありがとうございます」

三好は、ミーティングルームのテーブルを囲んだ四人のヘッドハンターに、にこやかな笑みを向けた。

「先日お願いしました人探しの件で、お三方《さんかた》からそれぞれリストをいただき、大変興味深く拝見いたしました」

五日前に出そろった各社のリストには、名前や所属会社などは伏せられているものの、経歴をたどるだけで有能さや将来性が浮かび上がってくるような人物が二、三十人、並べられていた。

おそらくは、それぞれの人脈や調査力を駆使して、それらの人物をリストアップしてきたのだろう。どこかのホテルで支配人などを務めてきた者もいれば、他業界のまったく違う業務で成功を収めた者もいる。好奇心だけで言えば、その中の何人かは、実際に会って人物を確かめてみたいと思った。

しかし……。

彼らがリスト作りに向かっていたこの一カ月の間に、三好の気持ちはある方向へと固まっていた。

「ただ、誠に申し上げにくいのですが、このリストを比較するだけでは、どちらに正式に依頼するべきか、決めかねるというのが率直なところです」

「もちろんでしょう」〔矢来コンサルティング〕の矢来富士夫が甲高《かんだか》い声を発した。「お渡しするときにも一通り説明はしましたけど、それだけではなかなかイメージが湧きまへんもんな。何でも訊いてください。何でも答えますからに」

「いえ」三好は言う。「もちろん、このリストはリストで、非常に高度な情報を扱っており、貴重なものだと理解しております。ただ、いったん脇へ置かせていただきたい」

「と言いますと?」〔丸の内コンフィデンシャル〕の戸ケ里政樹が眉を動かして、怪訝《けげん》そうに問いかけてくる。

「正直に申し上げましょう」三好は言った。「みなさんにはリストを出してもらうよう、お願いはしましたが、そこに書かれたプロフィールを見たとして、自分の心がどれだけ動くのか、こうした依頼の経験がなかっただけに、私は疑問を持っていました。みなさんの腕にではなく、私自身の感性に対してです。一方で、この一カ月、私は個人的にもアンテナを張って人を探し、あるいは人と出会う機会を得ていました。そして結果的に、みなさんのリストをいただく前に、まず当たるべき三人の候補者をすでに固めてしまいました」

自分たちの、この一カ月の労力は何だったのかとでもいうように、矢来がのけぞり、並木は額に手を当てた。並木のアシスタントに付いている鹿子小穂も口を半開きにしている。戸ケ里は眉間《みけん》に皺を寄せただけだったが、それだけでも動揺していることはうかがい知れた。

「いやあ、待ってください、社長。それは危険ですよ」矢来が言った。「我々は曲がりなりにも人探しのプロですから。その我々が見つけてきた人材を脇に置いて、たまたま自分の目に留まった人を優先するっちゅうのは、いかがなもんですかなぁ。比べてみたら分かりますよ。それをせずに固めてしまうのはね、これはやっぱり危険ですよ」

「もちろん、みなさんの眼力は素晴らしいものだと信じています。ただ、私自身も若い頃のホテルマン時代からこれまで、仕事を通じていろんな人を見てきている。それに、私の下で働いてもらうだけに、自分の感性でぴんときた相手を大事にしたいとも思っている。ですから、みなさんのいつものやり方とは少々勝手が違ってしまうかも分かりませんが、どうぞご理解いただきたいと思います」

「分かりました。三好社長のお眼鏡に適《かな》う人材がすでに見つかったということですから、喜ぶべきことでしょう」並木が気持ちを立て直したように、冷静な顔をして言った。「それで、我々に与えられる仕事というのは、どういったものになるんでしょうか。その三人にアプローチして口説《くど》き落とすということですか？」

「まさに、その通りです」三好は言う。「三人の中には顔見知りもいますが、うちで働かないかと私自身が口説くのは、相手の立場を考えると、少々身勝手というか、角が立つ話になりかねません。人を介したほうがいいと思いますから、見事口説き落としていただければ、所定の成功報酬をお支払いいたします」

「クライアントの顔見知りを口説くことは珍しくありませんので、その点については問題ありません」戸ケ里が言う。「しかし、我々がこぞって、その三人にアプローチしてしまうと、収拾がつかないことになります。その三人にも優先順位をつけるべきですし、我々の誰にアプローチを任せるかということも決めておくべきかと」

「ご心配はいりません」三好は応える。「本命、対抗、押さえと、優先順位はつけています。そして、本命ほど口説き落とす難易度が高いと考えていただいてけっこうです。ですから、みなさんには、それぞれ担当する相手を決めていただき、本命候補を担当する方から順に動いていただこうと思います。あまり時間がかかっても経営の展望に差し障《さわ》ってきますし、半年後にはどんな形であれ、一応の結果を見たいと思っています。ですから一人の期限は一カ月として、それで駄目なのであれば、私も潔くあきらめることにします。そして次に、対抗候補の担当の方に二カ月の期限で動いてもらう……そのような形にしたいと思います」

「なるほど」並木が興味深そうに相槌を打った。「つまり、本命候補を担当すれば、一番初めに動くことができるが、難易度は高い。押さえ候補を担当すれば、成功率はそれなりに見込めるが、本命や対抗で決まってしまえば、順番は回ってこない……と」

「その通りです」三好は言う。

「全部、私に任せてもらえたらよろしいですのに……」矢来が水くさいとでも言いたげな恨み節を口にした。

「いや、面白いじゃないですか」

並木はやる気になっている。

「その、キャンディデイトお三方のプロフィールは教えていただけるんでしょうね？」戸ケ里が慎重な口ぶりで確かめてきた。「でないと、誰を担当すべきか考えようがありませんから」

「もちろん、今からお教えします」三好は手帳を開いて続ける。「まず、本命ですが、若狭大祐《だいすけ》さん、三十七歳。現在、麻布や表参道、中目黒に〔詩絵路〕というダイニングを出されています」

「その店の運営会社に勤めている方ということですか？」戸ケ里が訊く。

「運営会社の社長です」三好は答える。

「うっ」という声が誰かから洩れた。

「中央の法学部を出てから七年ほど、〔六曜不動産〕で働いていたそうです。不動産取引の知識があり、三つの店も素晴らしい場所に構えている。私はこの一月足らずの間に五回お邪魔しました。本人の性格も温厚で人当たりがよく、それでいて、話は理知的で説得力がある。私は会うたび、この人だという思いを強くします」

「しかし、そうすると、そのダイニングのオーナーを引き抜くということになりますが……」戸ケ里が戸惑い気味に言う。

「そうです」三好はうなずいた。「もちろん、うちの仕事は片手間でできるものではありませんし、向こうの経営もそうでしょう。ですから、向こうの店を畳んでもらうか、どこかに譲り渡してもらうことになります。若狭さんがどれだけその三つの店に情熱を注ぎこんできたかということは、私にも十分すぎるほど分かりますから、とてもこんな提案を本人に面と向かって口にすることはできない。しかし、身勝手だとは思いつつも、何とかならないかと考えてしまう……ですから、みなさんの力をお借りしたいと思うわけです」

「うーん、お気持ちは分かりますが……」

矢来はそう口を開くと、その先を呑みこむようにして黙りこんだ。ほかの三人も、メモの手を止めて困惑した表情を浮かべている。

予想はついていたが、やはり難しいか……三好はそう思いながら話を進める。

「続いて、対抗の候補ですが、山尾篤弘《あつひろ》さん、五十二歳。この方は〔ＪＰＮホテル〕の渉外部長を務めています。ご存じかもしれませんが、〔ＪＰＮ〕さんは先代が亡くなって奥さんの美知留《みちる》社長に代わってから、店舗が拡大し、業績も伸びました。今は全国に三十五店舗。うちの四倍ほどの規模です。その拡大戦略を引っ張ったのが山尾さんだと言われています。今の社長のお気に入りで、会合などがあると、連れて歩いています。私もホテル協会の会合で、二、三度お会いしたことがあります。あそこは創業家の親族で役員が固められていますが、山尾さんの今年中の取締役就任が内定しているとも聞きました」

矢来が頭を抱えた。

「うちも目標にしているアッパーミドルホテルの雄ですから、おそらく今でも、山尾さんの報酬は、うちが提示する額より高いでしょう。しかし、うちとしては、以前申し上げた通り、一千二百万が限度です」

「美知留社長と山尾さんの関係は、ただの上司と部下のそれだと考えていいんですか？」並木が恐る恐るという感じで訊く。

「分かりません。それ以上の関係を邪推《じゃすい》する声も聞きます」

三好の答えに、並木はうなるしかないようだった。隣の小穂は、半開きの口がいっそう開いてしまっている。

「分かりました」並木は苦しげに、先を促した。

「三人目、押さえと言いましたが、この方は最近メディアで取り上げられているのを見て面白いと思っただけで、私はお会いしたことはございません。ホテル業界とは無関係で、外食産業で活躍しておられる方です。真田光俊さん、四十一歳」

名前を口にした瞬間、小穂がはっとしたような顔を見せた。

「〔鳥大名〕でお馴染みの〔ＴＤフードサービス〕の中川社長の懐《ふところ》刀《がたな》と言われている方で、議員秘書から転身しております。〔鳥大名〕が首都圏のターミナル駅周辺に重点を置いて店舗展開した際に、計画の先頭に立って活躍した人物だということです」

「その方は……」

不意に小穂が、居ても立っても居られないというように声を発したが、次の瞬間、並木の手が彼女の口に当てられた。

「あたた……」

遠慮のない強さだったらしく、小穂は口を押さえて痛がっている。

「何か？」

「いえ、何でもありません」並木が言う。

やはりそうかと、三好は思った。並木たちから出されたリストの筆頭に、真田と重なる経歴を持った人物が記されていたのだ。名前も会社名も伏せられていたが、真田に間違いなさそうだ。

リストの筆頭に載せていたということは、彼らの一推しでもあったのかもしれない。彼らは真田の担当を希望することになるのだろうか。

「この真田さんをヘッドハントする難易度は、私には測れませんが、外食産業の一般的な給与水準から判断して、うちが用意する条件がそれほど悪くないと見なすと、みなさんが日頃手がけている平均的な案件と同等の難しさと考えていいのではないかと思います。もちろん、会ってみないと分からない部分はありますが、資料で見る限りの優秀な方であれば、先のお二人が望めない以上、私はこの方で決めたいと思っています」

三好はお茶を口にする間を置いてから、四人に視線を向けた。

「以上ですが、何かご意見はございますでしょうか？」

小穂が何事か、並木に耳打ちしようとした。それをさえぎり、並木が口を開いた。

「私どもは、若狭さんを担当させていただければと思います」

「えっ……ええっ？」小穂が横で耳を疑ったような顔をしている。

ほう、真田ではないのか……三好は意外に思い、少し愉快な気持ちになった。

「ほかのお二方《ふたかた》は？」

「〔JPNホテル〕の山尾さんに当たらせていただきたいと思います」戸ケ里が小さく手を挙げて言った。「今の話をお聞きした限りでは、私は、この山尾さんに一番魅力を感じました。実績も確かで、〔ゼロエトワール〕さんの飛躍に必要な人材だと思います。多少難度が高いのも、こちらのやりがいにつながると言わせていただきましょう」

三好は矢来に目を向ける。

「仕方おまへんな」矢来はどこか嬉しそうに言った。「まあ、並木さんや戸ケ里さんの腕をすれば、どちらかは引き抜いてこられるでしょうが、残り物には福があるということで、真田さんを担当させてもらいましょう。私はこの人が一番面白いと思いましたからに」

彼の直感では、若狭や山尾の引き抜きは難しいということなのだろう。やる気に逸《はや》っている並木や戸ケ里を嘲笑《あざわら》っている様子でもあった。

「では、まず並木や戸ケ里さんのところに二カ月間、お任せしたいと思います」

「分かりました。ほかのお二方の手を煩《わずら》わせることにならないよう、私のところでしっかり片《かた》をつけておみせしましょう」

強がりか、それとも冷静に考えて策でも見出したのか、話を聞いていたときの渋面《じゅうめん》とは打って変わり、並木は余裕あふれた微笑を添えて言った。

もしかしたらと、期待したくなる顔をしていた。

6

「どうして真田さんに行かなかったんですか？」

〔ゼロエトワール〕からの帰り、並木がついでだからと電話をして予約が取れた〔リストランテ ヴァンノ〕に寄った。ランチメニューを注文し終えた並木に、小穂はクレームをつけるように問いかけた。

「そりゃあ、だって、社長の一推しを戸ケ里やムッシュに取られるのを、黙って見ている手はないだろ」

「でも、真田さんは転職願望があるんですよ。条件だって、今は七百万しかもらえてないんだって愚痴《ぐち》ってたくらいですから、何の問題もないですし……もう、三好社長が真田さんの名前を出してきたときには、私、心の中でガッツポーズしたのに」

「そうだとしても、三番手は三番手だ。順番が回ってくる前に、連中が成果を挙げる可能性がある限り、先に動いたほうがいい」

「でも、若狭さんは、自分でお店を持ってるんですよ。絶対、難しいじゃないですか。何か策はあるんですか？」

「そんなことは、本人に一度会ってから考えればいい」

これだ……ある程度予想していたことだったが、途方に暮れる。

「とにかく一度、〔詩絵路〕に行ってみないことにはな」

ただ、経費で飲み食いしたいだけじゃないだろうな……小穂はそんなことまで怪しんでしまう。

「これは並木さん、鹿子さん、いつもありがとうございます」

オーナーの幡野が店に現れるなり、二人を目ざとく見つけて、歩み寄ってきた。

小穂がこの店を訪れるのは二度目だが、もう名前を憶えてしまっているあたり、さすがに元ホテルマンである。

「残念だったよ」と並木。「幡野さんのこと、リストに入れといたんだけど、社長の目には留まらなかったみたいだ」

「ああ、この前の」幡野が笑う。「そりゃ、店持ちの人間なんか、どう雇えっていうんだって、真っ先にはねられたでしょう」

「ところがだよ」並木がいたずらっぽく眉を動かす。「社長がこの人でと挙げたのも、あなたのようなレストランオーナーだったんだよ。俺の狙いもあながち的外《まとはず》れじゃなかったわけだ」

「へえ」幡野は疑い半分のような笑みを浮かべながらも、驚きの声を上げた。「それは、店を畳んで来てくれってことですか？」

「まあ、そういうことになるかもな」

「そんな声をかけるからには、優秀な人で、お店も流行《はや》ってるんでしょう？」

「いい場所に三店舗持ってるらしい。さっきちょっと、ネットの口コミサイトも見てみたが、それなりに評判がいい」

「へえ、どこだろ……？」

「それはまあ、とりあえずコンフィデンシャルで」

「ああ、並木さんお得意のコンフィデンシャルで……」幡野はそう言って笑う。

いつも、話の肝心《かんじん》なところは適当だから、けっこう馬鹿にされているな……小穂は聞いていておかしくなった。

「でも、幡野さんならどう？　どういう条件なら、この店手放して、会社勤めに戻る？」

「いやあ、難しいですね」幡野は苦笑しながら、ひげを撫《な》でた。「まあ、僕なんかはここ一店だけですし、そんなに儲かってるわけでもないからあれですけど」

「よく言うよ。ポルシェ乗ってるくせに」

「いやいや、それはいとこがディーラーに勤めてる義理で仕方なくですよ」幡野はそう言ってかわした。「ちゃんとしたシェフを雇わないと、お店はもたないですし、安定したサラリーマン生活が恋しくなるときもありますよ。でも、三つ持ってるとなると、なかなかそれを手放していうのはね……」

「そうだよな」並木はうなずく。「ポルシェとこの店と、どっちか手放せってなったら、どっち手放す？」

「ははは、そりゃ、どっちも維持するのは大変ですけど、ポルシェしかないでしょう。ポルシェは自分で作ったわけじゃないですからねえ」

「まあ、そうだよな」

並木は納得したように言い、幡野が去ってから、「さあ、どうするかだな」と難《なん》儀《ぎ》そうに独りごちた。

翌日の夜、小穂は並木と一緒に、東麻布にある〈詩絵路〉を訪れてみた。

「並木様ですね。お待ちしておりました」

店に入ると、ホールスタッフに控えめな笑みで出迎えられ、奥へと通された。

「わあ、きれい」

東京タワーが正面に見える大きな窓に面した席だった。八王子育ちには眩《まぶ》しすぎる夜景だ。

そして、メニューに並ぶのは、見ているだけでよだれが出てきそうな料理ばかり。しかも、それほど高くない。会食でも使えるな……人脈づくりの策をあれこれ練っている身としては、そんなことも考えてしまう。

「雰囲気だけで言えば、料理ももっと高くてもいいくらいだな」並木が言う。「〈ゼロエトワール〉に何となく似てる」

「そう言えば……」

三好もここに来て、そういうインスピレーションが働いたのかもしれない。

「まあ、仕事の話はあとだ。とりあえず食おう」

料理をいくつか頼み、ビールで乾杯する。これが仕事の一環だということを忘れそうになった頃に、ホールスタッフではない、スーツ姿の男が現れ、ゆっくり近づいてきた。

「本日はようこそお越しくださいました。オーナーの若狭と申します」

爽やかな笑顔で、彼は挨拶の言葉を口にした。耳にかかる長めの髪は、誰の枠にも嵌《は》められていない青年実業家としての生き方をそのまま表しているように見えるが、話しぶりは落ち着いている。

「並木様と鹿子様でいらっしゃいますね。三好さんから、こちらを紹介しましたのでということを承っております」

三好から断りの一言があったらしい。

「だから、こんないい席に通していただけたんだ」並木は愉快そうに言い、それから若狭を見た。「三好社長は何ておっしゃってましたか？」

「それはもう、大事な方々だから、くれぐれもよろしくということで」

「ふむ……それはたぶん、若狭さんのほうでかなり意訳をされているんじゃないですかね」並木は言う。「おそらくあの人は、『ご迷惑をおかけするかもしれない』と……そんな言葉を口にしたはずです」

無理もないが、話の方向が見えないらしく、若狭はかすかに首をかしげてみせただけだった。

「もちろん今日は、食事を楽しみに来ただけですが」並木は立ち上がって名刺を出した。「近々、お時間があるときにうかがいますので、またそのときにお話をさせていただきたいと思います」

小穂も並木にならって、若狭と名刺を交換する。

「〔フォルテフロース〕さんですか」若狭は二人の名刺を見比べ、探るような口調になった。「コンサルタントというのは、我々のような飲食店に対する、何かサービスの改善のような……？」

「いえ、我々は、分かりやすく言うと、ヘッドハンターです」

「ヘッドハンター……？」

若狭の顔に戸惑いの色が混じった。


翌日、窓から皇居を望むパレスホテル東京の六階ラウンジバーで、改めて若狭と会った。

「いや……驚きました。とりあえず言えるのは、その一言ですね」

顔見知りの三好が絡《から》んでいることで、話を聞くこと自体はやぶさかでないという態度を示した若狭だったが、いざ並木の口からこちらの希望が語られ始めると、困惑の表情を隠さなくなった。そして、一通りの話を聞いたあとも、どう受け止めたらいいのか分からないように、そんな感想を口にしたのだった。

「もちろん、三好社長のことは、単なるうちのお客様としてだけでなく、経営者の先輩としても尊敬していますし、だからこそ、ここ最近、よくご来店いただいて、そのたびごとにあれこれ話ができることを嬉しく思っていたんですが……」

並木がうなずく。「私は大小業種さまざまな企業の経営者を見てきていますが、三好社長はこれからのホテル業界で、台風の目となる存在だと見ています」

若狭もそれに呼応するようにうなずく。

「分かります。あの人は当たりの柔らかさの裏に、したたかな芯がある。怖さと言ってもいいかもしれません。でも、この話を聞いて、納得しました。私は試されていました。うちの店に来て会話を交わすたび、あの人はホテル事業についての意見を私に求めてきました。私は門外漢《もんがいかん》ながらも、かつて不動産業界にいた経験と、何より経営者としてそれなりの人間に見られたいという思いから、頭にあった考えをいろいろと口にしました」

「ほう……それは例えば、どんな意見ですか？」

「いえ、思いつきの浅薄《せんぱく》な考えで、大したものではないんです。ただ、東京にはまだまだ、いい場所に土地を持っていて、事業意欲もあるけれど、有効活用の道筋がはっきり見えないばかりに古いビルなんかをそのままにしているオーナーが多いから、そういうのをどんどん掘り起こして、箱を作ってもらうべきだと。土地を合わせる形で複数のオーナーを巻きこんでいけば、立地の選択の幅はもっと広がるし、より大きな箱にホテルを構えられるようになると……そんなようなことです」

「なるほど、ある種のフランチャイズ方式で、会社としては、ホテル事業のソフト拡充に経営資源を傾注して、店舗を増やしていく形にしていくべきだと……まあ、今はそういうやり方が増えているようですが」

「ええ、別に私も特別なことは言っていません。まあ、箱のオーナーが複数になると、ビジネスとしての難度も上がりますが、不可能じゃありませんし、〔ゼロエトワール〕さんは、それができるだけのブランドも出来上がっていると思いますから」

「おそらくですが、そうした意見は、三好社長からすれば至極真っ当なものであって、自分が目指している方向でもあったのでしょう。だからこそ、あなたは社長の眼鏡に適うことになった、ということです」

若狭はうなずきながらも、そのこと自体が困惑の種だというように、表情を曇らせている。

「三好社長のことですから、本気で言ってるんでしょうね」若狭が言う。「適当な気持ちで、こんなことを言い出す人じゃない」

「もちろんです」

「だったら私も、はっきりお答えしておかなくてはいけませんね。お話は光栄ですが、お受けすることは不可能です。私には三つの店があります。三好社長が築いたホテル群に比べれば、いかにも小さなものですが、私なりの情熱を注ぎこんで、一から作り上げてきたものです。料理長もいろんな人脈をたどって、これという人を連れてきています。その他スタッフの生活も、経営者である私の肩に乗っかっています。もちろん、これが最終形ではなく、もっと発展させていきたいという思いもある。そういう状況ですから、それを今投げ出してということは、とてもできません」

もう断られた……まったく揺るぎのない返事を聞き、だから言わんこっちゃないと半ば呆《あき》れ気味に並木の横顔を盗み見ると、彼は強がりのつもりか、微笑を浮かべてうなずいていた。

「おっしゃる通りだと思います。私も本日、若狭さんとお会いするに当たって、それ以外の答えを期待する気持ちは、まったくありませんでした」

「申し訳ありませんが、三好社長にはその旨《むね》、よろしくお伝えください」

「いえ、これは今日のところのお返事ということで、三好社長には報告いたしません。彼も予想できていることでしょう。その上で、どうしてもということなんです。我々は三好社長から、二カ月の時間をいただいています。焦って答えをもらうつもりはありません。若狭さんには、これから二カ月間、頭の隅にこのことを留めておいていただければ十分です」

「私のほうから三好社長に直接お返事するのが礼儀だということであれば、そうさせていただきますが」

「逆に言いますと、それだけはご勘弁《かんべん》願いたいと思います」並木が言う。「任務を請け負っているのは私どもですので、それをできれば尊重してほしいというのも一つですが、三好社長は若狭さんとの縁を大事にしたいと考えているからこそ、こういう交渉事を私どもに依頼していると思いますので、今まで通りのお付き合いをされるのがよいかと存じます」

「分かりました。それはそうしましょう」若狭は言った。「ただ、時間をかけたところで、私の返事が変わるわけではないことは、ご理解ください」

並木は声を発しないまま、ただ小さな笑みだけを保って、その言葉にうなずいていた。

「案の定じゃないですか。あんな頑《かたく》ななの、どうやって動かすんですか？」

オフィスへの戻り道、小穂は思案顔でうなっているだけの並木に問いかけずにはいられなかった。

「いやあ、確かにまあ、難しいな」

並木のことは、かなり掛け値なしで見られるようになっているつもりだが、それでも、ここぞというところで披露《ひろう》される余裕ある言動や意味深な微笑に引きずられてしまうのか、仮にも一つのサーチファームを率いている男であるし何か秘策でもあるのでは、という思いがどうしても頭をもたげてくる。

しかし、彼は、そうしたわずかな期待にさえ、結局のところは応えようとしないのである。

「でもまあ、あと二カ月あるんだから、考えれば何かいい案が出てくるだろ」並木は今考えるのをあきらめたように言った。「とりあえず、しばらくは君のほうでいろいろやってみてくれよ」

何の方向性もない指示に小穂は呆れる。

「いろいろって何ですか？　そりゃ、〔詩絵路〕に通えっていうんだったら、時間はありますから、いくらでも通いますけど」

半分投げやりになって言うと、並木は「おう、そういうのだよ」と、我が意を得たように言った。

「とりあえず顔を見せとけば、向こうも気になってくるだろうからな。とにかく、こっちだけじゃなく、向こうにも考えさせるようにしないとな」

本当にそんなことで、何かの糸口がつかめるのだろうかとも思うが、ほかにできることもない。

翌日から小穂は、ほぼ毎日、〔詩絵路〕に通う生活を始めた。千五百円のランチを食べた翌日は、夜にお邪魔して、その日の店のおすすめをいくつか頼む。引き抜きが成功すれば、それらも経費として堂々請求できるだろうが、見通しとしてはどうにも厳しいので、そんなにぜいたくな注文もできない。ただ、せこい一人客がテーブルを占領している形になるのも印象的にはマイナスになりかねず、たまには自腹を覚悟でワインを開けた。

若狭は毎日店には顔を出しているようだが、三つの店舗を回っているらしいので、時間が合わないと出会わない。そのあたりの彼のライフスタイルやワークスタイルは、女性ホールスタッフから話を仕入れている。若狭自身は、たまに小穂と顔を合わせても、極力意識しないようにと考えているのか、小さな会釈を送るだけである。

また時には、上京中の三好社長を店の中で見かけることもあった。若狭には、三好に直に断りの返事をしないでほしいと頼んでいるし、三好は引き抜きの依頼などしていないとでもいうような顔をして食事をしている。そういう空気を壊さないように、小穂も彼を見たところで簡単な挨拶しかしない。しかし、小穂と三好二人がいる場では、さすがの若狭も自分の店でありながら居心地が悪そうな顔つきを見せていた。

「テングビール新社長に横手氏《よこて》」

若狭の店に通い始めて一カ月が経った頃、いつもより少し早く出社すると、スタッフルームで碧衣が一人、経済新聞の記事をデータ化するためにスキャニングしていた。

「横手さんって、経営危機だった〔オオタヤ〕を立て直した人でしょ。今度は〔テングビール〕なんだ」

〔テングビール〕は四強と言われるビール大手の一角を占める老舗《しにせ》だ。相手が経営危機に瀕《ひん》した家電販売チェーンの〔オオタヤ〕を救った辣腕《らつわん》とはいえ、これほどの企業なら内部にいくらでも人材がいるだろうに、ずいぶん思い切った人事改革だなと思った。

「日本もこういうのが増えてきたんだね。これなんかも、もしかしたら、どっかのヘッドハンターが絡んでたりするのかな」

思ったままに、そんなことを口にすると、碧衣に笑われた。

「何言ってるんですか。これ、渡会さんの案件ですよ」

こんな超大手のトップ人事などは、さすがに別世界の話だと考えていた。まさか、このファームの誰かが関係しているとは思いもしない。

「えっ……ええっ⁉」

「横手さんを［オオタヤ］に入れたのも、今回のも、渡会さんの仕事ですよ」

「すごいね」小穂は感嘆混じりに言ってから、碧衣を見る。「てか、［オオタヤ］に入れたのに、そこから引き抜くのは反則なんじゃない？」

「たぶん、横手さんの場合は、最初から企業より横手さん本人に付いてる形なんじゃないですかね」碧衣が言う。「それにもう、プロ経営者を地で行く人ですから、当初の目標をクリアしたら次を探すっていうのを、企業側も分かってるんじゃないですか。［オオタヤ］の新社長には創業社長の次男が就くみたいですけど、もとは銀行に勤めてたのを、渡会さんが一年前に引っ張ってきたんですよ」

「ちゃんと段取りをつけてたんだ」

そこまでフォローが行き届いていれば、［オオタヤ］としても納得して横手を送り出すしかないだろう。引き抜かれる会社も、次のステージに移る機会となるわけだ。

花緒里だからこそ、できた芸当なのかもしれない。

「私もそんな仕事ができたらいいけど、現実にはまだ一件も結果出せてないんだから、大きなことも言えないなぁ」

　小穂が愚痴るように呟くと、碧衣はからからと笑った。

「そんな……この世界、二カ月で結果が出る仕事なんてありませんよ」

「まあ、そうなんだろうけど……」

「渡会さんが、『鹿子ちゃん、がんばってるみたいね』って言ってましたよ」

「え、そうなんだ」意外な言葉に、小穂は驚く。「でも、何見て、がんばってるなんて思ったんだろ?」

　花緒里とは日に一、二度、顔を合わせることがあるくらいで、仕事の話はほとんどしない。データベースを覗けば、お互いどんな案件を抱えているかくらいは分かるが、コンサルタント同士は基本的に不干渉なのだ。

　そんなことを考えていると、その花緒里が「おはよー」と顔を見せた。

「おはようございます」

「お、鹿子ちゃん」彼女は小穂に目を留めて、ニヤリとする。「ちょうどよかった。あなた、がんばってるから、入社祝い買ってあるんだ」

　花緒里はいったん、自分の部屋に引っこむと、何やら包みを抱えて戻ってきた。

「えー、何ですか?」

　入社してからもう二カ月ほど経っているだけに、入社祝いとは今さらの気もするが、何かもらえるとなれば、心は浮き立つ。

「開けてみて」

碧衣から「いいなー」という羨望《せんぼう》の声を受けながら、それなりに重量のある包みの包装を解いていく。

「あ……」

包装紙をめくったところに見えたのは、ヘルスメーターの箱だった。

「ありがとうございます……」

微妙な気持ちになりながら礼を言うと、花緒里はぷっと吹き出した。碧衣も口を押さえて笑いを嚙み殺している。

このところ外食続きで、ほっぺがパンパンに張っているのは、小穂自身、自覚していることでもあった。

〔詩絵路〕に通うのが日課になっている一方、ほかの案件にも手を付けているので、その関係の会食もある。それだけでなく、人脈が資本となるからには、その開拓をおろそかにはできない。どこかで三田会があると聞けば、呼ばれてもいないのに押しかけ、知り合いが異業種交流会に行くと聞けば、誘われてもいないのに付いていく。毎日、何かしらの集まりに顔を出しているうち、ずいぶん面《つら》の皮が厚くなったなと思っていたが、皮だけでなく肉も付いてしまっていた。

「この仕事、気をつけてないと、いくらでも栄養取れちゃうからね」

考えてみれば、並木もそれなりに恰幅《かっぷく》がいいし、左右田などは力士上がりかと思うほどに太っている。

碧衣から恐ろしいことを聞いたことがある。並木も以前口にしていた、日本で一番稼いでいる伝説の女性ヘッドハンターは、一日に三つのディナーをはしごするのだという。時間をずらして、会食の予定を三件入れるのだ。

食の席では人となりも出るし、ざっくばらんな話し合いもできるから、コミュニケーションに有効であることには疑いがない。しかし、一晩に三つこなすとなると、まず胃袋からして、並みの大きさではもたないだろう。どんな人なのか、一日会ってみたい気もするが、噂を聞くだけにとどめておいたほうがいい気もする。

「花緒里さんは、どうして体形維持できるんですか?」

「私は普通の食生活だから」花緒里が言う。

「普通の食生活でどうやって人脈広げてるんですか?」

「興味ある?」

含みのある言い方で訊き返してきたので、少したじろいだが、「そりゃ、ありますよ」と返した。

「まあ、元の体重に戻したら、教えてあげてもいいかな」

「言われなくても戻しますから」小穂は口を尖《とが》らせ、ヘルスメーターを抱えた。

「お気遣いありがとうございます」

「よかった。気に入ってくれたみたいで」

花緒里は小穂の様子をニヤニヤしながら見て、満足げに言った。

「あ、花緒里さん」

部屋に戻ろうとする花緒里に続きながら、小穂は声をかけた。

花緒里が振り返る。「ん？」

「どう考えても無理だろうっていう人を引き抜くには、どうしたらいいと思います？」

「無理なものは無理なんじゃないの？」

「うーん……そう思うんですけど、でもやっぱり、何とかしたいんですよ。私まだ、全然結果出せてないですし」

「鹿子ちゃんの都合なんて、キャンディデイトには関係ないわよ」

「う……」痛いところを突かれた気がした。「そりゃそうですけど……」

「その人にとって、転職する理由が一ミリでもあるかどうか……結局はそれに尽きるんじゃない。それなしに、いくらクライアントの都合やこっちの都合を押しつけても駄目だからね」

ドアに手をかけた花緒里は、言い聞かせるような視線を小穂に向け、笑みとともに自室へ消えていった。

人はどうして転職をするのだろうか……夜になると小穂は東麻布の〔詩絵路〕に行き、海鮮サラダをつまみにトマトジュースのグラスを傾けながら、ひたすらそんなことを考えていた。

自分は〔フォーン〕での居場所がなくなり、否《いや》も応もなく新しい仕事を探さなければならなかった。

そういう人間はほかにもいるだろうが、世の中の転職理由はそればかりではない。金銭的問題や、やりたい仕事とのマッチングなども理由になりうる。

それ以外には何がある？

若狭は自分の店を持っている。引き抜くとすれば、その店を畳むなり誰かに譲渡するなりしなければならない……それが最大のハードルであるのは確かだが、根本的な問題は、そこまでして彼が三好の会社に入る理由が、どこにも見当たらないということだ。

三店まで手を広げて飲食店を経営しているからには、やむにやまれずそうしているはずはない。それが彼のやりたい仕事であり、夢の実現ということであるはずなのだ。

その彼を引き抜くということは、その彼に三好のもとで仕事をしてもいいと思わせられる理由を見つけなければならない。

花緒里の言葉を借りるなら、その理由が一ミリでもあれば、何とかなるかもしれないのだが……。

若狭はこの先、この事業をどうしていこうと考えているのだろうか。

「あれ、窓際の席は？」

「窓際はただ今、満席でございまして、申し訳ございません」

「予約んとき、窓際でってお願いしたんだけどな」

「そうでしたか……ええと、ちょっと空いてないものですから」

三人連れのスーツ姿の男たちが入ってきたと思うと、案内係と何やら席のことで揉めていた。

案内係の女性は今週になって新しく担当に就いたばかりで、まだ不慣れなのだ……小穂はそんなことも知っている。また、席が空いていない理由にも心当たりがあった。一番奥の窓際の席は、「あの席でいいだろ。俺はいつもあそこなんだ」と言って、一人客が座ってしまったのだ。

一人客は、小穂も何回か顔を見たことがある常連客だ。それを案内係の女性がうまくあしらえなかったので、こうなってしまった。

「じゃあ、ここで我慢するけど、何かサービスしてよ」

三人連れの男たちは、仕方なさそうに、小穂の隣のテーブルに着いた。

お店をやっていると、いろんなことがあるんだな……困惑気味に愛想笑いを浮かべて頭を下げている案内係を見ながら、小穂は思う。


やがて、若狭が店に顔を見せた。小穂を見つけると、彼は小さく会釈を寄越した。小穂は愛想の笑みを向けるのだが、彼のほうはいくぶん迷惑に思っているのが分かりやすいほどの無表情だ。

若狭は小穂の前を通りすぎ、奥の窓際の席にいる常連客のもとに行って挨拶をしている。六十代のだみ声の男だ。若狭も彼に対しては笑顔を作っている。

何を話しているのかまでは分からないが、その常連客が若狭と話しながら、小穂のほうを見ているのが気になった。

若狭がフロアを離れ、少し時間が経った頃、窓際の席にいた常連客が会計を済まして席を立った。

その男が小穂の席の前まで歩いてきたところで立ち止まった。

「お姉ちゃん、一人で来てるのをよく見るから、てっきり若狭くんのこれかと思ったら、違うらしいな。ははは」

いきなり小指を立てて、そう話しかけてきた。

「まさかヘッドハンターとは思わんかったわ。しかし、三好さんも無茶言うな。あの人の願いなら、何とかしてやりたいけど、こればっかりは難しいぞ」

「難しいのは承知なんですけどね」小穂は愛想笑いを浮かべて話を合わせる。「三好社長ともお知り合いなんですか？」

「知り合いも何も、俺があの人をここに連れてきたんだよ」

「へえ、そうなんですか」

経営者仲間なのかもしれないと思い、バッグから名刺入れを取り出していると、男はさらに話を続けてきた。

「まあ、熱心なのはいいが、人間あきらめも肝心だ。毎日ここに来るくらいの暇があるなら、うちの秘書室長も探してくれよ。三好さんの話よりは簡単だよ」

「秘書室長……ですか」

男は小穂が手にした名刺をひょいと取り上げ、「じゃあ、頼むよ」と、名前も告げずに行ってしまった。

誰なんだ……もう。

小穂も会計を済ませて帰ろうとすると、キャッシャーの前に若狭が立っていた。

「ご馳走様でした」

　そう声をかけて出ていこうとする小穂に、若狭は型通りの礼を言いながら、半歩進み寄ってきた。

「料理のほうはいかがでした？」

「え？」問われて戸惑いながらも、小穂は笑顔を作った。「とてもおいしかったです」

「何か気になることや気づかれたことがありましたら、遠慮なくおっしゃっていただけると助かります」そう口にする若狭の顔は、意外なほど思い詰めたものだった。

　ダイエットを始めたことで、サラダや煮つけなどを少しずつしか頼まなかったのを訝《いぶか》しまれているなと気づいたが、正直にそれを打ち明けるのもどうかという気がして、小穂は曖昧《あいまい》にごまかしておくことにした。

「ええ、でも、本当においしくいただきましたので」

　そう言って、店を出る。だみ声の男のことを訊くのを忘れてしまったと、あとから思った。

　それにしても、店を持っていると、常連の注文がいつもより少なかったというような、ちょっとしたことも気になるんだな……若狭の真剣な顔を思い返し、そんなことも思った。

7

「お待たせしました。賀茂茄子《かもなす》の揚げ出しでございます」

　女性スタッフが揚げ茄子を盛ったお椀《わん》をテーブルに置こうとしたところで、三好はビールグラスから手を離した。

「いや、これは頼んでませんな」

「あ、失礼しました」

　女性スタッフはどぎまぎとした手つきで、お椀を手持ちのお盆に戻した。

　ほかのテーブルの注文か、それとも……自分が注文したまま、まだ来ていない料理を思い出してみる。

「私が頼んだんは、鱧《はも》とアスパラの巻き揚げですよ」

「そうですか。大変失礼しました」

　注文を取ったのはあの女性のはずだ……配膳カウンターのほうに戻っていくホールスタッフの背中を見ながら思う。そう言えば、確認を取らなかったような気もする。しかし、賀茂茄子と鱧は相当うっかりしていないと、聞き間違えないだろうに……。

「大変申し訳ありません。鱧とアスパラ、少しお時間いただいてもよろしいでしょうか？」女性スタッフがまたやってきて言った。

「そしたら、今の賀茂茄子でいいですよ」三好は言う。

「え、でも……」

「いや、鱧も賀茂茄子も京の物。どちらも好物ですから、賀茂茄子でけっこうです」

「そうですか……？」

女性スタッフは恐縮しながら、賀茂茄子の揚げ出しをまた持ってきた。

いい茄子であることは確かだ……口に入れて思う。しかし、茄子の味の深みを、出汁《だし》がそれほど引き立てることなく終わってしまっている……京都の一流店の味を知っているだけに、そうも思う。

朝から降り続く雨にたたられてのことか、今夜の〔詩絵路〕はテーブルが半分も埋まってはいない。それでいて、不慣れな女性スタッフが案内したからか、三好は店の入口近くの、ホールスタッフが頻繁《ひんぱん》に前を行き来する席に通されていた。

もちろん、自分のような一人客を毎回、窓際のいい席に付けてもらいたいという思いでいるわけではないが……。

二週間ぶりに上京しての〔詩絵路〕だが、これでもう、この二カ月ほどで十回以上は訪れたことになる。そうすると、通い始めた当初には見えてこなかった粗《あら》のようなものも見えてくる。通い慣れたからこそ分かることもあるし、また、少し間を置いたからこそ分かることもある。そして、いつもと違う席だから分かることもある。

窓際の席はゆったりとしているが、こうしてみると配置が悪いなと思う。四人掛けのスクエアのテーブルが三卓、ゆったりとした間隔で置かれている。まるでホテルのレストラン並みの座席係数だ。

しかし、いつもその席が四人客で埋まるとは限らない。今もカップルが一卓使っているだけで、ほかはグループ客が訪れたときのために空けてあるような形だが、五人以上になると、逆にあの席は使えなくなる。

自分ならどうするか。

奥の一卓は四人掛けで残してもいいが、ほかの二卓分のスペースは、八人ほど収められるグループ席にしたい。窓に平行にテーブルを置けば、まだスペースにも余裕ができるだろうから、衝立《ついたて》を挿《はさ》んで、二人掛けのテーブルも端に置けるだろう。東京タワーが見られるスペースを有効に使わないのはもったいない。

経営的にはどうだろうか。ここのテナント料がいくらかは分からないが、料理は飲んで食べても一万でお釣りが来る程度。東京のこの手の店としては特段高くはない。それでこの空間の使い方をしていると、それほど儲けは出ないのではないか。表参道店がそれなりで、麻布と中目黒の店はトントンというあたりだろうか……。

余計なお世話だな……頭の中で無意識に算盤《そろばん》を弾いてしまってから我に返り、三好は一人苦笑する。

「こんばんは」

隣の席に座った女性に小さく声をかけられ、そちらを見ると、〈フォルテフロース〉の鹿子小穂が控えめな笑みを作って会釈していた。

「どうも」

このところは、この店に来ると毎回見かける。三好以上に常連になっているようだ。

「そう言えば」と小穂は、手短に注文をし終えてから話しかけてきた。「この前、三好社長をここに連れてきたって方から、本気か冗談か、いきなりサーチの依頼をされたんですけど、どこの誰とも名乗らないまま行ってしまわれたんですよ」

彼女はそう言って、おかしそうにくすりと笑う。

「ああ、それは〈眠民堂〉の宮村社長でしょう」

「〈眠民堂〉っていうと、布団やマットレスのですか？」

「そう。秘書室長を探してるって言ってましたから」

「はい、秘書室長って言ってました。そうするとやっぱり、本気の依頼だったんですかね」

「いくら宮村社長でも、冗談では言わないでしょう」

「そうですよね……じゃあ、がんばらないと」小穂は新たな仕事が増えたことが嬉しいのか、ほくそ笑むようにして言い、「それをちょっとお訊きしたくて……ありがとうございました」と三好に礼を言った。

「こっちのほうの手応えはどうですか?」

普段はこの店で顔を合わせても挨拶を交わす程度だったが、若狭が姿を見せていないこともあり、三好は会話を続けた。

「いい手立てがないか、いろいろ考えてるところです」小穂は一転して眉を下げ、少し申し訳なさそうに言った。

「そうですか。まあ、難しいことは確かでしょう」

プロのヘッドハンターなら、こういった難問でも何とか答えを出してくれるのではという期待もあったが、やはりそれは、いささか虫のいい考えだったか。

「このまま終わりそうであれば、最後は私が直接、彼の意思を確かめたいと思います」三好は言った。「そうしないと、悔いが残りますからね」

「ええ、もちろん、こちらの一番の武器は三好社長の熱意ですから、それを若狭さんに伝えていただく場は設けさせていただきたいと思っています。それまでに何とかいいお膳立てができるようにと思って、いろいろ考えてるんですが……」

ホールスタッフがトマトジュースを運んできて、彼女は視線でそれを受け取った。グラスに手を付けることなく、再び三好に顔を向けたが、そこには何やら思案めいた色が浮かんでいた。

「別に何か思うところがあるわけじゃないですけど、もう一つ訊いていいですか?」彼女はそう断りを入れてから、問いかけてきた。「三好社長は、若狭さんの出店センスや大手不動産会社にいたキャリアなんかを買われているわけですよね。それはそれとして、この店というか、若狭さんの店舗ビジネスそのものは、どう見てらっしゃいますか?」

「どうとは?」

「もちろん、帳簿も見ないでどうこうは言えないと思いますけど、何回か来店されている印象で、これはビジネスとしてもうまくいっているはずだとか、あるいは意外と課題がありそうだとか……」

先ほどまで三好自身、考えていたことだったので、思わず話に乗りかかったが、すんでのところで思いとどまった。

「それはやめときましょう。他人様《ひとさま》の商《あきな》いをあれこれ言うのは僭越《せんえつ》というもんです」

そう返すと小穂は、「そうですか……そうですよね」と残念そうに言った。

8

「三好社長も、ああいう言い方するってことは、〔詩絵路〕が申し分ない店だって思ってるわけじゃないと思うんだよねえ」

昼休み、小穂は、並木がよく使っているスタッフルームのソファに座り、昼食代わりのりんごヨーグルトをスプーンですくいながら、碧衣にそんな話を聞いてもらっていた。

ほかのコンサルタントは出払っていて、瑞季らスタッフたちも昼食に出ている。碧衣は料理が趣味らしく弁当を作ってくることが多く、昼休みはもっぱら留守番係となっているのだ。

「鹿子さんから見て、どうなんですか？」碧衣が小さな弁当箱をつつきながら訊く。

「うーん、いい店だと思うし、料理もおいしいんだけど、何回か通ってると、何か足りないような気がしてくるんだよねえ」小穂は言う。「足りないっていうか、いい店を装いながら、ところどころボロが出てきちゃってるっていうか」

「うわ、辛辣《しんらつ》……」碧衣が苦笑する。

「でも、そうなのよ」自分が抱いた感覚を言葉にすると、そうなってしまうのだ。

「若狭さんって、たぶん〈詩絵路〉をもっとアップスケールな店にしたかったんじゃないかな。でもそれが、接客にしろ何にしろ、クオリティーがそこまでは付いてきてないっていうのが現状なんじゃないかって思うんだけど」

「もとは不動産会社にいたんでしたっけ？　そういう高級料理店で働いた経験はないわけですか？」

「最初に面談したときに訊いたんだけど、学生時代はずっとダイニングバーでバイトしてたらしくて、飲食業界に出たのは、その経験が大きかったみたい。まあ、ダイニングバーっていったら、〈詩絵路〉もその一種だよね」

「本当はそれこそ、ガイドブックで星が付くような高級な店にしたかったけど、経験なりの店にしかなってないってことですか」

「そうそう」小穂はうなずく。「若狭さん自身の物腰とか振る舞いなんかは、高級店っぽいのよ。逆に並木さんがひいきにしてる〈ヴァンノ〉のオーナーなんかは、接客も肩の力が抜けてて、高級店っぽくないの」

「〔ヴァンノ〕って私も一度、並木さんに連れてってもらいましたけど、確か、星付きですよね？」

「そう、私、調べて驚いちゃった」

〔リストランテ　ヴァンノ〕はよくよく調べてみると、有力ガイドブックで一つ星を取っているのだ。幡野もポルシェに乗るはずである。そんな店のオーナーをキャンディデイトの一人にした並木は、何を考えているのかと思う。

「でも確かにあそこは、すべてにおいてそつがないのよ。料理がおいしいのはもちろん、お昼の混雑時にコース以外のアラカルトを頼んでも、全然待たされるストレスなく出てくるし」

「あそこのオーナーはああ見えて、〔横浜ベイクラッシィ〕出身らしいですからね」

「それなのよ。三好社長にしたって、若い頃に〔ホテルオーヤマ〕でキャリアを積んでるっていうし、アップスケールの仕事を知ってるからこそ、アッパーミドルのサービスもそつなく提供できてると思うんだよね。若狭さんは、そのバックボーンがないのに形だけ追い求めてるから、ちょっと綻《ほころ》びが見えちゃう気がするのよ……私の偏見かな？」

「でも、一理あるかもですよ」碧衣が言った。「うちらの転職業界だって、対象になる人材のクラスによって、仕事も全然変わっちゃいますからね。並木さんもよく言ってますけど、どこかの転職紹介会社で経験を積みましたなんていうだけでは、ヘッドハンターにはなれないってことですよ。募集型にしろ、登録型にしろ、普通の中途社員を集めるような仕事でいくら結果を残しても、エグゼクティブを相手にするヘッドハンティングはまた、全然違う種類の仕事だからって。それよりは、別業種でも、エグゼクティブばかりを顧客に商売してたとか、自分自身がエグゼクティブだったとか、そういう人のほうがヘッドハンターには向いてるんだって」

「へえ」自分もその目線からヘッドハンターに向いていると思われたのかなと思いながら、小穂は相槌を打った。「並木さんって、たまにだけど、説得力のあること言うよね」

「変な褒め方」碧衣が笑いながら言う。「仮にも、このファームのボスなのに」

「だって……」

仕事を投げっ放しの並木をひとくさししようとしたところに、その本人が「お疲れ」と言いながらオフィスに入ってきたので、小穂は口をつぐんだ。

碧衣と目で笑い合ってから、自室に入っていく並木を追う。

「並木さん、今、お時間いいですか？」

「お、何？」

「〈ゼロエトワール〉の件ですよ。もう三週間を切っちゃってるんで」

「おう、そうなんだよな」自室に入った並木は、書棚から何かの書類を出しながら、その件も忘れてはいないと言いたげな反応を示した。「何か、いい手でも浮かんだ？」

「いい手とかじゃなくて、最終的にはやっぱり、三好社長の口で口説いてもらうしかないと思います。ただ、口説き方は考えるべきで、若狭さんの力が必要なんだっていうことより、若狭さんが〔ゼロエトワール〕で何を得られるかっていうことを話してもらうほうがいいと思います。三好社長が〔ホテルオーヤマ〕時代から培ってきたアップスケールなサービスのノウハウを、若狭さんはたぶん今、必要としています。それを〔ゼロエトワール〕で学んでもらって、またいつか飲食ビジネスに戻ることがあれば生かしてほしい……っていう言い方です」

「おぉ、さすが鹿子ちゃん」並木は調子がよさそうな声を出した。「俺も同じこと考えてたんだよ」

「え……？」

「じゃあ、三好社長にどう口説いてもらえばいいか、もう少し分かりやすく説明するために、レジュメ作っといてよ」

「はあ……はい」

「『俺も同じこと考えてた』だって……投げっ放しだったくせにさぁ」

小穂はさすがに気持ちが収まらず、スタッフルームに戻って、碧衣相手に小声で並木をくさした。

「行ってきまーす」

並木が早々とどこかに出ていく。「行ってらっしゃーい」と応えてから、ドアが閉まるのを待って続けた。

「ほかの仕事で忙しいのか知らないけど、自分でキャンディデイト選んだのよ。だいたい、二カ月で何とかしろっていうのが無理あるし、四カ月我慢すれば、私が当たってきたキャンディデイトで難なくまとまったのに」

「まあまあ」碧衣が苦笑しながら、なだめるように言った。「並木さんも何回かは、〔詩絵路〕に足運んでるみたいですよ」

「えー、嘘だ」並木の肩を持とうとする碧衣に、小穂は冷たい目線を送った。

「所さんに領収書渡してるの見ましたけど、〔詩絵路〕だったような気がしましたよ」

「それ、私と行った一カ月以上前の話じゃないの？」

「いえいえ、最近ですよ」

「私、見たことないけど」

釈然としない思いでうなっていると、昼食を終えた所美南が戻ってきた。

二十六歳になる美南は、成蹊《せいけい》大学を出てから新卒でこのファームに入り、以来ずっと秘書業務を担当しているという。案件ごとの経費の整理なども彼女の仕事だ。

「ねえ、所さん」碧衣が声をかけた。「鹿子さんが通ってる〔詩絵路〕って、並木さんも行ってますよね？」

「うん」と美南はうなずいた。

「ええ？　領収書どれ？　いつの？」

小穂は立ち上がって美南の隣に行き、領収書を見せてもらう。麻布店、表参道店、中目黒店のものが一枚ずつ出てきた。確かに最近の日付である。小穂とは、たまたまかぶらなかったようだ。

「どれも二万近いけど、一人じゃないね、これ」

金額からして同伴者がいると分かり、裏書きを見ると、「幡野氏」と記されていた。

「〔ヴァンノ〕のオーナーと行ったんだ……」

飲食業のプロの目で、〔詩絵路〕という店がどんなものなのか見てもらったということか。

そうであれば、並木も〔詩絵路〕の経営状態が糸口になると見ていたわけであり、確かに小穂と着眼点は一緒だったことになる。

こっちは一カ月以上通い続けて、やっとそこに至ったというのに。

ふと気づくと、碧衣が反応をうかがうように、ニヤニヤしながら小穂を見ていた。

何となく面白くなく、小穂は頰を小さくふくらませた。

9

〔フォルテフロース〕の二人に引き抜き交渉を任せて以来、三好は〔詩絵路〕を訪れても、若狭に対しては気さくに世間話をするのも控えるようにしていた。

一定の距離を保ちながら若狭の表情を見て、彼の心境を推し測る……そんな思いで上京するたび〔詩絵路〕に足を運んでいたのだが、当然、そうであるからには、彼の面持《おもも》ちに暗い影が差すことが多くなったのに気づかないわけにはいかなかった。

そして〔フォルテフロース〕に与えた期限まで二週間を切ったその日、〔詩絵路〕を訪れていた三好のテーブルに、食事終わりを見計らった若狭が静かに進み寄ってきた。

「三好社長、こんな場ですが、少しお話をさせていただいてよろしいでしょうか？」

　三好の隣にしゃがみこんだ若狭は、思い詰めた顔をしていた。

「どうぞ、そちらにおかけになって」

　三好が椅子を勧めると、若狭は三好のはす向かいの席に座り、居ずまいを正した。

「鹿子さんから、近々、三好社長を交えて、一度、ちゃんとした話し合いの場を作りたいという申し出がありました」

　三好自身も聞いていることだった。まだ日程は定まっていないが、次に上京するときにその場を設けることとして、今回の上京ではそれに向けて、〈フォルテフロース〉の二人と打ち合わせをする予定も組まれている。

「私はこのオファーを最初いただいたとき、不可能だということはすぐに分かりましたし、それゆえ、どこか切実でないというか、他人事《ひとごと》のような思いでお話を受け取りました。

　けれど、鹿子さんが連日ここに顔を見せ、社長の姿もたびたび拝見するうちに、そうも言っていられない気分になってきました。真剣味が肌に伝わってきて、どうお断りすればいいかを考えているうち、それは何と言いますか、自分のこれまでの仕事に向き合うことと同じものになっていたんです」

　生真面目《きまじめ》なのだな……三好は思った。髪形などの外見には、おしゃれな青年っぽさを残している部分もあるが、根っこは意外なほど古風で堅い。洗練された中に和のテイストをちりばめた、この店の雰囲気そのものだ。だからこそ、自分の気持ちはどうあれ、こうした話を重く考えてしまうのだろう。

「私はまだ若輩者《じゃくはいもの》ですから、経営者としての自分に足りないものが多いのも分かっています。正直申し上げれば、自分の力で三店もの店舗を抱えてしまったのは拙速《せっそく》だったかなと思うこともあります。考えていたはずの理想の飲食店を、現実には形にできていない……そういうもどかしさも持っています。

　そんな現状を踏まえて考えると、何もかも捨てて三好社長のもとで自分を鍛え直すことができたら、どんなにいいだろうと思ったりもします。〔ゼロエトワール〕の〔京都別邸〕に泊まったとき、私はビジネスホテルに抱いていたイメージを打ち砕かれました。シックな建物や客室といったものと同時に、神経の細やかなサービスが素晴らしかった。ビジネスホテルチェーンがここまでできるのかと思いました。あれはやはり、三好社長の経験がなせる業《わざ》だと思いますし、その精神とノウハウが従業員の一人一人にうまく伝わっているからだと思います」

　若狭はそこでかすかに頬をゆがめると、次第に苦しげな表情に変化していった。

「しかし、冷静に考えれば、それは憧《あこが》れ以上のものにはならないわけです。〔詩絵路〕は私だけのものではありません、三店舗それぞれにスタッフがいて、スタッフそれぞれに生活がある。開店から二人三脚でやってきた各店の料理長とは固い絆《きずな》で結ばれているつもりですし、借り入れもありますから、今畳めば、借金だけが残ってしまいます。あちこちに不義理をすることにもなりますし、将来的にまたこの世界に戻る道などは望めないでしょう。

私なりには真剣に考えました。でも、いくら考えても、無理なものは無理ですし、考えれば考えるほど苦しくなってくるんです。このまま考え続けたら、言われた話し合いの場までもたない……そう思って今日、胸の内を正直に明かさせてもらおうと思いました」

自分の事業を一生懸命育てている最中の若手経営者に、それを捨ててこちらの仕事を手伝ってくれなどという依頼は、どだい傲岸《ごうがん》な考えであった。それをこれだけ真剣に検討してくれたのだから、言うことはない。

「若狭さんのおっしゃることは、よく分かりました。残念ですが、引き退《さ》がらせてもらいます」三好は言った。「私の身勝手な思いで、悩ませてしまい申し訳ありませんでしたね。この通り、お許しください」

三好は彼に、深々と頭を下げた。

10

「えっ⁉」

来《きた》る若狭との最終面談に向けて詳細を打ち合わせしようと、レジュメをまとめて〔ゼロエトワール銀座〕のミーティングルームに乗りこんできた小穂は、三好から撤退の言葉を聞かされて絶句した。

「改まって顔を合わせる場を作って、我々が熱く口説いたとしても、これ以上は彼を苦しめることにしかならない……そう思いましたんで、私は分かりました、引き退がらせてもらいますと、彼に伝えました」

どういう方向性で口説くかという戦略は何とか立てられたものの、やはり、自分の店を手放してまでというところのハードルは越えられなかった。分かっていたことだったが、結果が出てしまうと、無力感を嚙み締めるしかない。

「ちょっと待ってください。まだ結論を出すのは早いですよ」

並木が身を乗り出して言った。彼はまだ粘るつもりらしい。

「この話は若狭さんのキャリアにとっても、必ずプラスになるものです。それを苦しいから聞きたくないというのは、彼自身のためにももったいないことです」

「しかし、彼にとって自分の店というのは、簡単に手放せるものではないんです。どうにかなるかもしれないと思っていたのは、驕《おご》り以外の何物でもありませんでした」

「そんなことはありません。一生仕えろという考えならまだしも、首都圏の事業が軌道に乗るまで力を貸してくれということであるなら、何ら彼の夢を邪魔するものではないですし、彼自身の今後にとっても得るものが大きいはずなんです。我々は若狭さんを含めて双方がウィンウィンの関係になれる手立てをちゃんと考えていますし、面談の場が設けられれば、それをぜひ提案したいと考えています」

それらしいこと言うなぁ……小穂はほとんど他人事の感覚で聞いている。こういうときの並木は口が回るし、説得力があるのだ。そして、とりあえずその場を切り抜けてから、どうしようどうしようと頭を抱えるのだ。

「それはどういうものですか？　お考えがあるのでしたら、ぜひ今、お聞かせください」

三好に冷静に返され、小穂は、ああ終わったと思った。それを今訊かれては逃げ場がない。

しかし、並木は意外にも、「分かりました」との返事を、自信めいた言い方で口にした。

その顔には、不敵な笑みが浮かんでいた。

いったんは白紙になりかけた最後の面談は、結局組まれることになった。

三好が再度上京する日を待ち、若狭へのアプローチを始めてほぼ二カ月が経とうとしているその日、パレスホテル東京の六階ラウンジバーで、三好と若狭の当人同士を交えた話し合いの席が設けられた。

若狭は姿を見せたときから戸惑いの色を隠していなかった。引き退がったはずの三好が、やはりもう一度、話を聞いてほしいと翻意《ほんい》したのだから無理もない。しかし、相手が三好とあっては、何も聞かずに拒絶するという手は取れなかったようだ。渋々ながら、呼びかけに応じたという形だった。

「この前は、分かりましたとお答えしたのに、えらいすみませんな」三好はそんな詫《わ》びの言葉から入った。「あきらめの悪い人間です」

「いえ」若狭は恐縮するように首を振った。「私の気持ちは先日お伝えした通りですが、お話自体は光栄なことですし、社長が納得できるまで話したいということであれば、お付き合いいたします」

「ありがとうございます」三好は小さく礼を言って続けた。「私がお話ししたいのは、今回の話、これは私のためでもあると同時に、若狭さんのためにもなるということです。若狭さんは勘がいい人だから、それを分かっていらっしゃる。しかし、もう一度、自分の口でそのことをお伝えしたいと思ったんです」

三好のもとで働く経験は若狭の今後のキャリアにプラスになるという切り口は、小穂が提案したものだが、三好自身も若狭の店を観察して感じていたことのようだった。

「他人様の商いをとやかく言うのは、無粋《ぶすい》なこととわきまえていますが、今日だけは大目に見ていただければと思います」三好はそう断って続ける。「若狭さん自身は、〔詩絵路〕をもっとハイクラスの店として認められるようにしたいと考えているんじゃないかと思います。選び抜いた立地や内装、テーブルの配置なんかは、高級店への志向がうかがえる。ただ、実際問題はそこまでの料理は出せない、サービスも提供できない、値段だけ上げても顧客が離れるだけ……そういう現実を肌で感じて、何となく今のちぐはぐな状態になっている。もちろん今でも、シックな和風創作料理のダイニングとして得がたい店にはなっていると思いますが、若狭さんの理想とは少し違う。フロアで常連客に挨拶する若狭さんの所作《しよさ》と、ほかのスタッフの所作にはかなりの落差がある。これは、若狭さん自身、ノウハウに裏打ちされたものではなく、自分のイメージでやっているだけなので、スタッフへの教育に昇華《しようか》することができていないからだと思います。どうすれば店のクオリティーを今より上げられるかということが分からない……こんなところじゃないでしょうか」

　三好に視線で問いかけられ、若狭はうなずいた。

「おっしゃる通りです。しかし、これでやっていくしかありません。少しずつ試行錯誤してクオリティーを上げていくつもりです」

「それはとても困難な道だと思います」三好は冷静に言った。「若狭さんのウィークポイントは、アップスケールのサービスをシステマティックな形で理解されていないところです。その類《たぐい》の実務を経験されていませんし、専門教育も受けていないからです。サービスというのは、簡単なようで難しい。お客様が何を求めているかを考えろと口で言うのはたやすいですが、組織全体に一定の高いクオリティーを行き渡らせるのは、なかなか骨の折れることです。土台がなければ苦しい。

　ホテル業は、ノウハウの蓄積が土台となっています。うちはアッパーミドルのビジネスで、サービスターゲットは言ってみれば、〈詩絵路〉さんと似ている。ただ、〈京都別邸〉はアップスケールのサービスを提供する宿として差別化を図っています。快適な宿泊のための気遣いはもちろん、観光案内や祇園《ぎおん》のお座敷の紹介など、いろんなお客様のリクエストに応えられる態勢を作っています。それができるのは、土台が固まっているからです。私の〈ホテルオーヤマ〉勤務時代の経験が生かされているからなんです」

若狭にしてみれば、反論する余地もない話だろう。彼は少し苦しげに頬をゆがめた。

「私にはないキャリアを重ねて、確固とした経営スタイルを確立されている。三好社長を尊敬していることは何度も申し上げています」若狭は三好から視線を外すようにして話した。「けれど、できないものはできないと言わせてもらわなければなりません。私は自分の店に愛着もありますし、働いている従業員たちへの責任もあります。たとえ〔詩絵路〕がよくある和風ダイニング以上のものでなく、大した特色もない店だと人々に認知されるのだとしても、それなりにお客さんが入って、経営が軌道に乗るのだとしたら、それ以上のものは望むべきではないとさえ、今は思っています」

「経営は難しい。若狭さんのその言葉は、偽らざる本音でしょう」三好は静かな口調で言った。「しかし、若手を自任する私よりさらに若いあなたが、攻めの気持ちを失ったらいけませんよ。一度、頭の中をまっさらにして考えてみてほしいんです」

三好は一呼吸置いてから続けた。

「ずっと私のもとで働いてほしいということではありません。今、うちの東京事業は、銀座店のほか、浅草店が決まっています。そのほかにあと五店舗、客室数で百五十から二百前後の規模のものを出す目処をつけたいと思っています。若狭さんに任せたいのはその出店計画で、想定している期間は五年です。その間に結果を出してもらえれば、私としては十分です。もちろん、ホテルを出すという業務には、不動産関係の交渉事だけではない、どういうホテルであるべきかというグランドデザインの創出が必要ですし、そのためにもホテルとは、サービスとはというものを、若狭さんには学んでもらわなければなりません。それがきっと、あなたの今後の糧《かて》になるはずです」

「しかし……」

そう口を開こうとした若狭を、三好は、「それだけではありません」と制した。

「若狭さんを何とかうちに招き入れられないかと考えているうちに、私自身にも心境の変化がありました。あなたがひそかに抱いているものに触発されたと言っていいかもしれません。うちの〔ゼロエトワール〕は、星の付かないホテルではあるけれど、アップスケールに負けないコストパフォーマンスのサービスを提供したいという気概を表したネーミングです。ただ、そこで戦っていこうと決めたのは、ビジネスとして効率的だと考えたからです。だから私自身の中には、あなたと同じように、アップスケールのビジネスへの憧れがあるんです。

この一カ月の間に、それがふくらんできました。そしてとうとう、目標として設定したいと思うようになりました。この東京にアップスケールのホテルを構えたい。東京の八店目は、結婚式場や大きなバンケット、フィットネスサロンに、もちろん高級ダイニングや眺めのいいラウンジなども兼ね備えたシティホテルにしたいということです。名前は〔グランエトワール東京〕にしようと、そこまで考えています。そして、そのホテルのメインダイニングには、ぜひ〔詩絵路〕さんに入ってほしいと思っているんです」

伏し目がちに聞いていた若狭が、はっとしたように三好を見た。

「これは、男の約束と思っていただいてけっこうです」三好は彼の目を見据えて言う。「条件は、五年間、うちの業務に邁進《まいしん》する中で、高級ダイニングをマネージングできる素養を身につけていただくこと。〔グランエトワール東京〕のグランドデザインを描くところまで協力してもらえれば、言うことはありません。この話が、あなたにとって回り道にならないことは、これで分かってもらえると思います」

何か言おうとして言葉にならないように、若狭の唇が小さく動く。心に響いているのは確かだった。

「しかし……私には今の店が……」

若狭はようやく、そううめくように言葉を発した。

「心配いりません」

　ここで並木が口を開いた。朗々とした声で、若狭は視線を鷲《わし》づかみにされたように、並木に目を移した。

「その問題については、何とかならないかと私もいろいろ考え、その結果、一つの解決策を持って参りました。若狭さんは〈詩絵路〉を手放す必要はありません。運営会社の社長のままでいればいいいんです」

「しかし、それでは……」

　若狭の疑問を引き取るように、並木はうなずいてみせる。

「ただ、実際の店舗運営は人に任せてください。あなたは定期的に報告を受け、承認をするだけです」

　若狭は、眉をひそめて、戸惑いの色を顔に覗かせている。並木はそれに構わず、うっすらと笑みを浮かべながら、小さく手を上げた。

「そう提案されたところで、あなたの代わりに店をマネージングしてくれる人間も見つけにくいだろうと思いましたので、差し出がましいかとは思いますが、私のほうで手当てしてしまいました」

「こんにちは。失礼します」

　並木の合図に、入口の陰から姿を現したのは、〈リストランテ　ヴァンノ〉の幡野だった。

「以前、私と一緒にそちらの店にお邪魔したときに、一度ご紹介したことがあったと思いますが、銀座で一つ星の名店〔リストランテ　ヴァンノ〕を経営してらっしゃる幡野一明《かずあき》さんです」

「幡野さんが……？」

若狭の言葉に並木はうなずいてみせ、幡野を自分の隣に座らせる。

「幡野さんはシェフ上がりではなく、マネージングの腕だけで今の店を人気店にしました。そういった意味では、若狭さんと同タイプの経営者です。それから、彼も実は、〔横浜ベイクラッシィ〕の飲食部門でサービスのノウハウを身につけてきたというキャリアがあります。つまり〔詩絵路〕は、あなたが三好社長から高度なホテルサービスの血を導入するのと同時に、幡野さんからもその血を導入することができる。これはもう、無敵だと言っていいでしょう」

「自分の店との両立になりますけど、任せていただけたら、精いっぱいやります」

幡野はにこやかに言った。「複数店のマネージメントは、興味があったところでして、私としてもいい経験になります。それに、三好社長からも男の約束ですか、お言葉をいただき、これは乗るしかないと思いました。イタリアンの店を任せたいというお言葉〔グランエトワール東京〕を出す際には、お店はそれぞれ一度見せてもらったただけですが、もう少しこうしたらいいんじゃないかというようなアイデアもいくつか頭に浮かんでいます。基本的には今のものを大事にして、一、二割は自分の色も入れていけたらと思っています。もちろん、若狭さんの意見を聞きながらやりますよ」

「幡野さんの店はイタリアンですが、彼に白羽《しらは》の矢を立てたのには、理由があります」並木が言った。「彼の実家は牛鍋屋で、人気の老舗だったんですが、料理人として修業していた彼の弟の代になると、昔からのひいき客が徐々に離れていき、経営が傾きました。それを、彼が帳簿を見るようになり、改装を施し、接客の従業員も彼の目で採用し直したことで、新しい客を呼びこむことに成功しました。それから二年ほどになる今、ノウハウは彼の弟の奥さんに受け継がれて、経営はすっかり軌道に乗っているそうです。彼のマネージングセンスは、和洋のジャンルを問わず、卓越したものがあるわけです」

　並木はソファに浅く腰かけ直すと、身を乗り出して、迫るように若狭を見据えた。

「三好社長はあなたに、一千二百万の年俸を約束されています。幡野さんは一千万で〔詩絵路〕三店のマネージメントを引き受けてくださるそうです。こう考えてください……一千万で、敏腕マネージャーをヘッドハントできると。そして、その資金もあるわけです」

文句のつけようがない。自分が若狭なら、うなずいてしまう……小穂はそう思った。

「本来なら、こうしたヘッドハンティングが成立するときには、我々も一定の報酬をいただくことにしているのですが、今回は三好社長ご依頼の案件に付随するもの、これはアップスケールビジネスを展開している我々なりのサービスとさせていただきます」

並木はそう言い、会心《かいしん》の笑みを添えた。


「私、ちょっと、並木さんを見くびってたわ」

スタッフルームのソファに座り、昼食代わりのりんごヨーグルトを食べながら呟いた小穂に、碧衣は笑いながら、箸《はし》を持つ手を振った。

「このファームのボスなんですから、そんな見くびらないでくださいよ」

三日前、クライアントとキャンディデイト双方が顔を合わせて話し合いの場を持った［ゼロエトワール］の案件は、昨日、若狭から受諾の返事があり、無事、話がまとまる結果となった。

「でも、それまでは本当、その場しのぎの調子のいいことしか言わないし、このファームだって、花緒里さんががんばってるから成り立ってるんだと思ってたんだよねえ」小穂は口をすぼめて言う。

「その渡会さんを〈ルイス〉から引き抜いてきたのは、誰かってことですよ」

「おぉ、確かに」

そう言われると、ますます納得がいく。恐るべきヘッドハンターだとさえ思う。

「鹿子さんだって、並木さんの引きで、ここに移ってきたんでしょうに」

その言葉には、首肯《しゆこう》の勢いが鈍った。小穂の場合は、ほとんど成り行きのようなものだったからだ。

「何か、私の話、してた？」

出かけ際らしく、バッグを手にした花緒里がスタッフルームに顔を覗かせた。

「いえ、渡会さんを〈ルイス〉から引き抜いた並木さんは、ヘッドハンターとしてすごいっていう話ですよ」

碧衣がそう説明すると、花緒里は「うーん」と微妙なうなり声を発した。

「成り行き上、そうなっただけだけどね」

そう言われ、小穂は小さく吹き出した。

「お姉ちゃん、駄目だよ、ああいうのは。俺がクビにした前の秘書室長と同じタイプだよ。口答えだけ達者で、全然使い物にならないんだから。もっとちゃんと、人間を見て選んでくれよ」

「すみませんが、この話はなかったことにしてください。あの社長に仕える自分というのが、ちょっと想像できませんね。まだ、うちの社長のほうがましかもしれない。あんな古い考え方で会社を動かしてたら、いつかは行き詰まりますよ」

人間など、経歴だけ見ても分からないから、リストなど必要ない。あんたがこれと思う一人を紹介してくれ。

ロングリストをいそいそと作っていたところに、〔眠民堂〕の宮村社長からそう言われ、それならばと小穂は、〔TDフードサービス〕の真田を紹介した。今のところ、小穂が抱えるキャンディデイトの中では、一番仕事ができるはずの男であり、転職願望も強い。一方のクライアントも業績好調で勢いがある。まず、間違いがないだろうと思われた。

ところが、二人を引き合わせての面談後、双方から取りつく島のない拒絶反応が返ってきた。確かに面談では、二人ともにビジネスの持論をぶつけ合い、しばしば嚙み合わない様子ではあったのだ。

この仕事、難しいなぁ……小穂は改めてそんなことを感じながら、久しぶりに〔リストランテ　ヴァンノ〕でのランチに連れていってもらった際、並木にそのことを相談してみたのだった。

「宮村社長？　あの人は簡単だろ」並木は話を聞くと、何でもないことのように言った。「ほら、鹿子ちゃんが当たったった中で、ぴったりの人がいたんじゃなかったか。〔こどもパーク〕の園長やってるっていう」

「山倉さんですか？」小穂は眉をひそめる。「いい人ですけど、仕事をバリバリやってくれるとか、会社にいい影響を与えてくれるとか、そういうのはまったく感じさせてくれない人ですよ。〔こどもパーク〕の園長も、何か、閑職《かんしょく》に追いやられた感がありましたし」

「そういうのがいいんだよ。一度、会わせてみりゃ分かるよ」

眉唾《まゆつば》にしか取れなかったが、自信たっぷりに言われ、小穂は山倉に声をかけることにした。

〔帝鉄こどもパーク〕はすでに閉園しており、山倉は本社の総務部に移っていた。小穂の話には二つ返事で乗ってきたので、面談の日取りもすぐについた。

ところが面談は、終始、宮村社長が経営の持論を語り、山倉がよいしょに近いような合いの手を入れるだけのものだった。山倉自身の人となりや仕事観が掘り起こされるように、小穂も軌道修正を試みたのだが、宮村の話が興《きょう》に乗ってしまい、失敗に終わった。

翌日、宮村に感触を訊きに行くと、彼は上機嫌だった。

「お姉ちゃん、いいのを紹介してくれた。彼はいいよ。ちょっと歳はいってるけど、それだけ人生経験を積んでるってことだし、身体も丈夫でゴルフもできるらしいし、問題ないな。さすがあんた、若狭くんを口説き落としただけのことはある」

「ははは」小穂は乾いた笑いで応えた。「それはよかったです。ほっとしました」

一口に人材を求めているといっても、優秀な人間が一番とは限らないのだな……小穂はそう気づいた。宮村は簡単に言えば、イエスマンが欲しかったのだ。その存在が精神安定剤として働き、社長業にプラスになるとすれば、十分意味があるのだろう。

帰ったら、並木に報告するか。

そう思いながら、彼が得意げに微笑む様子が目に浮かび、小穂は嬉しいような悔しいような、複雑な気持ちになった。

引き抜き屋の冒険

1

「大変、ご無沙汰《ぶさた》しております」

応接間に入った森川善次《よしつぐ》のあとを付いてきたポメラニアンのシロが、ソファから立ち上がってお辞儀《じぎ》をした来客を見たとたん、激しく吠《ほ》え出した。

「はっはっは。これでは話ができんな。おい、シロを連れてってくれ」

お茶を運んできた妻に言う。

妻がシロを抱いて部屋から出ていき、ドアが閉まると、先にソファに腰かけた森川は、戸ケ里政樹《とがりまさき》に座り直すよう、シミが浮き出た手で促《うなが》した。

「いやあ、その節は世話になったね」

ソファの背もたれに身体《からだ》を預けて言う。戸ケ里は背筋を伸ばしたまま、口もとだけで笑みを作った。

「会長のお役に立てたことは、私にとっても欣幸《きんこう》の至りでございます。山室《やまむろ》社長のその後の働きはいかがでございましょう？」

「あれはすごいよ。まるで竜巻だ。この一年半であらゆるものを吹き飛ばし、なぎ倒してくれた」

森川は、中堅文房具メーカー〈モリヨシ〉の会長を務めている。父・森川善勝《よしまさ》が創業者であり、森川自身は二代目として三十二年の長きにわたって社長を務めた。発色のいいマーカーや蛍光《けいこう》ボールペンが人気を博し、業績はそれなりに好調だった。

しかし、社会の電子化が進み、あるいは景気の波がそこに混ざることによって、七、八年前から徐々に雲行きが怪しくなってきた。ライバル会社が新製品でスマッシュヒットを飛ばす中、新たな経営の柱を作れないことも響いた。

二年前、いよいよ現状のままでは立ち行かないというところまで経営が悪化した。とにかくリストラが必要だった。取引銀行も大胆なコストカットを求めてきた。しかし、それには大きなエネルギーがいる。森川は八十をすぎ、自身の馬力に陰《かげ》りを感じていた。

そこで森川は、新たな経営の担い手を外部に求めることにした。そして、〈丸の内コンフィデンシャル〉の戸ケ里から紹介されたのが、山室久志《ひさし》だった。

山室はハーバード大学のビジネススクールで戸ケ里と机を並べた秀才で、中堅規模ながら二、三の会社において経営再建の手腕を発揮したことから、〝リストラ請負人〟として、知る人ぞ知る経営者となっていた。

森川が代表権のない会長職に退き、山室が社長に就くと、会社にリストラの嵐が吹き荒れた。いくつもの事業が撤退の判断を下され、四百三十人いた社員はたった一年で三百二十人まで絞《しぼ》られた。だぶついた中間管理職が容赦なく切られたため、全社員の平均年収は百万円近く下がった。

その甲斐《かい》あって、来期は四年ぶりの黒字が見えてきている。四年前より売上は一〇パーセント近く減っているのに、利益は四年前の倍ほど出るというのだ。どれほど凄《すさ》まじいリストラだったかが分かろうというものである。その成果と見通しを、山室は顔色一つ変えずに、森川に報告してきた。

ご苦労さん。

森川は本心から山室をそうねぎらった。

そして、こうも思った。

もういいだろう。

「彼の役目はもう終わったよ。十分だ」

森川の言葉に、戸ケ里は眉《まゆ》をかすかに動かした。

「ダイエットは目標の体重をクリアしても、続けなきゃいけないものかね？」森川は戸ケ里に問う。

「いえ」

「最初は健康になった、健康になったと喜んでいても、そんなことを続けていたら、やせ衰えて大変なことになる」そう言って、森川は同意を求める視線を戸ケ里に向ける。「物事には加減というものが必要だ」

「おっしゃる通りです」

「少し前に、私は山室くんに、今後五年の成長戦略を立てなさいと言った。ところが彼は、リストラはまだ終わっていない、成長戦略はそのあとだと、こう返してきたんだ。私はさすがにぞっとしたよ。まだやるつもりなのかと」

　森川が湯呑《ゆの》みを手にしてお茶をすする間、戸ケ里は難しい顔を崩そうとはしなかった。

「ある種の中毒だな、ああなると」森川は続ける。「それに、私は思ったんだ……あれは壊すことはできるけれども、創ることはできないんじゃないかとね」

「できないということはないと思いますが、経営再建において、リストラは劇的な効果を生みますから、その味を知ってしまうと、なかなか武器として手放したくなくなるというか、まだ徹底し切れていないという思いが残るのかもしれません」

「いや、あれはできないんだ」森川はそう決めつけた。「［モリヨシ］に再び成長への道筋をつけさせることは、私が生きている間にやらなきゃいけない最後の仕事だよ。それをしないで逝《い》っては、あの世の親父《おやじ》に顔向けできない。何より孫の航《わたる》が、将来、絞り切った雑巾《ぞうきん》のような会社を任されては可哀想《かわいそう》だ」

経営の実権は手放したが、創業家の主であり、大株主でもある森川の力は、まだ隠然《いんぜん》としてある。

「だからね、彼については、ぼちぼち御役御免《おやくごめん》ということで考えてる」

その力でもって、山室にはそろそろお引き取り願うことに決めたのだった。

「銀行のほうは大丈夫なんですか？」戸ケ里が慎重な口ぶりで言う。

「大丈夫だ」森川は答える。「資金繰りどうこうという状況ではなくなったし、だいたい連中も、私が退《ひ》くとは思っていなかったんだ。潔く身を退いて山室くんを連れてきたのも、私の手腕として評価する向きもあるくらいだ」

「いや、それはその通りだと思います」戸ケ里が言った。「業績が一時期停滞したのは、時代の流れであり、不運が重なったもので、会長の手腕はいささかも衰えてはいないかと」

「ありがとう」森川は戸ケ里の空世辞《からせじ》に応えた。「しかし、この歳になると、その、時代の流れに付いていくのが何とも億劫《おっくう》に感じる。ただね、一方で、人を見る目というものは、不思議なことにどんどん冴《さ》えていくもんなんだな」

「亀の甲より年の功ということですね」戸ケ里が合いの手を入れるように言った。

「山室くんは、これ以上は危ない」森川は繰り返すように言った。「代わりを探そうと思ってる。もちろん、君は山室くんの学友であり、彼を引っ張ってきた人間だから、複雑な気持ちになるのも分かる。そうであれば、ほかの誰かに頼もうと思うが」

「とんでもありません」戸ケ里は無表情に戻って言った。「山室くんは無事に役目を果たしたということであり、私としても、それで区切りがつけられます。会社を堅実に成長させたいとなれば、それに見合う人材を探すまでです。再び私にお任せいただければ、必ず結果をお出しするとお約束します」

「そうか……じゃあ、頼もう」

森川の言葉に、戸ケ里は「光栄です」と、小さく一礼した。

人を切った人間が、最後には自分も切られる……それを求めた立場からすれば、因果応報《いんがおうほう》とまで言うつもりはないが、ずいぶん皮肉めいた話だなとは思う。

しかしそれも、古い人間の感覚なのだろうか。戸ケ里は、人が会社から会社に移ることなどは、日常的なものであって、何の感慨も湧くものではないと言いたげだ。

あるいは、それがヘッドハンターの感覚というものかもしれないが。

いずれにしろ、山室を呼び入れたときと同様、この男に任せておけば、うまく回してくれるはずだ……森川はそう思い、自分に残された仕事の半分以上は終えた気になった。

2

「おはようございまーす」

「おっ、鹿子《かのこ》ちゃん」

夏はすぎたものの、まだまだ蒸し暑さがしぶとく残っている朝だった。オフィスに出勤した小穂《さほ》は、スタッフルームの前を通りがかったところで、中にいた花緒里《かおり》に声をかけられた。

花緒里と顔を合わせるのは一週間ぶりくらいである。仕事部屋が独立しているし、外回りが多いので、タイミングが合わないとそうなってしまう。

彼女は小穂に近づいてくると、ノースリーブのブラウスから出た二の腕をぎゅっとつかんだ。

「だいぶ絞れたんじゃない?」

「おかげさまで」

花緒里からヘルスメーターをプレゼントされてダイエット魂に火がついた小穂は、仕事に関係ない食事をヨーグルトやサラダなどで乗り切り、ヘッドハンターになってから付いたぜい肉を完全に削《そ》ぎ落としていた。

「いいじゃない」

彼女は小穂の身体を上から下まで、そして何やら背中のほうまで見定めるように眺めたあと、合格だとばかりにそう言った。

「鹿子ちゃん、今日、夜、空いてる？」

「六時に面談が一件入ってるんで、それが終われば大丈夫ですけど」

「いろんな経営者と知り合いになれるんだけど、興味ある？」

「あります、あります」

「そう」

小穂の食いつき方に満足するように、花緒里が笑みを見せる。小穂も呼応して、微笑み返す。

「フォルテフロース」で仕事を始めて三カ月、ようやく、このファームのエースである花緒里の人脈づくりを学ぶことができるのだ。

おそらく、花緒里が主催する異業種交流会なのだろう……小穂はそう想像する。どこかのホテルのスイートルームか、あるいはレストランを借り切って行われる立食パーティーのようなものに違いない。

小穂もその手のものを主催して、人脈を広げようと動いている。しかし、まだまだ、異業種交流会と呼べるほどの集まりを作ることはできていない。学生時代の友達に協力してもらって、合コンに毛が生えたような飲み会を開くくらいが関の山である。

飲み会は男性陣の人となりもよく分かり、人脈づくりとしては効果的なのだが、ヘッドハンティングでメインターゲットとなる四十代後半から五、六十代の層にアプローチできないのが難点だ。そこを相手にしようとしても、どうしてそんなおじさんたちと飲まなければならないのだと、女友達から不平の声が上がる。

花緒里が主催するものであれば、そんなしょぼい会ではないはずだ。財界の名士たちが集《つど》い、ワイングラスを片手に、そこかしこで秘密の商談が繰り広げられるような……小穂はそんな光景を思い描いて、胸を高鳴らせる。セール品だが、ブラウスを下ろしてきてよかったと思った。

夜の七時半。

小穂は花緒里に指定された、銀座の資生堂パーラーの前で彼女を待った。

都会の夜もだいぶ慣れたが、銀座はやはり独特だ。きらびやかでいて、落ち着きがある。これくらいがちょうどいいと感じるあたり、自分も大人になったなと思う。

「お待たせー」

やがて、花緒里が手を振りながら現れた。どこかの美容院に寄ってきたのか、髪をアップにまとめている。相当華やかなパーティーらしい……彼女の仕上がり方を見て、小穂は緊張感さえ覚え始めた。

「こっちだから」

花緒里に案内され、七丁目の道を西に歩く。このあたりはブランドショップや宝飾店のほか、鮨《すし》屋などの高級料理店の暖簾《のれん》がちらほらと目につく。また、それ以上に目立つのは、高級クラブの看板である。ちょうど出勤時間だろうか、その手の店に勤めていると思《おぼ》しき、和服姿のきれいな女性が行き来している。

花緒里は路地を曲がり、やがて一軒のビルのエントランスに足を踏み入れた。

エレベーターの脇に並んだ表札を見る限り、クラブばかりが入っているビルだ。

なるほど、花緒里が相手にしているような財界名士ともなると、こういう店を集まりの場にするのか……小穂は、すでにもう、自分が知らない世界を垣間《かいま》見た気持ちになった。

女ではあるが、きれいなホステスのもてなしにも興味がある。しかし、こういう店は、座って何万という世界だと聞く。持ち合わせはそれほどないが大丈夫だろうか……そんなことも気になる。

エレベーターに乗り、花緒里が五階のボタンを押す。〔クラブ紗也加《さやか》〕のフロアだ。

「あの、お金のほうは……？」

花緒里ならもちろん、そのあたりは問題なく取り計らってくれるのだろうが、そうであれば一言礼を言っておこうと、小穂はそう持ち出してみた。

「もちろん出すよ」花緒里は笑って言った。「悪いようにはしないから、心配しないで」

やはり、花緒里が出してくれるらしい。

「ありがとうございます」

小穂が頭を下げると、花緒里は何やら一瞬きょとんとしてから、唇《くちびる》に意味ありげな笑みを覗《のぞ》かせた。

エレベーターを降り、花緒里が〔クラブ紗也加〕のドアを開ける。つかつかと入っていく。高そうなウィスキーのボトルがガラス棚に並んでいる。胡蝶蘭《こちょうらん》もいくつか飾られている。短い通路の向こうに、臙脂《えんじ》のじゅうたんを敷き詰めた、シックなフロアが広がっている。

しかし、客はまだ誰もいなかった。

そして、カウンターの椅子《いす》の一つに、一見してこの店のママだと分かる、四十代半ばの着物姿の女が座っていた。

「鹿子ちゃん、連れてきたよ」

花緒里はその彼女に声をかけた。

え……？

「あらあら」彼女は小穂の顔をまじまじと見てから破顔《はがん》した。「さすが花緒里ちゃん、いい子を連れてくるわねえ」

「でしょー」花緒里は得意げに言ってから、小穂にちらりと視線を向けた。「私のいとこの紗也加ママ」

「鹿子ちゃん、よろしくね」紗也加は、おっとりした口調で言った。「花緒里ママがいろいろ教えてくれると思うけど、分かんないことは遠慮せずに訊《き》いてね」

「花緒里ママ……？」

小穂はぽかんと花緒里の顔を見た。

「冗談じゃないですよ！　そんな、ホステスなんて、できるわけないじゃないですか！」

店を出て、エレベーターホールの前まで来たところで、小穂は花緒里に食ってかかった。

「大丈夫、できるわよ、鹿子ちゃんなら」

花緒里は愉快そうにニヤニヤしながら、小穂をなだめにかかっている。

「私は夜の仕事なんて、居酒屋のバイトすらやったことないんですよ」

「居酒屋のバイトやってたからって、クラブの仕事ができるわけじゃないわよ」

「私が言いたいのは、そういうことじゃなくて……」

「大丈夫、大丈夫。アフターは行かなくていいから」

「そういう問題じゃないんです！」

「人脈作りたいんでしょ？」花緒里は小穂の肩をたたいて、顔を寄せてきた。「今日、私のお客さんで、［ガルウィング］の岩清水《いわしみず》さんが、何人かの経営者仲間を連れてくるらしいのよ」

「えっ……あの岩清水社長ですか？」

ヘッドハンターの仕事を始めてから、経済新聞はもちろん、ビジネス雑誌やテレビのビジネス情報番組などもこまめにチェックするようになったので、気鋭の経営者の名前にはかなり明るくなった。

［ガルウィング］は、全国にスポーツクラブや体験型アミューズメント施設を展開しているほか、食品会社と組んで数々の健康食品やダイエット食品をヒットさせるなど、スポーツビジネス、健康ビジネスの業界で躍進を続けている会社だ。

その社長・岩清水寛人《ひろと》は、若手経営者の注目株として、小穂がチェックしているメディアにもよく顔を出している。歳は四十七、八歳というところか。同志社《どうししゃ》大学のラグビー部出身というスポーツマンであり、UCLAのアンダーソンスクールでMBAを取得した俊才でもある。明朗な性格で、一流アスリートをはじめ著名人との交際も多く、また、実業界でもそれは同様なため、若手のリーダー格とも評されている。

「まあ、銀座のルールだと、岩清水さんが連れてきた人も私が係になるんだけど」

「係って、何ですか?」

「簡単に言えば、誰のお客さんかってことよ」花緒里は簡単すぎる説明のあと、続けた。「でも、それはそれ、ヘッドハントの世界はまた別だから、誰かこれっていう人がいれば、鹿子ちゃんのほうでフラグ立てちゃっていいから」

「うーん」悩ましい。

「クラブホステスとヘッドハンターって似てるのよ」花緒里が耳もとでささやくように言う。「寄り集まってて、ときには協力したりするけど、基本、プレイヤーは一匹狼。しかも相手はバリバリの成功者。そういう仕事だから、やれば、きっと勉強になるわよ。私は、鹿子ちゃんの損になるようなことは勧めない。プラスになると思うから、連れてきたのよ」

さすが「ルイスラザフォード」で最年少プリンシパルを務めた凄腕《すごうで》ヘッドハンタ

ーである。あっという間に、乗るしかないかという気にさせられている。

「きょ、今日だけですよ」

小穂がそう応じると、花緒里はニヤリと笑った。

ちゃんとクリーニングしてあるからと渡された、花緒里の白いドレスを抱《かか》え、更衣室の中で束《つか》の間《ま》放心していると、ドアが開いて、誰かが顔を覗かせた。

「あ……」

秘書の所《ところ》美南《みなみ》だった。

「……おはようございます」

美南は小穂の顔を見ると、何やらおかしそうに笑いを嚙み殺しながら入ってきた。

「『おはようございます』って、さっきオフィスで別れたばっか……」小穂は美南に指を突きつけて言った。「てか、所さん、いつからやってたの？」

「一年くらい前からです」美南は言う。

「所さんは別に人脈づくりとか必要じゃないでしょ。花緒里さんにうまく口説《くど》き落とされた？」

「いえ、秘書の給料じゃ、住むとこも限られちゃうんで、私から言って、やらせてもらってるんですよ」

そう言えば、美南は代官山《だいかんやま》に住んでいると聞いたことがある。どうりでそんないい街に住めるわけだ。

「もしかして、平岡さんもやってるの？」

「いいえ、彼女は学習院の箱入りですから」

「私もそれなりに箱入りなんだけど」

小穂がごねるように言うと、美南は失笑を洩《も》らした。

「三十路《みそじ》の人に箱入りと言われましても」

小穂は口をへの字に曲げ、「あなたもすぐだからね」と言い返すのがやっとだった。


「うわ、何これ……ブラぎりぎり」

花緒里から借りたドレスを着てみると、胸もとがぱっくりと開き、谷間が丸見えだった。恥ずかしすぎる。

「すぐ慣れますよ」美南は何でもないことのように言った。「それより、ブラの肩ひも、出てますよ」

「えっ……どうすればいいの？」

白のブラウスに合わせて着けてきたベージュのブラジャーの肩ひもが出てしまっている。確かに不格好《ぶかっこう》だが、肩周りが開いたドレスなので、隠しようがない。

「透明のストラップ持ってますから、付け替えてください」

「あ、ありがと」

あわやノーブラかと観念しかけただけに、ほっとした。

それからも、美南からは、「その時計はドレスに合わないから、外したほうがいいですね」とか、「香水、つけましょうか」などと世話を焼かれ、オープンの八時を回る頃には、即席のホステスに仕立て上げられた。

「本当は、靴もピンヒールとか、シャープなやつのほうがいいんですけどね」

小穂のウェッジヒールのパンプスを見て美南が言うが、とりあえず、気になるのはその程度というところまで形になったらしい。

更衣室を出て店に戻ると、紗也加ママに、「あら、いいじゃない。似合うわよ」と褒《ほ》められた。

オープンしたてのこの時間から客が入ることはまれらしく、しばらくは美南から仕事のいろはなどを聞きながら待機した。店の売れっ子は同伴で少し遅れてくるという。花緒里も同伴客を迎えに出ていってしまったようだ。

銀座のルールとやらも、美南から聞いて、大まかなところは分かった。この手のクラブは永久指名制というもので成り立っているのだという。

例えば、花緒里の客である岩清水が三人の知り合いをこの店に連れてきた場合、その三人は自動的に、そして花緒里がこの店で働いている限り永久的に、花緒里の客となる。〔フォルテフロース〕のデータベースで言えば、花緒里のフラグが立った状態になる。ただ、ヘッドハンティングの世界と違うのは、花緒里の客だからといって、何のアプローチもできないわけではないというところだ。

その席に呼ばれて小穂が接客することもあるし、小穂を気に入って、その客が店に通うようになることもありうる。小穂としては、花緒里を差し置いてその客と同伴したり、アフターに行ったりということも自由である。むしろ彼女に喜ばれる。それがその客が店に通い、ボトルを開ければ、それは花緒里の売上になるからだ。それが係というものなのだという。

すごい世界だなと、小穂は呆《あき》れ気味に思う。太い客を持ち、その客がどんどん知り合いを連れてきてくれるホステスだけが総取りで勝ち上がっていくのだ。もちろん、ほかのホステスの協力も不可欠であるから、それなりの気遣いや人望も必要なのだろう。

そして下に付く若手ホステスも、他人の客だからと気を抜いた接客をしていては、自分の客が増えないどころか、店での居場所さえなくなっていく。それぞれの役割を果たすことで、係のホステスは実《じつ》を取り、新人や若手は将来を取るという、絶妙なパワーバランスの上に成り立っている仕事なのだ。

「まあ、花緒里さんは紗也加ママの手伝いでやってるだけだから、特にうるさいことはないですけど、紗也加ママのお客さんや、ほかの子たちのお客さんは、メール一つ送るのにも、係の了解を取らないとトラブりますからね」

そんな美南の話を聞いているうちに、客も一人二人と入ってきた。同伴客らしく、一緒に出勤してきた女の子が更衣室に入っていく。

小穂たちとともに待機していた女の子の何人かが呼ばれ、その席に向かう。

「もうすぐ花緒里ママがお客様連れてくるから、あなたたちはそこに付けますね」

そう言われ、小穂たちはまた少し待った。

やがて、店のドアが開き、四十代の男たちが五人ほど入ってきた。岩清水の姿もある。彼らを連れてきた花緒里が、小穂たちに笑みでアイコンタクトを残し、更衣室に消えた。

「じゃあ、よろしくね」

紗也加に促され、小穂たちは岩清水たちの席に向かった。

「みなみちゃん、奥に行く？　彼女、かのこちゃん。今日が初めてだから、よろしくお願いしますね」

下の名前をそのまま源氏名にするのは分かるが、名字はおかしくないか？　そんなことを思いながらも、小穂は愛想を添えて、「よろしくお願いします」と挨拶《あいさつ》した。

「おう、クロベーもちょうど銀座デビューらしいから、かのこちゃんは彼の隣にどうぞ」

岩清水に言われ、小穂は一番端に座っていた男の隣に座ることになった。

「今日は何の集まりなんですか？」

美南がみんなのグラスを並べてウィスキーを作りながら、そんな水を向けた。フアームでは黙々と仕事をしているイメージだが、こうやって見ると、堂々とした夜の蝶《ちょう》である。

「いやあ、ちょっとしたボランティアでね、子どもたち相手に未来のリーダーを育てる塾みたいなのを、この連中と夏休みにやったもんだから、その打ち上げだよ」

岩清水が説明する。

「へえ、素晴らしいですね」

「そうそう……柄《がら》にもないことやったから、こういうところで羽目《はめ》を外して、バランス取らないと」

「こういうとこって、何か、いかがわしいとこみたいに言わないでくださいよ」

「ははは、悪い悪い。こういう素敵なとこっていう意味だよ」

岩清水は体育会系の男らしい、豪快な笑い声でその場を和《なご》やかにした。

「みなさん、社長の会社の方なんですか？」

「いやいや、違うよ。ここにいるの、みんな社長だから、社長って言われても誰のことか分かんないよ」

そう言って、岩清水はまた笑う。ほかの者たちはアンダーソンスクールの同窓生であり、岩清水からすれば後輩たちなのだという。小穂は、端から順番に名刺交換したい衝動に駆《か》られた。

しばらくは岩清水を中心に、和気あいあいとした話が続いた。やがて、深紅《しんく》のロングドレスに着替えた花緒里がほかの席を回ってからこの席に加わると、場が一層華やいだ。岩清水はシャンパンとフルーツ盛りを頼み、「そうそう」と、花緒里を見た。

「クロベーが今年いっぱいで今のとこを辞めるらしいから、花緒里さん、どっかいいとこあったら、紹介してやってよ」

花緒里は岩清水の視線に促されるようにして、小穂の隣に座っている男を見てから、「あら」と言った。

「ちょうど、いいヘッドハンターが隣にいるじゃない」

「お、何、かのこちゃんもヘッドハンターなの？」さすがにそうとは思っていなかったようで、岩清水は素直に驚いたような声を上げた。「どう見ても、普通のお嬢さんだけど、大丈夫かな、ははは」

「うちの有望株よ。人脈を広げたいっていうから、今日連れてきたの」

「そっか、じゃあ、ちょうどいいじゃないか」岩清水も花緒里の言葉に乗った。

「クロベー、かのこちゃんに紹介してもらえ」

「じゃあ、よろしく」

クロベーと呼ばれた男は、冗談に付き合うようにして頭を下げてきた。

「はい、がんばります」

そう応えた小穂は、せっかくの話を冗談で終わらせてはならないと思い、シャンパンの乾杯が終わると、彼にファームの名刺を渡した。

「え？　かのこって名字なんだ？」

「そうなんです。花緒里さんが『鹿子ちゃん』って呼んでるのを、紗也加ママが下の名前だと勘違いしたみたいで」

男はさっぱりした笑い声を立て、自分の名刺を小穂にくれた。

畔田《くろだ》知行《ともゆき》というのが、彼の名前だった。〔マイヤーズ・ニューヨーク・ジャパン〕の社長と記されている。

「あの、ワッフルの〔マイヤーズ・ニューヨーク〕ですね」

三年ほど前に日本に上陸した、アメリカンワッフル専門店だ。原宿店などでは行列もできて、一時期話題になった。

「コンサルティング会社にいたときに、〔マイヤーズ〕の日本法人立ち上げの案件に関わってね、そのまま、お前がやってくれってことで、社長を引き受ける羽目になったんだ」

たまたま、めぐり合わせでそうなったかのように言うが、それだけの能力を買われたということなのだろう。

「まあ、日本法人の社長なんていうのは、中間管理職に毛が生えたようなものだよ。特に〔マイヤーズ〕は、ニューヨークの本社がブランドの統一にプライオリティーを置いてるから、全世界同一商品が基本で、絶対的な考えなんだ。日本向けのオリジナルなトッピングやドリンクなんかを開発できれば、もっと勢いがつけられるっていう思いもあったんだけど、それはなかなか難しくて……でも、いい経験になったよ。当初の目標の三十店舗にも達して、今度は中国を見てくれないかって話をもらったけど、正直、会社の将来性も限界が見える中だったし、このへんが区切りのつけどきかなって思ったから、辞めることにしたんだ」

「そうなんですか。それは、お疲れ様でした」小穂は言った。「そうすると、今度は、フリーハンドで経営手腕を発揮できるような会社がいいですかね？」

「ははは、そりゃあ、そういう会社があれば、ぜひ紹介してほしいよ」

　畔田が言う通り、社長を探している会社で、その人の好きに経営してほしいというところはまずない。仮に表向きではそう言うのだとしても、社長を外から求める時点で、親会社や創業家、先代経営者、株主などの思惑が入ってきているし、内部の人材では間に合わないだけの経営課題なども抱えているわけだから、経営の選択肢があらかじめ限られてしまっているような会社も多いのだ。

「次に経営するなら、どういう業種がいいとか、そういう希望はあるんですか？」

「いや……まあ、根が子どもだから、ＢｔｏＣのビジネスをやってるとこがいいけど……」

　個人消費者に自社の商品なりサービスなりが届き、それが受け入れられている手応えが実感できる会社ということだろう。その感覚は小穂にも分かる。

「ただ、具体的にこういうものはないんだよね。あったら、岩清水さんみたいに、自分で会社作ってると思うし」

「そうですよね」小穂は納得して、うなずいた。「考えてみたら、プロ経営者の方って、業種もまったく違うような会社から会社へと移ったりして、不思議ですよね。会社そのものより、それを経営することそのものにこだわりがあるんでしょうかね」

「外資の日本法人を一つこなしただけで、自分がプロ経営者だなんて思ったりはしないけど」畔田は言う。「課題を与えられると、自分の腕を試したくなるっていう本能みたいなものかな。自分の会社を作るとかってことを考えるより前に、そういう刺激物を与えられちゃうと、ついつい手を出しちゃうっていうね」

「ははは、そう言われると、本当に子どもみたいですね」

「そうなんだよ」畔田も笑う。「でもまあ、この三年間、働き詰めの毎日だったから、次どうするかなんてことは焦らずに考えようと思ってるんだ」

「そうなんですね……じゃあ、おいおい、いい話があったらお知らせするって感じで」

今現在、小穂が抱えている案件に無理やり当て嵌《は》めるより、彼に合う話が飛びこんでくるのを待ったほうがいいように思った。

「うん、そうだね」畔田は小穂の言葉に呼応するように相槌《あいづち》を打った。「少し充電しながら」

「いいですねえ……どこか旅行に行こうとか、決めてるんですか？」

「いや、とりあえず、のんびり山でも登れたらいいよ。ここんとこ、全然登れてないから」

「へえ、山登りですか……私もここんとこは全然登ってないですね」

物好きだなとは思ったが、人の趣味をとやかく言うわけにもいかないので、何とか話を合わせようとしたところ、そんな言葉になった。

「何か、昔はよく登ってたみたいな言い方だね」

案の定、そう言われた。ただ、口調にからかいの色が混じっていたので、小穂は少々ムキになった。

「登ってましたよ」

「へえ」小穂が真顔で応じたので、畔田は見直したように感嘆の声を発した。「山ガールってやつか。人は見かけによらないね」

「見かけによらないも何も、以前は私、アウトドアメーカーの〈フォーン〉で働いてたんですから」

アウトドア好きなら名前くらいは知っているだろうと、打ち明けてみたところ、畔田は目を見開いて、予想以上の反応を示した。

「あの〈フォーン〉で？」

「そうです」

「あれ、もしかして、鹿子って……？」

畔田が勘よく、小穂の名刺を見返した。「フォーン」は英語で子鹿の意だ。

「ええ、父が社長やってるんで、その縁でちょっと」

「そっか」畔田は苦笑気味に言った。「そりゃ失礼。だったら、山登りなんかお手のものだね。今まで、どんな山に登ってきたの？」

「高尾山《たかおさん》です」

小穂が答えると、畔田は「え？」と訊き返してきた。

「高尾山です」小穂は繰り返した。

「……ほかには？」

「ほかとかはないです。私は高尾山専門です」小穂は声を張った。「小学校のときの遠足から、かれこれ十回は登らされました」

畔田が結んだ唇を小さく震わせている。笑いを嚙み殺しているのだと気づいた。

「霊峰《れいほう》高尾を馬鹿にしないでくださいよ。あそこを登れば、山登りの何たるかはだいたい分かりますよ。私は霧が立ちこめたときに遭難《そうなん》しかけたことがあるんですから。しかも足を滑らせて、二メートルくらい、滑落《かつらく》したこともあるんですよ。それ以来、行ってないですけど、本当に恐ろしい山です」

とうとう畔田が吹き出した。ひとしきり笑ってから、「ごめんごめん」と彼は謝った。

「さっき、見かけによらないって言ったけど、間違ってたよ。見かけ通りだ」

彼はそう言って、また一人で笑った。

じゃあ、機会があったら、一緒に高尾山を登ろうよ……。

本気か冗談か、畔田は上機嫌にそんな言葉を残し、岩清水らと店を出ていった。

接客中はついつい話に夢中になり、畔田が空けたグラスをそのままにしていたので、美南から声をかけられたりもしたが、ホステスとしてもヘッドハンターとしても、畔田にはどうやら気に入られたようだった。

「鹿子ちゃん、どうだった？」

閉店時間の午前零時を回り、残っていた客を送り出したあと、店に戻ってほっと一息ついたところに、花緒里が声をかけてきた。

「慣れないことばかりで大変でしたけど、いろいろ新鮮でした」

岩清水のグループだけでなく、大手ＩＴ企業の社長や、ベテラン代議士、あるいはテレビで活躍している評論家など、普段はメディアを通してしか目にすることができない大物たちの姿も見かけ、結果的には、来てよかったという感想を抱《いだ》くほど、刺激的な体験になった。

「そう、よかった」花緒里はほくそ笑むように言った。「明日、金曜日で忙しいし、また手伝ってくれると助かるな」

「え……」

今日だけと防御線を張っていた手前、返事に詰まる。

「明日、〔マッカーシー〕の若松さんが同僚を連れてくるのよ。あそこはうちの狩り場《ハンティングフィールド》だから、気に入ったら、鹿子ちゃんがキャンディデイトのフラグ立てちゃっていいからさ」

何とも嫌らしいささやきに、小穂は抗《あらが》う言葉が見つからない。

花緒里は毎週木曜金曜の二日、店に出ているらしい。小穂もどうやら、同じペースで手伝わされそうだった。

「まあ、いいですけど」

実際、収穫も多いので、小穂は渋《しぶ》るポーズを捨てることにした。ただ、あちこちの席でシャンパンやワインをもらった酔いも醒《さ》めてはおらず、冷静な判断ができているかどうかは分からない。

「よかった」花緒里は言い、早速、紗也加に声をかけた。「鹿子ちゃん、明日も来てくれるって」

「そう、ありがとうね」紗也加が言いながら、寄ってきた。「でも、かのこちゃん、お客さんにお昼の名刺を渡してたみたいだけど、そういうときは、こちらにしてくれるかな」

彼女は店の名刺に手書きで「かのこ」と記されたものを、何枚か手渡してきた。

「女の子があんまり昼の顔を見せると、お客さんの酔いも醒めちゃうでしょ。連絡取りたい人には、ここに携帯番号とかメアドとか書けばいいから」

「そうですよね。分かりました。ごめんなさい」

小穂は、紗也加がその場を離れてから、花緒里にささやいた。

「あのママ、花緒里さんが『鹿子ちゃん、鹿子ちゃん』って呼んでるから、鹿子が下の名前だと思ってますよ、絶対」

そんなことを言うと、花緒里はぽかんとした顔で「え？」と訊き返してきた。

「いや、別に源氏名が『かのこ』なのが嫌なわけじゃないですけど、所さんが『みなみちゃん』なのに、私が『かのこちゃん』って、おかしくないですかってことですよ」

本気でクレームをつけているわけではないので、冗談口調で言ったのだが、花緒里は「え？」と繰り返すだけだった。

「あ……!?」

小穂はそこで気づいた。

「じゃあ花緒里さん、今まで私の名字、何だと思ってたんですか？」

「え……」花緒里は唇をゆがめ、苦し紛《まぎ》れのように答える。「栗……？」

「お菓子じゃないんですから！」

まったく、凄腕ヘッドハンターのくせに……。

とはいえ、名前をようやく憶《おぼ》えてもらったところで、ファームでは「鹿子ちゃん」であり、クラブでは「かのこちゃん」であり、何が変わるわけでもなかった。

翌日の夜も、実りがあった。

〔マッカーシー・コンサルティング〕は、畔田が在籍していたという〔ブラウン・パートナーズ〕と並ぶ、外資の大手ビジネスコンサルタント会社だ。

俊才の宝庫であり、強烈なハードワークで鍛えられることで知られる〔マッカーシー〕だが、プリンシパルや、億の年俸を取るとも言われるディレクターの地位に就ける人間は、ほんの一握りである。自然、好むと好まざるにかかわらず、外に出て勝負する道を選ぶ人材はあとを絶たない。〔マッカーシー〕という組織自体、有能な社員が独立するのを是《ぜ》とする風潮があるという。だからこそ、ヘッドハンターたちも気兼ねなくハンティングフィールドにできるのだ。

その〔マッカーシー〕のプリンシパルを務める若松が連れてきた柴沢哲生《しばさわてつお》という男は、現在三十八歳で東大卒、スタンフォードでＭＢＡを取得し、今はプリンシパルの下になるマネージャーの地位にあるという逸材だった。細身ではあるが、東大在学中は陸上運動部に在籍し、ホノルルマラソンも何度か走っているというタフネスマンでもある。

そんな折り紙つきの男も、いい話があれば、外に出て勝負する気があるということが分かった。小穂は手持ちのキャンディデイトの中に彼の名を入れさせてもらうことにした。


「かのこちゃん、あの角の席のお客さんに付いてもらえるかな」

〔マッカーシー〕の二人が帰ってからしばらくしたあと、紗也加に呼ばれた。彼女の視線の先を見ると、ほぼ満席のフロアの中、誰もホステスが付いていない一人客の姿が目に入った。来たばかりらしい。

「初めてのお客さんだから、私もあとで挨拶に行くわ」

「一見《いちげん》さんなんですか？」

この店は会員制であり、基本的には一見お断りのはずである。

「〔七村《ななむら》通商〕の部長さんの紹介なのよ。同じ〔七村〕の人らしいんだけど」

〔七村通商〕は〔六曜商事〕などと並ぶ大手商社である。

「分かりました」

四十代後半の、苦《にが》み走った顔つきの男だった。小穂が隣に座っても、携帯で誰かと仕事の話をしている。

ようやくそれが終わり、小穂は、「初めまして、かのこと言います」と挨拶した。

「どうも」男は不愛想に応じる。

ボーイが飲み物の注文を取りに来ると、男はこの店では一番安価なボトルを頼んだ。景気よく飲もうという感じではない。接待の下見か何かかなという気もした。

「お名刺頂戴《ちょうだい》できますか」

ボーイに求められ、男が名刺を出す。確かに〔七村〕のマークがちらりと見えた。

「私もお名刺、いただいていいですか？」

ボーイが離れてから、小穂はねだってみた。

男は面倒くさそうに、小穂にも一枚寄越した。

「ありがとうございます……野中さん。わあ、〔七村通商〕さんにお勤めなんですね」

野中晃《あきら》。繊維事業本部のファッションビジネス部に所属している課長らしい。

〔七村通商〕は、大手商社の中でも繊維部門に強い会社だ。

「私、今日でこの店、まだ二日目なんですよ。全然慣れてなくて、昨日は名刺をいただいたお客さんに昼間の仕事の名刺返してたら、ママに怒られちゃいました、ははは。代わりに手書きのこういう名刺をもらったんですけど、お返しに受け取っていただけます？」

「いや、いいよ。いらない」

つっけんどんに言われてしまった。

ほんの短い時間のうちにも感じの悪さが分かり、こういう男はキャンディデイトも務まりそうにないなと思った。

「ここのチーママって誰なの？」野中はいきなりそんなことを訊いてきた。

「え……チーママですか？」小穂は分からず、首をひねる。「ごめんなさい。ママに訊いてみますね」

紗也加は、ちょうどボトルを持って、こちらに来るところだった。

「初めまして。ママの紗也加と申します」

ママが差し出した名刺は、野中は何も言わず受け取った。

「三上《みかみ》さんは最近ご無沙汰してますけど、お元気でいらっしゃいますか？」

野中を紹介したという部長のことだろうか、紗也加はボトルを小穂に預けると、そんな話を彼に向けた。野中は「ええ、まあ」と気のない返事をした。

「ママ、ここのチーママって、誰なんですか？」小穂は焼酎《しょうちゅう》の水割りを作りながら、彼女に訊いてみた。

「やだ、かのこちゃん」紗也加は冗談でも聞いたように笑った。「あなたのよく知ってる人じゃない」

「あ、花緒里さんですか」

「そうよ」

「花緒里さんだそうです」小穂は野中に教えた。「あの、紫のドレスの人です」

ちょうど花緒里は、人気作家がいる席で話が興《きょう》に乗ったのか、馬鹿笑いを立てていた。お酒もだいぶ入っているようだ。

「あれが……?」野中はそんな彼女の様子を見て、眉をひそめてみせた。「ここのチーママが何やらヘッドハンターとしても有名だっていう話を聞いたんだけどね」

「あら、お仕事のご相談?」紗也加が言う。「だったら、ここにちょうど、彼女のお弟子さんがいますよ」

「え?」と、野中が小穂を見る。

「実は私もヘッドハンターで、花緒里さんのファームで働いてるんです」

よほど意外だったのか、野中は狐《きつね》につままれたような顔をしている。

「何か相談事ですか?」

「いや……」野中はためらうように口ごもった。

「花緒里さん、呼びます?」

向こうで花緒里が、「やだ、先生ったらー！」とはしゃぎ声を上げている。

「普段はあんな感じじゃないんですけど、だいぶ飲んでるみたいで」小穂は苦笑気味に言い添えた。

野中は鼻白《はなじろ》んだようにその様子を眺めてから、「いや、君でいいよ」と言った。


キャンディデイトにはなりそうもないと思った男は、クライアントになった。

週明け、小穂は赤坂にある〔七村通商〕を訪ね、改めて野中から説明を受けた。

「〔七村〕は先般、かねてから資本参加していた〔スポマート〕をグループ会社とし、今後も確実に成長が見込めるスポーツアパレル分野の、中核企業の一つに育てることにしました。筆頭株主になった以上、経営のディシジョンメイキングに積極的に関与するということです」

オフィスで顔を合わせた野中は、クラブで見せたような取っつきにくさは影をひそめていたが、ビジネスモードに徹しているだけとも言え、愛想がないことには変わりがなかった。淡々《たんたん》と説明を進めていく。

「まず手始めに、我々が描く中期経営計画に沿った事業改革を推し進めてもらえる人材を探さなければなりません。〔スポマート〕はもともと、〔カナディアンゴルフ〕がゴルフ以外のスポーツ用品店として作ったチェーン店です。〔カナディアンゴルフ」が〔ゴルフ市場〕に吸収された際に独立したんですが、〔カナディアンゴルフ〕系の経営陣が今も残っています。しかし、この世界、甘いやり方では通用しません。旧経営陣には酷《こく》かもしれませんが、これからの時代に通用する企業であるためには、古い方々には退場していただこうと思っています。もちろん、そのあたりの段取りは、こちらのほうで今、つけているところであります。そのあとを任せられる人材について、その道の専門家から妙案《みようあん》を賜《たまわ》りたいということです」

野中から渡された、会社案内のパンフレットに目を落とす。

〔スポマート〕は関東甲信越《こうしんえつ》から中部地方あたりを主戦場として店舗展開している、郊外型のスポーツ用品店チェーンである。広い面積の売り場に人気スポーツのグッズやウェアを取りそろえて並べている。全国に三十八店舗を有しているという。

東京には東大和《ひがしやまと》と有明《ありあけ》と高島平《たかしまだいら》にある。

このうち東大和店には、小穂は〔フォーン〕の新人時代に流通の研修で見学に行ったことがある。〔フォーン〕は問屋《とんや》を通して、アウトレットのキャンプ用品やアウトドアウェアを〔スポマート〕に卸《おろ》していたのだ。

その経験があったため、小穂は〔スポマート〕という会社のイメージを湧かせるのに苦労はしなかった。

ことです」

「具体的には、どのポストを任せることを想定していらっしゃるんですか？」

「もちろん社長です」野中は言う。「トップとして指揮をとってもらう人間という
社長を探すという案件は小穂にとって初めてであり、ひそかに奮《ふる》い立った。まさにこれこそがヘッドハンティングである。

「求める資質とか、キャリアはどのように考えてらっしゃいますか？」小穂は問いを重ねる。「社長経験者であるとか」

「もちろん、できればどこかの会社で経営の実務経験を積んでいる方のほうがいいでしょう。社長、あるいは重役経験者ですね。そして、資質という意味では、タフな人がいいかと思います。スポーツ用品チェーンですと、最近では外資の〔ビッグムーブ〕や国内の〔ガルウィングストア〕が元気ですから、そういったライバル店に競《せ》り勝てるパワーを持った人材を求めています」

〔ビッグムーブ〕はアメリカから来たチェーンで、雑誌などのメディアでも、最近よく名前を聞く。〔ガルウィングストア〕は、岩清水の〔ガルウィング〕グループが出しているスポーツ用品チェーンだ。有名アスリートを広告塔にしたり、テレビにもCMを流したりと、華やかに展開している印象がある。

そういった新勢力と戦っていくには、旧来の経営陣では間に合わないと〔七村通

商」は判断したのだろう。

「ほかの幹部クラスはそのまま続投ですか？」

「いえ、取締役はほかに五人いますが、そのうち三人は、うちのアパレル関係の子会社から引っ張ってくる方向で調整しています。二人は残します。プロパーもある程度は必要なので」

過半数の幹部が一新されるわけだから、かなりの大なたが振るわれると言ってもいい。大手商社の傘下《さんか》に入ることで経営体力は確実に上がるのだろうが、経営陣にはそれ相応の能力を要求されるようになるということだろう。

「社長の年俸は、どれくらいを想定してらっしゃいますか？」

「二千万です」

もう一声欲しいなというのが、正直な感想だった。完全な雇われ社長になるのだから、仕方がないのかもしれないが、競合他店に打ち勝てる優秀な人材を呼ぼうとするには、少し魅力に欠ける条件のような気がする。

「例えば、三千万くらい出せば、これこれこういう優秀な人を呼べるという場合、条件を引き上げる考えはありますか？」

「それはないですね」野中は言下《げんか》に答えた。「我々もいろんな数字をもとにして、この金額を弾き出していますし、この条件で十分、優秀な人を呼べると考えています。鹿子さんが無理だとおっしゃるなら、ほかに頼むまでです」

「いえ、無理だということではありません」小穂は焦り気味に言った。「ただ、優秀な方々は、自分の価値を相応に見積もっていらっしゃったりするので、そこに届かないと難しいという方は一定数出てくるかもしれません」

「もちろん、応じてもらえる範囲で探してもらえばけっこうです」野中は冷静に言った。「何も横手圭一《よこてけいいち》のような大物を求めているわけじゃありませんから」

野中は、花緒里が〔テングビール〕に引き抜いた有名プロ経営者の名を出して、そんなことを言った。

「ははは、そうですよね」

口調に面白味はなかったが、冗談には違いないらしく、小穂は愛想笑いで返しておいた。

ほかのファームにも声をかけているということはないようだが、ロングリストを作らないことには始まらない。

小穂はオフィスに帰ると、井納《いのう》にリストアップを手伝ってほしい旨《むね》のメールを送り、自分でもキャンディデイトの選定に取りかかることにした。

日々、人脈を広げる活動はしているが、まだまだ社長クラスの人材となると、面識ができた人間は多くない。

ぱっと思い浮かぶのは、〔クラブ紗也加〕で会った〔マイヤーズ・ニューヨーク〕の畔田や、〔マッカーシー・コンサルティング〕の柴沢だ。

畔田は社長経験もあり、年内でフリーになることも決まっている。キャンディデイトとしては、まさにぴったりな人材だと言っていいかもしれない。問題は、〔スポマート〕が用意している条件が、彼にとって許容範囲かどうかというところだろう。

柴沢は社長経験がないのがネックだが、〔マッカーシー〕のコンサルタントという肩書きは、それを補えるものだ。〔マッカーシー〕出身者にはプロ経営者が多い。コンサルタント業務で培った問題解決能力は、経営の即戦力として通用するレベルのものであるはずだ。

〔マッカーシー〕といっても、マネージャーあたりでは、年収もまだ二千万には届いていないのではないか。そうであれば、ある程度の年収アップと、社長というキャリアが得られる今回の話は、柴沢にとっても悪いものではないと思える。

そうやって考えてみると、この案件はうまくまとまりそうな気がしてきた。

社長級の人材を求められているだけに、ロングリストといっても、そうそう何十人ものキャンディデイトを並べられるものではない。三週間のうちに小穂が何とか五人を固め、井納が七人のリストを送ってきた。あと二、三人を追加し、十四、五人そろったあたりで野中にぶつけてみることにした。

木曜と金曜のクラブ勤めのほうは、何だかんだと続いていた。

銀座にはもっと高級、高額な店がいくらでもあるらしいが、〔クラブ紗也加〕も、セット料金だけで三万五千円かかる高級店である。ただ、そういう店であるだけに、客も遊び慣れた紳士的な人が多い。そのうえ、酒が入って気分がよくなることも手伝い、小穂自身、純粋に楽しんでしまっている時間が多いものだから、辞めなければならない理由もないのである。

その週の金曜日、畔田が店に一人でやってきた。

「ちょっと板に付いてきた感じだね」

席に呼ばれ、下ろしたての国産ウィスキーで水割りを作っていると、畔田からそんな言葉をもらった。

「いやあ、まだまだですよ」

そう応じたものの、夜のバイトを続けるようになって、ドレスも買ったし、ピンヒールのおしゃれなミュールも買った。時間があるときには、美容院でヘアメイクをしてから来るようにもしている。自分でも、それなりのホステスには見られるようになったのではないかと、ひそかに思っている。

紗也加と花緒里が加わって乾杯し、しばらくは四人でたわいもない話をしていたが、やがて彼女らはほかの席に移っていった。

「そうだ、一つ、社長を探してほしいっていう話を受けてるんですよ」

小穂は空気が落ち着いたところで、そう切り出した。

「へえ、どんな?」

「まだ社名とかは言えないんですけど、全国に四十店弱の郊外型店舗を出してる小売チェーンです。従業員数は三百人くらいで、創業十八年。かつての親会社からは独立してて、今は大手商社の傘下に入ってます」

「小売チェーン……食品系かな。本社はどこなの?」

「食品ではないです。アパレル系ですけど、ど真ん中のファッション店ではなくて、専門分野を扱ってる感じです。本社も東京です」

「アパレルで専門……アウトドアとか、そういうこと?」

「そうです、そうです」

「スポーツとか?」

ずばり言われてしまい、小穂は「うっ」と言葉に詰まってしまった。

「え……もしかして、〔ガルウィングストア〕ってことはないよね?」

「あ、違います」小穂は言う。「そのライバルっていうか……」

「ライバル……なるほどね」

どの会社か、およそ察しがついたというように、畔田は呟いた。

「まだ、何が決まってるわけでもないんですよ」小穂はそう断って続ける。「何人かのキャンディデイトを向こうにぶつけて、反応を見ようかっていう段階です」

「その一人に俺をってこと……？」

「ええ」小穂はうなずく。「最初は名前を伏せたリストになるんですけど、特に都合が悪くなければ、そこに入れさせてもらえたらなと思いまして」

「まあ、詳しい話はもっと先の段階になるんだろうし、俺のほうは構わないよ」

「そうですか」小穂は少しほっとしてから続ける。「でも一つ、はっきりしてる条件があって……年俸なんですけど」

「うん」畔田は先を促すように相槌を打った。

「二千万ということなんですけど……どうですかね？」

「そんな、おずおず切り出さなくても」畔田はくすくすと笑った。「〔マイヤーズ〕でも、もらってるのは、それくらいだよ」

「そうなんですか」

「予算から何から、計画を立てた側だったからね。それでなり手がいなくて、仕方なく自分がやったっていう」畔田はそう言って、小さく肩をすくめた。「一応、こういう話の手前、ちゃんと言っといたほうがいいのかな……ここだけの話だよ」

「もちろん、コンフィデンシャルで」小穂は応じる。

「千八百プラス、業績のインセンティブで去年あたりは二百五十万ってとこかな」

「はあ……でも、やっぱり、ちょっとは減っちゃいますね」

「まあ、それくらいは問題じゃないよ」畔田は一笑に付した。「ただ、自分がその会社に入って何がやれるかとか、その会社のポテンシャルみたいなものは大事だから、そういうのが分からないことには、こちらも考えようがないけどね」

「もちろんです」小穂は言った。「段階が進めば、そういうことも詳しくお話しできますし、先方と話をする機会も出てくると思いますので」

「そう……ならいいよ」畔田は納得したように言った。

「よかった……ありがとうございます」小穂は短く礼を言ってから、もう一つ断っておくことにした。「あと、畔田さんの場合はキャリアもあって、こうやって人柄も分かってるんですけど、一応相手がある話なんで、照会《リファレンス》を取らせてもらうことがあるかもしれません」

リファレンスというのは、キャンディデイトが触れこみ通りの優秀な人間かどうか、あるいはその人となりであるとか、妙な問題を抱えていないかどうかというようなことを、周囲の人間に確認する作業のことである。

　サーチファームとして一人の人材を推すからには、その人物の能力を保証できるレベルまで把握《はあく》しておかなければならない。ときには、華々しく活躍しているように見えるエグゼクティブが、人の手柄を横取りするのが得意なだけで、リファレンスを取ってみれば悪評ばかりということもあるという。

　逆に、その人物を絶賛する声が各方面から取れれば、クライアントへの強いアピール材料にもなる。リファレンスは、ヘッドハンティングに欠かせないサーチ技法の一つなのである。

　通常は本人に知らせず、あえて秘密裏に行うことが多い。そのほうが客観的な声を集めやすいからだ。

　しかし、畔田に関しては、一言断っておくほうがいいように思った。誠実な人間性はすでに感じ取れているし、歳も四十二と若く、これからいくらでも活躍の舞台が選べる人材である。今回の案件だけに終わらず、花緒里と横手圭一のように、信頼関係が長続きする間柄になればいいという思いがあった。

「構わないよ」畔田は言った。「何だったら、話が聞ける人間を紹介するよ」

「え、あ……そうですね」

　確かに、キャンディデイトの周囲の人間にコンタクトを取るのは、なかなか骨の折れることなのだが、彼自身に段取りをつけてもらうのも忍びないと思って口ごもったところ、畔田は朗らかに笑った。

「大丈夫だよ。いいこと言ってくれよなんて、裏で手を回したりなんかしないから」

「いえ、そういうことを心配してるわけじゃなくて、そこまでお手を煩《わずら》わせるのもどうかなって気がしたんで」

「いいよ、そんなの。どういう人間に訊けばいいのか調べるだけでも一苦労でしょ。協力できるところは協力するよ」

「ありがとうございます。助かります」

小穂は彼の気遣いに甘えて、礼を言った。


畔田からは、筑波《つくば》大学時代のワンダーフォーゲル部の同級生で今は鉄道会社に勤務している男や、〔ブラウン・パートナーズ〕勤務時代の先輩で今は独立して経営コンサルタントをしている男、さらには〔マイヤーズ・ニューヨーク・ジャパン〕で広報室長を務めている女性などを紹介してもらった。

これらの相手に実際に会って話を聞いてみると、畔田という人物に対する高い評価を、予想した以上に受け取ることとなった。経営コンサルタントなどは、客観的な洞察力が売りであり、安易なリップサービスをしていては自身の資質を疑われかねない職業なのだが、畔田については努力家で私心なく仕事ができる男だと、手放しで褒めていた。念のため、彼らからさらに畔田を知る人間を紹介してもらい、電話でリファレンスを取ったりもしたのだが、彼なら大きな仕事ができるという絶賛の声を増やすだけの結果となった。

「経歴を見るだけでも、綺羅星《きらほし》のごとき人材がそろってますね」

サーチの話をもらってから一カ月余りが経ったその日、十五人のキャンディデイトを並べたロングリストを野中に提出したところ、それにざっと目を通した彼から、そんな賛辞に近い言葉が返ってきた。

「ええ、選《え》りすぐってきました」小穂は得意げな気持ちで応えた。

「MBAホルダーが二人もいるんですね。しかも、片方が大手外資系ビジネスコンサルティング会社出身で片方が在籍中ですか。大手外資系っていったら、〈マッカーシー〉か〈ブラウン〉のどっちかってことですよね……?」

小穂は否定も肯定《こうてい》もせず、ただ笑みでもって彼の言葉を受けた。

「そういう方が引き受けてくれるとするなら言うことはないですけど、条件的なことは納得されますかね……?」

「上の方は、日本法人の社長を務めていらっしゃいます今の会社で、二千万ちょっとの報酬を得ているということですので、だいたい同等と考えると、検討に値する話と受け取っていただけそうです。お会いして経営観などもお聞きしてますけど、やりがいのある仕事であれば、報酬はそこそこでも問題はないというスタンスの方です」

「なるほど」

「もう一人は、どこかで実際に会社を経営した経験がある方ではないんですが……」

「いや、大手コンサルでバリバリやってるんだったら、そのへんの下手な社長よりよほど有能でしょう。東大の経済学部卒でスタンフォードのMBA。何か弱点はないのかって、意地悪《いじわる》な見方さえしたくなりますよ」

「それはもう、額面通りの方だと思います」

「ふむ、素晴らしい」

「ほかに気になるような方はいらっしゃいますか？」

小穂が訊くと、野中はリストをにらみ、小さくうなった。

「いや、どの方も素晴らしいと思いますよ。〔スポマート〕に来てもらうのがもったいないくらいだ」

「そんな」しょせん傘下の会社という、上から目線の意識を感じて、一瞬戸惑ったものの、そこは笑い飛ばしておくことにした。「〔ビッグムーブ〕や〔ガルウィングストア〕と戦うには、優秀なトップに引っ張ってもらわないといけませんから」

「そうですね」野中は小さく肩をすくめて言い、もう一度、リストに目を落とした。「まあ、どちらにしろ、こうやってそれぞれのスペックが書き並べてあると、どうしてもこの二人に目を奪われてしまいますね」

「分かりました。じゃあ、この二人に匹敵《ひってき》するような方がほかにもいるかどうか、探してみます。それから、コンサル在籍の方は年俸に関してどんな希望を持っておられるのかも一度確認して、リファレンスも取って、次回は検討材料を増やしたいと思います」

「マネージャーっていうと、どれくらいもらっているもんなんですかね？」

「ああいうコンサルファームはインセンティブが大きいらしいんで、訊いてみないと分かりませんけど、おそらくは千五百万から二千万程度じゃないかと」

「なるほど」野中は相槌を打ってから続けた。「もし、その人の年収が千五百とか千六百とか、そのへんだとしたら、うちの話は千八百ってことで、ぶつけてみてくれませんかね」

「え……？」

「いや、単純に交渉術の一つですよ。最初から目いっぱいの数字を出すより、交渉の余地があったほうが、相手も乗ってきやすいでしょう」

「……分かりました」

少々釈然としなかったが、それがクライアントの意向ということであり、小穂は承知しておいた。


〔マッカーシー〕の柴沢は、クラブで一度接客した印象では、同じ大手コンサルティング会社出身の畔田と比べても、プライドが高そうで、どことなくエリート然とした男だった。

小穂はそんな彼にアポイントを取り、ラグジュアリー感たっぷりの、フォーシーズンズホテル丸の内東京の七階ラウンジで会った。

「実は、ある会社で社長を探している話がありまして」

東京駅の幾重《いくえ》にも並んだ線路を見下ろすパノラマビューの席で、小穂がそう切り出すと、柴沢は「ほう」と、努めて冷静さを装ったような反応を示した。

「どんな会社ですか?」

興味は十分あるようだ……小穂はそう思った。

「具体的な社名はとりあえずのところ控えさせていただきますが、国内に四十店弱の郊外型店舗を擁《よう》している、スポーツ用品チェーンです」

すでに野中の目にも留まっている相手ということもあり、小穂は、どこの会社か見当がついても構わないという程度にしかぼかさなかった。

「このたび、ある大手商社のグループに入りまして、その商社側が経営力強化のために、人事の刷新《さっしん》に乗り出しています。取締役も何人か新しく送られてくるようですが、社長交代が刷新の目玉ということで、商社のプロジェクトチームとともに成長戦略を引っ張っていける社長候補を探しているということです」

「大手商社っていうのは、当然、五大商社の一つってことですよね？」

「そうです」

「先方はどういう人材を求めていると？」

「消費者の健康志向が高まる中、ウェアを中心としたスポーツ用品市場はまだまだ成長分野です。近年は外資の〔ビッグムーブ〕や国内の〔ガルウィングストア〕が積極経営に乗り出していますが、この会社はそういったライバルたちに打ち勝っていかなければなりません。ですから、確実な経営判断力はもちろん、強いリーダーシップをとれるタフな人材を、先方は求めています」

「経営の経験の有無は特に問題ではない？」柴沢が慎重な口ぶりで訊く。

「ええ」小穂はうなずく。「あればそれに越したことはないという感じですが、実は、どういう方が候補になりうるかという打ち合わせの中で、もちろん名前も会社名も伏せていますが、柴沢さんのことを先方にぶつけてみています。そのときの向こうの反応なんですが、やはり、大手コンサルファームはハードワークで知られていますし、そこでバリバリ働いている人となれば、下手な経営者としてのキャリアよりも信頼できると、かなりポジティブなものでした」

「なるほどね……いや、我々の仲間も独立して、いろんな企業の幹部に招かれる例はいくらでもありますが、最初はやはり執行役員やせいぜい重役クラスから経験を積むことが多いわけで。ただ、先方がそういう考えであれば、けっこうなことです」

「柴沢さんのキャリア形成の上でも、いい話じゃないかと思います」

柴沢はまんざらでもなさそうに東京駅の景色を見ながら、ゆっくりとコーヒーに口をつけ、それからまた小穂に視線を戻した。

「それで……詳しい条件なんかは分かってるんですか？」

「簡単にはお聞きしてますけど、具体的には話が煮詰まってきた段階で、双方においてすり合わせしていただくことになると思います。ちなみにですが、今現在の年収など、教えていただいてもよろしいですかね？」

「それは、先に、お教えするほうがいいわけですか？」

その口ぶりは、足もとを見られるのではという意識が垣間見えるものだった。

「もちろん、先に、先方から聞いている条件をお伝えしても構いませんが」

妙に警戒されては信頼関係に差し障《さわ》るような気がし、小穂はそう言った。

「教えてください」彼は言う。

「千八百万ということです」

彼の眉がかすかにひそめられた。

「けっこう渋いんですね。ほかにインセンティブ的なものも付かないわけですか？」

「おそらく先方は考えていないと思います。ただ、年俸総額について、それでは足らないということであれば、私のほうから先方にお伝えして、話を進めていく中での検討対象にしてもらうようにはいたします」

「千八百万なら、今の職場でももらっています。もう少し多いくらいですよ」彼は自分の年収を明かした。「それくらいなら、わざわざ移るリスクに見合わない。インセンティブ次第で例えば二千万台に乗るのが計算できるなら、考えますよ。ただ、そういったものも一切ないということなら、ちょっと厳しいですね」

魅力に欠ける話だという印象を持たれてしまった……小穂は内心苦々《にがにが》しく思いながら、手当てに回ることにした。

「分かりました。条件面はもう一度、先方にかけ合ってみます。今の条件では先方にとってもマイナスになりかねないということで、もう一度検討し直してもらえば、違う数字が出てくる可能性は十分あると思いますので」

柴沢は小さくうなるような相槌を打ったので、小穂は、ひとまず納得してくれたと受け取った。

空気は若干《じゃっかん》気まずいままだが、話を進めることにする。

「あと、この先のことですが、柴沢さんを本格的にキャンディデイトとして推していくに当たって、柴沢さんの周囲にリファレンスを取らせていただくことがありますので、一言お断りしておきます」

「ん……ちょっと待って」

柴沢はためらいが生じたように言い、しばらく考えるように黙りこんだ。

「リファレンスは、エグゼクティブサーチには付きものでして、本来はあえてご本人に断ることなく行うものなんですが……」

「いや、まあ、必要なことならしょうがないですけど」彼は渋い表情で呟くように言ってから、やはり引っかかるものがあるのか、かすかに顔をしかめて首をかしげた。「ちょっと、それは待ってもらえますか。キャンディデイトに入れてもらうかどうか、もう少し考えさせてください」

「あ……はい、構いませんが」小穂は戸惑いながら応える。「この先、話が進んでいけば、先方と何度か面談したりして、この話を受けるべきかどうかということを考える時間はたっぷりあります。ですから、今、何か躊躇《ちゅうちょ》される部分があるとしても、とりあえず、先方の話を聞くだけ聞いてみられたほうがいいかとは思います」

「分かりました。ただ、ちょっと考えさせてください」

小穂が言葉を足しても、慎重な姿勢に転じた柴沢の考えは変わらないようだった。

それから何日か、柴沢や畔田に匹敵するような人材を探してみたが、なかなか難しいというのが正直なところだった。スポーツ用品チェーンを率いる以上、キャンディデイト本人もスポーツマンであったほうがいい。アウトドア嫌いを隠しながら〔フォーン〕に勤めていた身だからこそ、重要視したいポイントである。

さらには、MBAであるとか、大手コンサルティングファーム出身という経歴も、クライアント側から見れば魅力に映るようだ。エリート商社パーソンからしても、ハードワークの証《あかし》であるそれらの経歴は、一目を置きたくなるものなのだろう。

しかし、ようやく人脈を広げ始めた段階の小穂は、彼ら以外にそうしたピカピカの経歴を持った人間を知らない。三田会《みたかい》に顔を出せば、アメリカでMBAを取りたいとか取ったというような話をちらほらと聞くが、彼らは三十前後と若く、社長のキャンディデイトとして通用するには、まだまだいろんなキャリアが足らない。

下手に新しいキャンディデイトを追加するより、クライアント側にも、この二人に絞って考えてもらったほうがいいかもしれないな……そんな考えに落ち着き始めた頃だった。

柴沢から小穂の携帯に連絡があった。

〈この前のヘッドハントの件ですけどね〉柴沢は短い挨拶のあと、早口でそう切り出してきた。〈やはり、ちょっと気が乗らないので、私はキャンディデイトから外してください〉

「えっ……⁉」

先日の柴沢の反応から、多少なりとも不安はあったが、数日のうちに、こうもきっぱり言い渡されるとは思わなかった。

〈申し訳ありませんが、そういうことでご理解ください〉

「あの……」引き留めようにも、適当な言葉が出てこない。「条件面が厳しいってことですかね？」

言ってみる。

〈総合的な判断です〉

「先方とは報告的なやり取りしかしていないのであれなんですが、年俸については、二千万程度までは上げられる余地があるような感触でした」とりあえず、そう言ってみる。

〈そうですか〉柴沢は、気持ちがすっかり固まっているかのような、冷めた相槌を打った。〈どちらにしても、私としては同じ返事になります。また、ほかの話があれば、お聞かせください〉

転職の意欲そのものはあるらしい。

「先方からも高い評価をもらっていますし、詳しい話を聞いてから判断しても遅くはないと思いますけど」

〈鹿子さん〉柴沢は冷ややかに呼びかけてきた。〈それは、自分の仕事を成立させたいがためだけに言ってらっしゃるんじゃないですか？〉

「いえ、そんなことは……」

〈私に見合う話はこの程度のものという感覚で私のことを理解されているとするなら、こういう話はもう、持ってきてくださらなくてけっこうですよ〉

「とんでもない。優秀な方だと考えているからこそ推しているわけですし」

〈物事には釣り合いというものがありますし、その人間に相応《ふさわ》しい活躍の場というのがあるはずです。私のことを評価してらっしゃるのであれば、それを踏まえた上で、それなりの話を持ってきていただきたいと思います〉

「……分かりました。申し訳ありませんでした」

最後は小穂のほうも、いくぶん頭にきた中で電話を切った。

これだからエリートは……。

プライドが高くて困る。

やはり条件面が厳しかったな……少し冷静になってみて、そんなふうに思う。クライアント側の言うがままに、せこい交渉をしようとしたのが間違いだった。

キャンディデイトが畔田一人になってしまった。

幸い彼は、条件提示ももともとの数字を出しているし、呑めないという反応ではなかった。

無理やりにでもキャンディデイトを一人二人追加し、畔田しかいないということを野中に理解してもらって、具体的な交渉に進むようにお膳立てするか……小穂は今後の青写真をそう描いた。

しかし……。

翌日、昼休みの時間に仕事部屋にこもって、最新の各種業界誌などに目を通していたところに、畔田から電話があった。

「先日はありがとうございました」メールではやり取りしていたものの、小穂は改めて礼を言った。「おかげさまでリファレンスもスムーズに取れまして」

〈みんな、変なこと言ってなかった？〉

「いえいえ、絶賛の嵐でしたよ」

〈本当に？　気を遣われちゃったかな〉畔田はそう言って笑う。〈口裏は合わせてないんだけどね〉

「あまりにみんな褒めちぎるんで、その方々からさらに人を紹介してもらったんですけど、やっぱり、同じ結果でした」

〈ははは、裏を取ったんだ。プロだね〉

「ごめんなさい。でも、これは先方への強力なアピール材料にもなると思います。プロフィール段階でもう、向こうには強い興味を持ってもらってるんですけど、次はリファレンスの内容をまとめて、提出しようと思ってます」

〈あ、ごめん、それなんだけどさ〉畔田はさりげない口調のまま言った。〈今回の件はちょっと、こちらのほうで見合わせってことでお願いしたいんだ〉

「えーっ!?」思わず声が裏返った。

〈悪いね〉畔田はさらりと謝った。〈その話の会社、たぶん「スポマート」なんじゃないかと思うんだけど、今の自分にはちょっと合ってないんじゃないかって気が

してね……だから、申し訳ないけど、今回は見送らせてもらうよ〉

「合ってないっていうのは……？」申し出が消化し切れないまま、小穂は訊く。

〈うん……自分がしたい仕事の方向性とは違うっていうのかな〉

「それはその、岩清水さんの会社と業種がかぶるってことと関係あるんですか？」

一抹《いちまつ》の不安があるとすれば、それだと思っていた。アンダーソンスクールの後輩である畔田を可愛がっている岩清水と、仕事上でライバル関係になるからだ。

しかし、畔田はあっさり否定した。

〈そんなことは関係ないよ〉

「でも……」

〈ごめん、アポがあるんで、そろそろ出なきゃ〉彼は言った。〈とにかくそういうことで、せっかくの話だけど申し訳ないね。何か埋め合わせでも考えるから、これに懲《こ》りず、いい話があったら、また教えてよ。じゃあ〉

「はあ……」

通話が切れても、小穂は呆然と携帯を握り締めたまま、動けなかった。

キャンディデイトがいなくなってしまった。

3

「いやあ、宝飾業界のドンである大橋会長のお役に立てるとなれば、これはもう、恐悦至極《きようえつしごく》に存じます。何しろ私は、大橋会長の生き方に大変な感銘《かんめい》を受けておるわけでありまして、こう言ったら失礼ですが、宮城の小さな町から大都会東京に出てきて、こうして、きらびやかなブライダルジュエリーの世界で成功を収められた。そういった苦労や田舎の垢《あか》といったものをまったくうかがわせない、洗練されたお姿。まさに成功者というのは、こういうものなのだなと思うわけです」

矢来富士夫《やぎふじお》が並べてみせた美辞麗句《びじれいく》に、［オオハシジュエリー］会長の大橋がまんざらでもなさそうな顔をして手を振った。指に嵌めたダイヤモンドのリングがホテルラウンジの柔らかい照明を反射してきらきらと輝く。

「馬鹿言っちゃいけないよ。私は大いなる田舎者を自負していてね、外見はどうあれ、中身は向こうにいた頃から何ら変わっちゃいない。きらびやかなものに対する憧《あこが》れが相変わらずあるからこそ、この仕事にも情熱を傾けられるんだよ」

「これは嬉しい！」矢来はすかさず言った。「私も、縁あってトンペーで青春時代を送り、杜《もり》の都を愛した身。社長の心に望郷の思いが棲《す》みついていると知って、感激の至り、もう胸がはかはかするでがす！」

「ほう、あんた、見せてもらったプロフィールには、フランスの学校でMBAを取ったとか何とか書いてあっただけだったが、東北大《トンペー》さんだったのかね？」

「うんだでば」矢来はうなずいてみせる。「ほいな、社長には東北の星として輝いてほしいいう思いがあるんでがす。したっけ、今回の案件はぜひ、私さ任せてけさい」

「ふむ」大橋は思案顔になる。「しかし、聞けば、ヘッドハンターというのは、ほかにもいっぱいいて、何人かで事務所を構えて協力し合いながら人を探すようなところもあるらしいじゃないか。だから、そういうとこにも一応、相談してみてだね……」

「いやいや、社長、それはいけません」矢来は懸命に声を張った。「大手ファームといえども、一件の話に動くのは一人。同じことです。もし三人で探すというところがあったなら、そこは単に三倍の報酬を取るだけですよ。しかもです、大手ファームは日頃から付き合いのある会社を優先しますから、新規は前受け金だけもらって、なかなか手をつけようとしない。私は同業者のそういう悪評を何度も外で耳にして、これは業界のイメージダウンにつながるということで、ほとほと困っておるんです。そこへいくと、私は、本来であれば前受けを頂戴しておるんですが、社長のような、末永くお付き合いさせていただきたいお相手の場合、成功報酬でやらせていただきます。不肖《ふしょう》矢来、ヘッドハンティング業界がまだ海のものとも山のものともつかなかったバブルの頃から、かれこれ四半世紀以上をこの世界で生き抜き、何万というエグゼクティブを見定めてきた経験がございますよ。一人だろうと、大手ファームには負けません。ぜひ私にお任せくださいませ」

「そうか」大橋は少し考える間を置いてから、踏ん切りをつけるように言った。「分かった。じゃあ、あんたに任せよう。我が社の未来が懸かっておるんだから、いい人間を見つけてきてくれよ」

「ありがとうございます。お任せください」

矢来はそう言って、うやうやしく頭を下げた。


大橋との商談を終えた矢来は、そのまま、シャングリ・ラ ホテル東京の二十八階ラウンジに残った。このあともここで、クライアントとの打ち合わせが二件控えている。

飲み物を替えてもらおうと、ホールスタッフの姿を探しながら、振り向きざま手を挙げたところで、フロアを歩く男と視線が合った。

「これはこれは、戸ケ里殿」

丸の内界隈《かいわい》のホテルラウンジはヘッドハンターの巣窟《そうくつ》で、このホテルも御多分《ごたぶん》に洩れない。先ほどまでは見かけなかったから、ここからは死角となる、壁の向こうのVIP席で誰かと密談でもしていたのだろう。

「何かいい話でもありましたかな?」

「いえいえ」

矢来を見て一瞬、わずらわしそうに眉を動かした戸ケ里は、軽くあしらうことにしたらしく、短く言葉を返してきた。

感情をめったに表に出さず、すべての事柄があたかも想定内であるかのように振る舞うこの男を、矢来は苦々しく思っている。何度かクライアントを取られ、痛い思いをしてきたことも手伝ってのことである。まだ、並木のほうが可愛げがある。

この男が〔ルイスラザフォード〕の最年少プリンシパルとして業界内でも名を馳《は》せていた渡会《わたらい》花緒里と結婚したときには、矢来も仰天《ぎょうてん》したものだった。二人ともプライドが高いエリートであることには変わりなかったが、性格的には水と油のように思えたからだ。

だから、二年かそこらで離婚したときには、意外と長く続いたものだとさえ思った。

敏腕《びんわん》ヘッドハンターといえども、自身の伴侶《はんりょ》とのケミストリーを見定めることさえままならない……人間という生き物の複雑怪奇さがなせる業《わざ》であり、だからこそ、人材ビジネスが難しくも面白いものだという証左《しようさ》でもある。

矢来が見るに、花緒里は離婚を経てから、自分の眼力《がんりき》でどんな人物をも見極められるというような驕《おご》りを捨て、ヘッドハンターとしても一皮むけたように感じられる。ウォートンスクール出身というプライドもどこかへ置き、夜はいとこのママがやっている銀座のクラブで、財界人らを相手にせっせと酌《しやく》をしているという。そこまでやられると、ヘッドハンターとして勝ち目はないと、矢来も白旗を掲げたくなる。

それに比べて戸ケ里は、離婚さえも想定内だったかのような顔をして、以前と何ら変わらない振る舞いである。

それはそれで、不気味ではあるが。

「そう言えば花緒里さん、この前、色っぽい服を着て、〔ガルウィング〕グループの岩清水社長と銀座の街を仲よさそうに歩いておりましたな。ほっほっほ」

「そうですか」

少しは眼鏡《めがね》の奥の涼しげな目を泳がせてやろうと思って言ったのだが、戸ケ里は何の動揺も示さなかった。

そのまま彼は、矢来から視線を外し、ラウンジを出ていこうとする。どちらにしろ、ヘッドハンター同士で積もる話があるはずはなく、矢来は肩をすくめて、その彼を見送ろうとした。

しかし、意に反して、戸ケ里はきびすを返し、矢来のもとに近づいてきた。

「ところでムッシュ、リストラ屋は探してませんか？」

「リストラ屋？」

不景気の頃はそういう案件も飽きるほどあったが、今はほとんど舞いこんでこない。

「いや、別にリストラ案件じゃなくてもいい。もちろん、普通の経営もできますよ」戸ケ里は言う。「HBS時代の私の友人でしてね、優秀な男です」

「ほう、誰ですか？」

「山室久志。今は〔モリヨシ〕の社長をやってます」

「文具の〔モリヨシ〕ですか。確か以前は経営難がささやかれてましたな」

「ですが、彼が立て直しました」

「ほう、そりゃ確かに優秀そうだ」矢来はそう応じながら、訝《いぶか》しく戸ケ里を見る。

「しかし、そうなら、友人のあなたが探してあげればいいのでは？」

「そうできればいいんですが、彼もなかなか気難しいところがありましてね」

「友人の世話など受けたくないと……？」

「まあ、そういうところです」戸ケ里は言った。「手頃な話があったら、声をかけてやってください」

「いいでしょう」

キャンディデイトが増えて困ることは何もない。戸ケ里の口から無償《むしょう》でこんな話がもたらされることに気味が悪い思いが湧かないこともなかったが、彼は無能な人間を自分の友人だと公言するほどプライドのない人間ではない。

戸ケ里は、矢来の返事に満足そうにうなずいてから、一言付け足した。「あ、私の口添えがあったということは、内緒にしておいてください」

よほど向こうもプライドが高いのか……よく分からない。

戸ケ里は念を押すようにもう一度うなずき、それから矢来に背を向けた。


山室が戸ケ里の言葉通り有能であるなら、ちょうど引き受けたばかりの〔オオハシジュエリー〕の社長はどうかと思った。娘婿《むすめむこ》の社長が家庭不和の末、娘を溺愛《できあい》している会長に追い出される羽目《はめ》になった。当面は会長が社長を兼務するが、会長は会長でハワイでの生活が気に入ってしまい、何とか早く後継者を見つけたいという事情がある。

ワンマン会長なだけに、後継者には会長との相性が重要な鍵となる。だが、それはそれとして、この手のサーチでキャンディデイトを挙げるとき、矢来のみならずヘッドハンターが意外と重視するのは縁である。〔オオハシジュエリー〕の依頼があり、そのすぐあとに、山室の話を聞いた。このタイミングのよさは、一つの縁と言い換えてもいいものだ。

矢来は打ち合わせの用事を済ませて月島《つきしま》の雑居ビルに入っている事務所に戻ると、山室の経歴を調べることにした。矢来の名刺には日比谷《ひびや》の住所が記されているが、それは郵便物を受け取ってくれるレンタルオフィスだ。どうせ仕事関係者と会うのは相手の会社かホテルのラウンジあたりであり、事務員も雇っていないので、事務所などいくら汚くても構わない。ぱりっとしたスーツを着て名刺を渡せば、日比谷のさぞかしモダンなビルの一室に事務所を構えているのだろうと、相手は勝手に思ってくれる。

山室久志、四十七歳。横浜国立大学卒。ハーバードビジネススクールでMBA取得。紳士靴販売チェーン〔メンズシューズKUNO〕常務。オーディオ機器メーカー〔ブルースター〕社長。カラオケ店チェーン〔みんなの十八番〕社長。

ネットや手持ちの業界誌などを漁《あさ》って調べてみると、こんな経歴が浮かび上がってきた。

どこも業界トップ級の会社ではない。〝リストラ屋〟と言っていたから、おそらくは経営危機だったところに呼ばれて、メスを入れ、それなりに乗り切ることで名を売ってきた人間なのだろう。

「もしもし、矢来ですが」

矢来は旧知の業界新聞や業界誌の記者に電話してみた。矢来自身、若い頃は小さな業界新聞の記者として飯を食っていた。持ち前のねちっこさと機を見るに敏《びん》の対応力はそこで培った。

〈山室さんねえ。噂では聞いてますよ。名門ビジネススクール仕込みのコストカッターだとか。〔KUNO〕なんて、いつつぶれてもおかしくないような会社を救ったんだから、優秀なんじゃないんですか〉

〈いやあ、私はああいう、壊すしか能がない経営者は買いませんね。実際、壊すことしかしてないでしょう。人の首を切るのが快感なんじゃないかってくらい、容赦ないらしいですよ。本当か嘘か、リストラされた社員に刺されたなんて話も聞いたことがありますけど〉

聞いてみると、毀誉褒貶《きよほうへん》とも言うべき、いろんな声が出てきた。

〈実際に会ったことありますけど、感情が読めないっていうか、何考えてるか分かんないような人ですよ。こういう人じゃなきゃ、ばっさばっさ人は切れないんだろうなって思いましたよ〉

本人と会ったことがある者からはそんな話も出てきて、矢来は逆に山室という経営者にいっそう興味が出てきた。

キャリアを見ると、本当にリストラやコストカットだけをやっている人間に見える。存分に人を切り、不採算事業をつぶし、当面の危機を脱すれば、次に移っていくわけだ。

それ以外の経営には関心がないのだろうか。

一度、会ってみたくなった。

〔モリヨシ〕は東京スカイツリーにもほど近い、押上《おしあげ》の古びたビルに会社を構えていた。

エントランスには各種文房具商品がガラスケースに収まって、品よくディスプレイされている。照明も落とし気味で華やかさはないが、こだわりの文具を作り続けている優良企業の雰囲気《ふんいき》はある。

夕暮れ時に訪れた矢来は、その会社の前をぶらぶらしながら、山室が出てくるのを待った。スーツから地味なブルゾンスタイルに着替え、マスクをしている。サルバドール・ダリもどきのカイゼルひげを隠すだけで、立派な変装になる。気分は張りこみ中の刑事と変わらない。

矢来は気になるキャンディデイトにアプローチしようとするとき、よくこうした手を使う。まず、相手に悟《さと》られないように、生《なま》の姿を見る。それによって、どうアプローチするべきか考えるのだ。

その夜、山室はもうすぐ九時に差しかかろうかという時間になって、ようやく会社から出てきた。

まだ若いが、身体つきががっちりしていることもあり、エグゼクティブとしての風格を持っている男だった。それまでこのビルのエントランスを出入りしていた者とは、漂わせている雰囲気において、やはり一線を画している。くたびれ感がない。太めのレジメンタルタイを隙なく締め、ブルックス ブラザーズ的なアメリカントラッドのスーツでかっちりと身を包んでいる。

山室は電車通勤のようだった。社長とはいえ、会社の業績はぱっとしていないようだから、致し方ないのだろう。満員電車にも無表情で揺られていた。

そして、どこにも寄ることはなく、西船橋《にしふなばし》の小さなマンションに消えていった。何の変哲もないマンションだ。新たに明かりがつく窓がないところからすると、家族がいて、すでに明かりがついている家に帰ってきたということのようだ。

意外と面白味に欠ける生活をしている。書店に寄って趣味の本を探すとか、飲み屋に寄って一杯引っかけるとか、そういうこともない。大事なのは家族で、趣味は仕事……ありがちなエグゼクティブ像をさらに地味にしたような男に見える。

案外、常識的な人間なのかもしれない……矢来は思う。リストラ屋などと揶揄《やゆ》するように呼ばれているが、健康体の会社も経営してみたいのではないか。


それからまた数日して、夜に身体が空いた日、矢来はまた押上に向かった。

この日は、いつも愛用しているチフォネリのスリーピースを着たままだった。ひげも整髪剤できれいに形を整えている。

八時すぎに山室が出てきた。社員が遠慮がちに会釈《えしゃく》する横を、無表情で歩いている。

矢来は通行人を装い、彼の正面から近づいていく。

強めに肩をぶつけ、すかさず詫《わ》びを入れた。「ジュスィ、ディゾレ」

反射的に口にした体《てい》のフランス語に、山室は怪訝《けげん》そうに矢来を見やる。

「失礼。大丈夫でしたか？」

がっちりした肩にぶつかり、痛いのは矢来のほうだったが、表情には出さず、日本語で言い直した。

「大丈夫です」

そんな答えも聞こえなかったかのように、矢来は目を見開き、山室の顔を覗きこむように見た。

「ええと……お名前が出てこなくて申し訳ないんですが、どこかでお会いしておるかと」

「人違いでしょう」山室は記憶をたどるような合間もなく、そう答えた。

「矢来です。人材コンサルタントの矢来です」

そう言ってももちろん、山室は知らないとばかりに首を振るだけだ。

「いや、そうですか」矢来はひとしきり戸惑ってから、笑ってみせた。「私は割と印象に残るタイプの人間だから、あなたが知らないと言うなら、そうなんでしょう。何せ、年に千人、二千人のエグゼクティブと会っておるんで、こういうこともよくあるんですよ。あなたも見るからに、どこかの会社のお偉いさんだ。だから、間違ってしまったのかもしれませんな」

「お会いしていたら、憶えていると思います」

山室は淡々とそう言って、ゆっくり歩き始めた。不愛想だが、短気そうではない。

矢来は彼の背中を見送ったあと、〔モリヨシ〕の玄関前にいた社員らしき三十代の女性のところに歩み寄った。

「今、あそこでぶつかった人、どこかで見た気がするんだが、ここの人ですかな?」

　女性はちらりと山室の背中を目で追ってから、うなずいてみせた。「社長ですよ」

「あ、社長!」矢来は額を押さえた。「これまた、えらい人とぶつかったもんだ。いやあ、左によけようとしたら、あの人も左に来て、右によけようとしたら、あの人も右に来て……ちょっと怒ってたかなぁ。どんな人?」

「いや、そんなことでは怒らないと思いますけど」女性は苦笑気味に言う。

「でも、けっこう、ピリッとした感じだったねえ。怖い社長じゃないのかな?」

「直接話したことはないんで分かんないです」女性はそう言いながらも、口が軽いのか続けた。「でも、怖いと言えば怖いのかも……いろんな意味で」

「ほう、その心は?」

「会社の景気が悪かったときは、ばんばん人を切ってましたからね」

「ははは、でも、それは仕方なくでしょう」

「平気な顔して切るって、よく言われてましたよ」

「そんな……血も涙もないようなことやってたら、切った相手に恨《うら》みを買うだけでしょう」

「実際、前の会社では、切った相手に刺されたとか襲われたとかって噂も聞きましたよ」

「まさか……そんな傷を抱えてるようには見えなかったけどね」

「人の痛みを感じないんじゃないかって言われてますからね」女性は皮肉っぽく言った。「自分が刺されても痛くなかったのかも」

「こりゃまた、ずいぶんな言われようだ」矢来は乾いた笑い声を立てた。「じゃあ、さっきぶつかったのも、平気だったかな」

「そうなんじゃないですか」

社長と直接触れ合う立場ではない社員の話であるだけに、この声をもってリファレンスとするわけにはいかない。むしろ、こんな声がリファレンスで出てきたら、どこのキャンディデイトにもできない。

よそ者社長が乗りこんできて、会社を引っかき回してくれた……女性の口ぶりには、そんな恨み節がこもっていた。そのあたりは少し差っ引いて受け取らなければならない。

凡百《ぼんぴゃく》の経営者なら見切ってもいいのだが、そのキャリアからは有能さの片鱗《へんりん》をちらつかせている。有能であれば、キャンディデイトに欲しいのである。戸ケ里が推していたのも気になる。

三日後、矢来は、山室へのアプローチを次の段階に進めることにした。

〔モリヨシ〕についても、少し調べてみたが、ここ数年の経営不振から脱し、来期は黒字見通しであることが分かった。明らかに、山室の再建策が功を奏した形だ。それを知ると、やはりそそられるものがある。

「ああ、もしもし、私、〔矢来コンサルタント〕の矢来と申しますが、山室社長はおられますかな」

次の段階というのは、直接電話することである。名前と顔は、こういうアプローチをしても難なく相手をしてもらえるほどには印象づけてある。

〈もしもし？〉

山室も多少怪訝な声音《こわね》ではあったが、電話を取ってくれたようだった。

「いきなり電話してすみませんね。〔矢来コンサルタント〕の矢来富士夫でございます。いやあ、この間は失礼しました。あのとき、近くにいた人に訊いたら、やっぱり、〔モリヨシ〕さんの社長だって言うじゃないですか。確かに私、お会いしたことはなかったんですが、業界紙か何かでお顔は拝見していたんでしょうな。だから、どこかで会ったような気がしてしまったんです。とにかく一度、改めて、お電話しないとと思いましてね」

〈……この間のことでしたら、大丈夫ですよ。どこも痛めていませんし、どちらが悪いというものでもないことですから〉山室は冷静な口調でそう返してきた。

「いや、もちろん、〔モリヨシ〕さんの社長が、ああいうことでいつまでもご立腹なさっておるとは思っていませんよ」矢来はまくし立てる。「ただね、この間もちょっと申し上げたと思うんですが、私は毎日のようにいろんな会社のエグゼクティブと会う仕事をしておるんです。エグゼクティブを見つける仕事と言ってもいいでしょう。一口にコンサルタントと言ってもいろいろあるんですが、私は経営幹部の人材紹介を専門にしておりまして、早い話がヘッドハンターと呼ばれる人間なんですな。この道四半世紀以上、外資大手の〔ルイスラザフォード〕が日本に進出する前から、この仕事を生業《なりわい》にしておる人間です。そういうことなものですからね、こういう縁があると、大事にしたいわけなんです。私の手もとには、いろいろいい話もございますよ。一度、お時間があるときに、改めてお会いして、少し話をさせていただければと思うんですが、いかがでしょうかね?」

〈知人にヘッドハンティングの仕事をしている者がいますので、その世界のことは少し分かります〉山室は答える。〈何かの話のキャンディデイトに私をということであれば、辞退させていただきます〉

「いやいや、そんな、構えなくてけっこうですよ。私も文具業界には何人か知り合いがいます。ちょっとした情報交換的なものでいいじゃないですか」

〈申し訳ないですが、遠慮しておきます。今は仕事に集中したい時期ですので〉

警戒されているわけでもなさそうだが、食いつきが悪い。

「もしかして、その、知り合いのヘッドハンターの方に遠慮されておるんですか?」

〈そういうわけではありません〉山室はきっぱりと言った。〈時機が合っていれば、どなたの話でも聞くつもりです。ただ私は、今の会社でまだまだやり残していることがありますので〉

「〔モリヨシ〕さんは、山室社長が来てから経営不振を脱し、黒字も見えてきていると聞きますな」矢来は自分の調べを披露《ひろう》して踏みこんだ。「社長のリストラ策が奏功したということでしょう。結果は出ました。そろそろ次の舞台を探してもいいんじゃないですかな。社長の売り時は今だと思いますよ。例えば、私のところには、銀座に本店を置くブライダルジュエリーの会社が社長を探してほしいと依頼してきております。年俸は五千五百万。悪くはない話だと思いますよ。もちろん、今の会社でもっともらっていらっしゃるなら、別ですが」

集めてきた情報から、山室の報酬はせいぜい二千万前後という読みがあり、矢来はそう迫ってみた。

しかし山室は、検討するような間《ま》を作ることもなく応えた。〈魅力的な話だとは思いますが、今は興味がありません。私はまだ、〔モリヨシ〕での仕事をやり残し

ています〉

「社長はリストラの手腕を買われて、〈モリヨシ〉に招聘《しょうへい》されたんでしょう。それで引き受けて、結果を出された。もう十分じゃないですか」

〈一応のところ、会社が立ち直ったのは確かですが、リストラはまだ終わっていません。中途半端に済ませることはできません〉

山室は希望退職や個別勧奨《かんしょう》で、中間管理職を中心に百人以上の社員を会社から追い出したと聞く。それで収益は改善したはずなのに、まだリストラは終わっていないというのか……山室の淡々とした口調も手伝い、矢来は薄ら寒い思いにとらわれた。

「社長、お節介《せっかい》を承知で申し上げましょうか」矢来は言った。「あなたは、徹底的なリストラで会社をよみがえらせる手腕を自分の売りにしているつもりか分かりませんが、そういった色を自分につけすぎるのは損ですよ。〝リストラ屋〟とか〝コストカッター〟みたいな呼ばれ方は、揶揄と紙一重《かみひとえ》です。それしかできないと思われてしまう。そろそろ、違う形の経営の手腕も発揮されたほうがいいでしょう。それには、舞台となる会社を替えたほうがいいということですよ」

〈ご忠告はありがたく頂戴しておきます〉山室は感情のこもっていない口調で言った。〈ただ、私は今の仕事にやりがいを感じています。それしかできないと思われ

ようが、私は逆に、この仕事は自分にしかできないと思ってやっています。人にどう思われるのかは関係ありません〉

「……そうですか」

強固な意思表示の前に、矢来はとうとう、口説き続ける言葉をなくしてしまった。

いったんリストラに手を出すと、人を切っても切っても切り足らない、強迫観念のようなものが芽生えるのだろうか。

それとも、それで数字が改善したことにより、魔法の杖を手にしているような、依存性を感じてしまうのだろうか。

面白いタイプだとは思うが、経営者としてはゆがみすぎている。

キャンディデイトとしては何とも扱いにくい男だと分かり、矢来は山室への興味が急速に失《う》せていくのを感じた。

それにしても、本人が転職を希望していないのに、戸ケ里はどうして移籍先を探してやってくれというようなお節介を焼こうとしたのだろう。今度会ったら、一言文句を言ってやらなければ……そんなことを腹立たしく思った。

4

「申し訳ありません。先日、野中さんにもご紹介して、気に入っていただいたキャンディデイトのお二方《ふたかた》なんですが、その後、条件提示などを含めて打診してみたところ、ちょっと難しいということで、辞退の返事をもらってしまいまして……」

畔田と柴沢から断りの返事をもらった小穂は、仕切り直しのための時間をもらうべく、〔七村通商〕の野中に電話をして、事情を伝えた。

〈仕方ないですね。乗ってこない人にこだわってても、時間を浪費するだけです。この前のリストにもまだよさそうな人はいましたし、切り替えていきましょう〉

落胆《らくたん》されるかと思いきや、野中の反応は淡々としていて、小穂は少なからず拍《ひょう》子《し》抜けした。大手コンサルティングファームの出身者でＭＢＡホルダーなど、駄目でもともとだと、はなから思っていたのかもしれない。

近日中にもう一度打ち合わせをする確認をして、小穂は電話を終えた。

「鹿子ちゃん、何かあった？　元気なくない？」

木曜の夜、小穂は花緒里の同伴の付き添いで、銀座八丁目の高級鮨屋のカウンターに座った。

〔ガルウィング〕の岩清水が鮨を食いたいと言い、また知人を連れていくというこ
とだったので、小穂にも声がかかったのだ。

その岩清水らは、まだ来ていない。

「そうなんですよ」小穂はカウンターの角にはす向かいで座った花緒里にこぼし
た。「手持ちの案件で、本命のキャンディデイト二人に続けざまに断られちゃって」

「ふうん……どこのやつ？」

「〔スポマート〕です」

「〔スポマート〕……？」

「〔七村通商〕の人にお店でたまたま付いて、頼まれたんですよ」

「ああ、紗也加ママのお客さんの？」

係が違うから、花緒里も事情を把握していないのだ。

「そうです。社長を探してほしいって」

それで畔田や柴沢に打診してみたのだが、断られてしまったのだと、小穂は話し
た。

「ふうん……〔スポマート〕って、そこそこ名が通ってるけど、条件は微妙だね。

〔七村〕はあそこ、シビアなビジネスやるからね」

「そうなんですよね。畔田さんたちも、ちょっと匂わせただけで〔スポマート〕だって分かったみたいですけど、条件がいまいちだから、それだけじゃあ乗ってきてくれないんですよね」

「あの業界って、ほら、今から来る人とかがイケイケでやってるから、〔スポマート〕なんか意外に厳しいのかもよ。だから、〔七村〕がテコ入れに乗り出したんじゃないの」

「まあ、そういう一面はあるんでしょうけど」

しかしそれは、逆に言えば、経営者として腕の見せどころではないかと思うのだ。プロ経営者として生きていくならば、そういう仕事こそ手を挙げて引き受け、鮮やかに結果を残してほしいと思うのは、身勝手な考えなのだろうか。

「〔七村〕は前にもそういうの、あったしね」

「そういうの？」

花緒里の話にぴんとこず、小穂が首をかしげていると、カウンターの板前たちが「いらっしゃい」と声を上げた。

「お待たせ」

岩清水がさっそうと店に入ってきた。一緒に現れたのは、小穂も顔を知っている、元オリンピック選手のスポーツキャスターだ。

花緒里との話はそこで途切れ、岩清水たちがたちまち、会話の主役になった。しかし、その岩清水が、ビールで乾杯したのち、「そう言えば、かのこちゃん」と、小穂に話を向けてきた。

「クロベーに〔スポ〕の話、振ったらしいね」

「あ……」とたんに気まずい思いになり、小穂は反応に困った。

「あいつ、断ってきただろ？」

「……ええ」小穂は苦笑いを浮かべてうなずく。

「俺が断れって言ったんだよ」

「あ、そうなんですか……」

畔田は違うと言っていたが、やはり、岩清水との関係が邪魔をしたのだなと思った。

しかし、岩清水の話は予想していたものからは微妙にずれた方向へと進んだ。

「駄目だよ、あそこは。もうちょっと、いい話を紹介してやんないと、クロベーが可哀想だ」

「やっぱ、苦しいの？」

花緒里の問いかけに、岩清水はうなずく。

「赤字店ばっかだからね。相当なリストラしないと、上がり目がないよ、あれは」

「やっぱりね……だから、〔七村〕が動いてるんだ」

花緒里は腑《ふ》に落ちたように言うが、小穂は、彼らが語っているものを今一つ把握し切れていない思いがあった。

「連中は、自分たちの手を汚したくないんだよ。社長なんて格好いいポストを用意してるように見せて、やらせるのはクビ切りの汚れ仕事しかないんだから」

「そんなに、ひどいんですか……？」

そう確かめた小穂の言葉にも、岩清水はうなずいた。

「店、覗いてみたことある？」

「……七、八年前に」

「駄目だよ、商売なんて、半年でがらっと風向きが変わるんだから。もう一回、覗いてみな。見りゃあ、分かるから」

「はい……」

小穂は心臓をつかまれたような思いで返事をした。

翌日、小穂は、新青梅《しんおうめ》街道沿いにある〔スポマート〕東大和店に行ってみた。〔フォーン〕の新人研修で見学に来たとき、〔スポマート〕の店内は活気に満ちていた。色とりどりのスポーツウェアが広いフロアを埋め尽くし、スポーツトレーナーがイベントスペースでマイクを使った講習会を開いていた。スタッフが忙《せわ》しなくフロアを行き来し、商品をかごに入れてショッピングを楽しむ若者の姿も目立った。

しかし、七年ぶりに訪れた〔スポマート〕に、当時の面影《おもかげ》はなかった。

とにかく、客が少ない。

ざっとフロアを歩き回って見かけたのは、二、三人だ。レジにはスタッフが一人いるだけで、三台のうち二台は閉まっている。

照明もいくらか間引いて使っているようで薄暗い。店内放送も、以前はシーズン商品の賑やかな販促アナウンスが流れていた気がしたが、今はただのＢＧＭだ。

商品も心なしかボリュームが足りない気がする。ウェア一つとっても、以前なら左右の商品を手で押さえながら目当ての商品を引き抜くような詰め具合だったはずだが、ざっと見るだけでも、今は明らかに品ぞろえがまばらなハンガーラックがある。

奥にあるアウトレットコーナーは、街で言えば場末《ばすえ》のような、寂《さび》れた空気が漂っていた。

〔フォーン〕のトレッキングウェアも置いてある。アウトレット品と言えば聞こえはいいが、マレーシアの技術提携工場で厳格な工程管理のもと製造している主要ラインの製品ではなく、ほかの大衆向け衣類などの依頼も引き受けている中国の工場に生産委託した、エントリーラインの商品である。

デザイン的にも、身体にフィットするようには作っていない。どんな体型にも合うよう、通常のサイズよりも緩《ゆる》めに作っている。構築も立体的ではないから、ハンガーに吊るしても、ぺたんと平べったくなってしまう。

安物はブランドの価値を落とすだけだから、作るべきではないと、小穂は父に進言したことがある。

しかし、普段アウトドアに興味がない人が、付き合いでどうしても参加しなければならないとき、なるべく安上がりにそれっぽい装いを整えたいと考えるわけで、そんなケースではこういうエントリーラインが役に立つのだと、父は言った。それでアウトドアに嵌まり、本格的なフィールドギアに興味を持つ〝フォーニスト〟が誕生するかもしれないのだと。

そんなふうに話を聞けば、その言い分にも一理あるとは思った。

しかし、こうやって、マウンテンパーカーが三千円台や四千円台の値札を消されて千九百八十円で売られているのを見ると、何だか切ない気持ちになる。しかも売れていない。型も二、三年前のものだ。

沈んだ気分でアウトレットコーナーを離れた。安物さえ売れていないとなると、この店の現状は推して知るべしである。

以前はキャンプ用品のコーナーもあったが、今は見当たらない。シーズンをすぎたからかもしれないが、そういう変化も雰囲気のよそよそしさに拍車をかけている。

帰ろうかという気になって、入口のほうに戻っていくと、スポーツシューズのコーナーで商品整理をしているスタッフの姿が目に留まった。

四十代のひょろりとした男だ。以前、新人研修のときに、フロアやバックヤードを案内してくれた副店長ではなかったか……小穂は彼のもとに近づいてみた。

「いらっしゃいませ」

作業をしながら挨拶の声をかけてきた男に会釈を送ると、彼は手を止めて、小穂を見返してきた。長岡と記された胸のネームプレートを見て、そうだったと思い出した。彼には研修のあと、礼状も書いている。

「あの、ご無沙汰してます。私、以前、〔フォーン〕の研修で、こちらを見学させていただいたときにお世話になりまして」

近くを通りがかったので、懐かしくなって寄らせてもらったと、小穂は続けた。

「そうですか。わざわざありがとうございます」長岡は人のよさそうな笑みを浮かべて応えた。「案内させてもらったのは憶えてますよ。懐かしいですね」

「どうですか、最近は？」

小穂は、〔フォーン〕を辞めたとは明かさずに、そんな問いかけを彼に向けた。

「これから山登りにはいいシーズンですから、ウェアなんかもちょこちょこ出始めると思いますよ」

「そうですね。これからは羽織《はお》るものも必要になってきますから、動いてきますよね」

長岡のビジネストークに応じてから、店のほうに話題を絞ってみることにした。

「お店の景気はどうですか？」

「いやあ、まあ、なかなか厳しいですよ」

長岡は本音としか思えない言葉をあっさりとこぼした。

「そうですか……スタッフさんも、昔よりは少し減ってますかね？　それはちらっと思ったんですけど」

「ええ、バイトは減らしてますね」長岡は言う。「春は年度初めで、部活とか新しいスポーツに挑戦しようっていう人も多いんで、まだいいんですが、それ以外の時期がなかなか厳しくて」

「最近は、〔ビッグムーブ〕とか、ほかの大型店もいっぱい出てきてますしね」

小穂の言葉に、長岡は深々とうなずいた。

「正直、それはかなり大きいですね。〔ビッグムーブ〕とか〔ガルウィング〕とか……うちも対抗しなきゃいけないんですけど、お客さんは新しい店、新しい店に行っちゃいますから」

「負けずにがんばってください。長岡さん、前は副店長をやられてたと思いますけど、今は……？」

「いやいや」長岡は自嘲《じちょう》気味に笑って首を振った。「ずっと同じですよ。うだつが上がらずで」

話を引き出すためにちょっと踏みこんでみたのだが、気まずさが残ってしまった。

「四、五年前に新店の計画があって、そこの店長になんて話があったんですが、立ち消えになっちゃいました。今では店長昇格どころか、リストラされるんじゃないかとヒヤヒヤしてますよ」

「そんな」小穂は笑い飛ばした。「長岡さんには〔スポマート〕を背負って立ってもらわないと」

「いや、冗談抜きでありえますからね」長岡は言う。「新店ができない上に、うちの店舗だけでも副店長が三人いますし、人がだぶついちゃってるんですよ。噂によると、上のほうが親会社の関係でだいぶ入れ替わるらしくて、これからは積極路線でライバル店と対抗していくか、それともリストラで何店舗かつぶすことになるか、どちらかだなんて言われてますよ。どちらかだなんて言われても、出すとつぶすじゃ正反対なんだから、えらい違いなんですけどね」

「店ができるほうがいいですよねえ」

長岡は小穂の言葉に小さくうなずき、「でもまあ」と続けた。「噂に一喜一憂《いっきいちゆう》してても仕方ないですし、現場の人間は目の前の仕事をやるしかないですからね」

「そうですね」

長岡自身、明るい見通しは持っていないようで、相槌を打つ小穂の声も沈みがちになった。

「すいません」と、ジョギングシューズを見ていた客から声がかかり、長岡は返事をする。

「あ、お忙しいところ、ありがとうございました」

小穂は短く礼を言い、その場から離れた。

東大和から都心に戻った小穂は、その足で赤坂の〔七村通商〕に向かった。電話で野中に連絡を取り、少し時間を作ってもらえないかと頼んだ。

「〔スポマート〕さんのことですが……」

野中に会うと小穂は早速、外部から〔スポマート〕の社長を探すという方針が立てられるに至った背景や経緯について、まだ聞いていないことがあるのではないかと、詰め寄るようにして訊いた。

経営状態がかなり悪いのでは……そう口にすると、野中は開き直ったように、澄ました顔のまま、うなずいた。

「別に隠していたわけではありません。少し調べれば分かることですし、我々が手を突っこむこと自体、業績に問題を抱えていると言っているも同然のことですからね」

そちらの洞察力が欠けているのではないかとばかりの言い方に、小穂は歯噛みしたい思いに駆られた。

「もちろん、テコ入れが必要だからこそのことだとは思っていました。問題は、その程度です。もし、新しい社長の取れる選択肢がリストラしかないということなら、これはやはり特殊な案件だと言わざるをえません。キャンディデイトも限定されてきます」

「景気が悪い会社だからということで、レベルの低いキャンディデイトばかり持ってこられても困りますからね」

「そんなことはしません」小穂はムッとして言った。「経営課題に見合ったキャンディデイトを用意したいから、そのあたりを包み隠さず教えてほしいということです」

「タフな人を求めているとお願いした通りです」野中は小さく肩をすくめて言った。「〔スポマート〕の場合、リストラは不可避です。店舗は差し当たって十店、従業員は七十人削る必要があります。例えば、東京にある三店舗のうち、有明を除く二店舗はこの三年間、不採算続きです。最低でも一店は閉鎖し、残る一店も人数を絞っていかなければ好転しません。ほかの県にある店舗も同様です」

「改装費をかけて売り場を充実させ、ライバル店に対抗するという道は取れないんですか?」

「方針はすでに確定しています。甘い考えでは再建できません。もちろん、投資を増やす分野もありますが、それは主にネット通販に関するものなので、実店舗については、今お話しした通りになります」

厳しい。こんな経営方針が確定している会社に来てくれる経営者など、いるのだろうかとさえ思う。

岩清水が言ったように、〔七村通商〕は自分たちの代わりに手を汚してくれる人間を探しているだけだとも言える。

「世の中、ふんぞり返って威張っていれば高い給料がもらえるなんて仕事はありませんからね。ちゃんと探してもらえば、いい人材はいくらでも出てくるはずです」

野中は言った。「無理だとおっしゃるなら、ほかに依頼するまでですが」

「無理だなんて言ってません。そういう事情だということが分かれば、それに相応しい人材を探してみせます」

小穂は半ば意地になって、そう応えた。


「この前は悪かったね」

夜、畔田が〔クラブ紗也加〕に顔を出した。

小穂が彼の席に付くやいなや、〔スポマート〕のキャンディデイトを辞退した件について、申し訳なさそうに口にした。

「フルーツでも頼もうか」

詫びのつもりなのか、彼はホールスタッフにフルーツ盛りを注文した。

「私のほうこそ、申し訳なかったです」小穂は言った。「向こうの事情や意図を十分に把握しないままに、話を持っていってしまって」

「やっぱり、リストラありきの話だったの？」

畔田はキャンディデイトではなくなってしまったので、クライアントの事情は安易に明かせないが、小穂は微苦笑でもって返事に代えた。

「〈七村〉はそういうやり方が多いんだよ」畔田は言う。「ジーンズメーカーの〈フィフティーフォー〉も繊維メーカーの〈近畿紡《きんきぼう》〉も、業績不振で資本を入れた会社には、徹底的にリストラをやらせてる。もちろん、その手法を否定するつもりはないけど、選択肢が一つしかない仕事なら、何も自分がやらなくてもっていう気持ちにはなっちゃうからね」

「そうですよね」小穂はうなずいた。「外部から社長を探す以上、課題がないわけじゃないとは思ってましたけど、それよりは、優秀な人に子会社を引っ張ってもらいたいっていう、親心みたいな思いが強い依頼なんだろうって勝手に受け取ってました。名の通った会社だし、社長だし、悪い話じゃないと思って紹介したんですが……考えが安易でした」

「まあまあ、そんなへこむことでもないよ」畔田は笑って、慰《なぐさ》めに回った。

「はい……これに懲りず、いい話があったら、また聞いてください」

「もちろん」

畔田はさっぱりした口調で請《う》け合い、小穂の屈託《くったく》を吹き飛ばしてくれた。

「でも、逆に言うと、その話をまとめるのは、かなり難しいよね」

彼は水割りのグラスを片手に少し考えこんでから、改めてそんなふうに言った。

「そうなんですよ」小穂は口をすぼめて言う。「後ろ向きの仕事をやらされるのが分かってるのに、手を挙げてくれる人がいるのかって思っちゃいます」

「ただ、リストラなんていうのは、外部から来た人間のほうが、思い切ってできるのは確かなんだよね。中の人間は、どうしても情が入るから」

「それはあるでしょうけど……」

ただ、何の情もなくリストラを推し進められる経営者というのも嫌だなと思う。長岡のような、現場で働いている人間の顔を知っているだけに、なおさらそう思うのだ。

「まあ、経営者の中には〝リストラ屋〟なんて呼ばれる人たちもいるから、そういう人に目をつけるのも一つの道かもね」畔田が言う。

「リストラ屋……?」

「あるいは〝コストカッター〟とかね」

「ああ……」

「そういう経営ソリューションで結果を出して、いい意味でもそうでない意味でもそう呼ばれる人たちがいるわけだよ」

「揶揄で言われたりもしますよね」

「うん……でも、簡単な仕事でないのは確かだから、そう呼ばれるのはある種の名誉だと受け取っていいと思うけどね」

「なるほど」
そう呼ばれる人はどこにいるのだろう……小穂は当てもないまま、探してみるかという気になっていた。

週明け、井納にリストラ屋やコストカッターと呼ばれている人を探してくれとメールし、小穂自身もキャンディデイト探しを仕切り直すことにした。

〝コストカッター〟はともかく、〝リストラ屋〟などという呼び名は巷間口《こうかん》にされるものであって、適当なビジネス誌に当たっても見つかるものではない。仕方がないので、リーマンショック後の不景気時にリストラを余儀なくされた会社の経営者などを、各種媒体の過去の記事から探すことにした。

そうやって一人二人と、何とかリストに入れられるキャンディデイトを見つける日々を送って十日ほど、また木曜がやってきて、小穂は〔クラブ紗也加〕に出勤した。

その日、九時半をすぎるまでは、いつもの和やかな雰囲気の中、それぞれの席で楽しげな会話の花が咲いていた。いくぶん客入りは少なかったので、自然、一人一人の客をホステスたちが取り囲むような光景になり、来店客は上機嫌でグラスを傾けていた。

九時半をすぎ、一組の客の帰りを見送って間もなく、二人連れの客が顔を覗かせた。

「あら……」

近くにいた紗也加の声に釣られて、小穂はその客たちに目を向け、そしてぎょっとした。

〔丸の内コンフィデンシャル〕の戸ケ里だった。

「政樹さん……ご無沙汰ですね」

紗也加も戸惑いを隠し切れない様子で、そんな声をかけている。

「ご無沙汰してます。ちょっと飲ませてもらおうかと思いましてね」

戸ケ里はほとんど無表情でそう口を開き、案内待ちを決めこむように突っ立っている。小穂と目が合うと、一瞬、おやというように眉を動かしたが、それだけだった。その後ろにいるのは、戸ケ里と同年代か少しだけ上に見える、がっちりした体格の男だ。スーツの着こなしに隙はなく、どちらも、飲み歩きが好きなタイプには見えない。

「ご案内します」

黒服のスタッフが彼らをフロアに案内する。

「げっ!」

客席で常連客相手に笑い声を響かせていた花緒里が、戸ケ里と顔を合わせるなり、泡を食ったように狼狽《ろうばい》している。

「何？　何しに来たの？」

彼女は戸ケ里たちをよけるように身を屈《かが》めて客席を離れ、紗也加のところまで駆け寄ってきて、ひそひそ声でそんなことを訊いた。

「私こそ訊きたいわよ」

紗也加はそう答えながら、スタッフに案内されて奥の客席に陣取った彼らの様子を眺めている。

「戸ケ里様、花緒里ママとかのこさん、ご指名でございます」

「え、何で私⁉」今度は小穂も驚いた。

「あ、そうだ、中山さんが近くの店で飲んでるっていうから、私ちょっと、迎えに行ってくる」花緒里が中抜けするようなことを言い出した。

「あの席、どうするんですか？」

「鹿子ちゃん、お願い」

彼女はそう言って、そそくさと更衣室に上着を取りに行ってしまった。

「そんなに嫌なんですかね？」

彼女の慌てぶりを見ていると、引き留めることもできず、ただ、そんな疑問を口にしたくなるだけだ。

「そりゃ、元妻に接客させようとする男が相手なんだから、嫌に決まってるでしょ」

紗也加に言われ、そう考えると確かにそうかもしれないと思った。二人がどんないきさつで別れたのかは知らないが、わざわざ元妻がいる店に何の他意もない顔をしてやってきて、その当人を席に付けようとする時点で、並みの神経ではないと言わざるをえない。花緒里も通常の接客など、できはしないだろう。

カーディガンを羽織って店を出ていってしまった花緒里を尻目に、小穂は、紗也加に呼ばれたほかのホステスたちと一緒に、戸ケ里の席に向かった。

「ご無沙汰してます。こんなところでお会いするとは」

小穂はへらへらと愛想笑いを浮かべながら、戸ケ里と連れの男の間に収まった。指名された以上、ここに座るしかないが、居心地《いごこち》はよくない。

「花緒里はどこに行ったんだ?」

「あ、ええと……」

戸ケ里に尋ねられ、口ごもっていると、紗也加がウィスキーボトルを持って、席に来た。

「ごめんなさい、花緒里ちゃんはちょっと、お客さんを迎えに行く約束をしてて」

小穂にボトルを渡しながら、紗也加は取り繕うように言った。「ほかの店で飲んでるとこみたいだから、戻ってくるのはちょっと時間かかるかもね」

「そう……」

戸ケ里はそれで納得したらしく、淡々とした相槌を打った。感情の読みにくい男だ。

一時は親戚付き合いをしていたはずの紗也加も戸ケ里は苦手な相手なのか、下ろしたてのボトルで乾杯すると、さっさと席を外してしまった。

「花緒里が〔ガルウィング〕の社長と仲よくやってるって聞いたが、本当か？」

戸ケ里が小穂の耳もとに顔を寄せ、小声で尋ねてきた。

「え……いや」その陰《いん》にこもった声音に、小穂は思わず首をすくめそうになった。「どうなんでしょう。交友関係は広い人なんで、知り合いかもしれませんが」

「ここに飲みに来てるんだろう？」

仲よくやってるとは、男女の関係を疑っているということなのだろうか。花緒里と岩清水がプライベートでどういう関係かまでは小穂も知らないが、店ではもちろん、ほかの得意客と同じように接しているだけだ。また、ヘッドハンターとしては、〔ガルウィング〕の財務担当役員や広報部長を花緒里が手当てしたと聞いている。

おそらくその勘繰りは当たっていないと言いたい気持ちはあるが、戸ケ里と岩清水がどうつながっているかも分からないので、岩清水がこの店に通っていること自体、認めるわけにはいかない。

「さあ……私もここでバイトするようになって、まだ日が浅いんで」

小穂はそう言ってごまかしておいた。

「〔ガルウィング〕の社長は妻子がいる身だ。変な噂を立てられると、私まで迷惑する。君のほうからあいつに一言言っておいてくれ」

別れた妻に未練があって、そんな勘繰りを抱《いだ》いているというわけでもないのか……よく分からない。

小穂は愛想笑いを浮かべたまま曖昧《あいまい》にうなずき、「こちらは、同じファームの方ですか?」と、連れの男をちらりと見やって、話を変えた。

「いや、違う。HBS時代の私の友人だよ」

不意に大きくなった戸ケ里の声は、相変わらず感情がこもっていないものながら、明らかに滑らかになっていて、その分、小穂には薄気味悪く感じられた。

「文具メーカー〔モリヨシ〕の社長をやっている山室くんだ。山室くん、彼女に名刺を渡してやってくれないか」

戸ケ里が何やら気を回すように言い、彼の反対隣に座っていた山室が仕方なさそうに、名刺入れから抜いた一枚を小穂に渡した。

「ありがとうございます」

山室久志。文具メーカーの〈モリヨシ〉は、小穂も名前を知っている程度だ。

「山室くん、彼女は私の同業者でね、まだ若いけれど優秀なヘッドハンターだ。普段は競い合ってるが、お互い、様々な企業の発展に貢献する仕事をしているという意味では、認め合ってるし、心の中で励まし合ってる関係だとも言える。だからこそ、こうやって情報交換をしたりもできる」

何それ、気持ち悪い……小穂は自分の両肩を抱えたくなった。戸ケ里とは〈ゼロエトワール〉のときに競合し、二度ほど顔を合わせたことがあるだけだ。認め合っているとか励まし合っているなどと言えるほどの交流はない。

「鹿子さん、君の名刺も彼に渡してやってくれ」

「ごめんなさい。ママとの約束で、ここでは、お店の名刺しか渡せないんですよ」

小穂はそう言って、店の名刺に名前を書いたものをポーチから出した。

「そんなの渡したって、彼は家に帰る途中で捨ててしまうよ。客の私がいいと言ってるんだから、ファームの名刺を渡しておきなさい」

「あ……はい」

そこまで言われれば仕方ないと、小穂はファームの名刺を山室に渡した。しかし、その山室は、大して小穂に興味がないような様子であり、名刺も一瞥《いちべつ》しただけで内ポケットに仕舞ってしまった。

「彼は私が〔モリヨシ〕に連れてきたんだが、赤字続きで苦しかった会社を見事に立て直してね、〔モリヨシ〕の会長からも、優秀な人間を連れてきてくれたって喜ばれたんだよ」

「へえ、そんなに見事な結果を出してもらえると、ヘッドハンター冥利《みょうり》に尽きますね」

小穂はそんなふうに話を合わせながらも、心の中には違和感しかなかった。山室は戸ケ里の友人であり、キャンディデイトでもあるということだ。そんな相手をよそのヘッドハンターに引き合わせ、名刺交換まで勧めている。いったい、何がしたいのか分からない。

「私のことは別にいいよ。せっかくだから、彼の経営哲学なんか訊いてみるといい」戸ケ里がそう促す。

「あ……じゃあ」小穂は仕方なく、山室に話を振った。「山室さんは、会社を経営される中で、何を一番大事にしていらっしゃるんですか？」

山室は長い沈黙で場の雰囲気をひとしきり重くしてから、ようやく口を開いた。

「それは、経営する中で、何を一番大事にすべきか、見極める作業ですね」

「な、なるほど……」

禅問答《ぜんもんどう》のような答えに、小穂は苦しい相槌を打った。


「何それ、気持ち悪い」

戸ケ里たちが帰ったあと、ようやく店に戻ってきた花緒里は、小穂から話を聞くと、実際に自分の両肩を抱えて震えてみせた。

「別に、岩清水さんとだけ仲よくしてるわけでもないし、だいたい、私が誰かと仲よくなることに、どうしてあの人がいちいち迷惑しなきゃいけないわけ？」

「そんなこと知りませんよ」小穂は口を尖らせて言った。「とにかくもう、向こうも全然、楽しみに来たって感じじゃないし、今までで一番きつい席でしたよ」

ストレスが溜まった分を花緒里にぶつけてやった。

「それだけ、言いに来たってこと？」

「分かんないです」小穂は首を振った。「連れの人、戸ケ里さんの友達で、キャンディデイトでもあるんですよ。そんな人をわざわざ同業の私に紹介して、何考えてるのか、全然分かんないんです」

「友達って誰？」

「山室さんっていう、〔モリヨシ〕の社長さんです」

「山室さん……ああ、ハーバード時代の友達だ。昔は私に会わせようともしなかったくせに」

一匹狼のヘッドハンター同士であるだけに、たとえ夫婦であっても、自分の手札となる人間には会わせなかったらしい。

「せっかく紹介してくれたんなら、その人、取っちゃいな」花緒里が言う。

「えー」

もちろん、戸ケ里とは何の義理もないわけだから、そうしたところで問題はないのだが。

「取っちゃえ、取っちゃえ」

花緒里はそそのかすように言った。

いつもは仲のいい客のアフターに付き合っている花緒里だが、この日は約束がなかったらしく、送りの車の小穂の隣に乗りこんできた。助手席には美南が座っている。

店が閉まる頃には、いろんな客の相伴《しょうばん》にあずかって、それなりに酔っ払っていることが多いものだが、この日の小穂は戸ケ里に調子を狂わされたようで、酔いよりも疲労感のほうが強かった。早く眠りにつきたい気分だった。

隣では、花緒里がスマホをいじっている。スケジュールの整理か、客へのお礼メールか……漠然とそんなことを思っていると、その液晶画面に子どもの顔が映し出されているのが目に入り、小穂は一気に眠気が覚めた気分になった。

「それ、花緒里さんの？」

「そうだけど」花緒里が言う。
五、六歳くらいの女の子である。ご飯を食べているところの写真だ。
「いい子にしてるよって、お母さんが送ってくれるのよ」

「てか、お子さん、いたんですか？」

「何を今さら」

「今さらって、花緒里さんも私の名前、間違えてたじゃないですか」小穂は言ってやった。「美南ちゃんも教えてくれないし」

「それは、プライベートのことですから」

助手席の美南がぼそりと言った。

「うわ、うちの秘書、優秀……」

どうやら花緒里には、別れた戸ケ里との間に、今年六歳になる一人娘がいるらしかった。花緒里母娘《おやこ》は花緒里の母親と一緒に生活していて、花緒里が仕事で家を空けているときは、母親が娘の面倒を見てくれているのだ。

「そうなんだ……」

子どもがいるのに別れてしまったのか……小穂は何とも複雑な気持ちになった。

「何で別れたのかって思ってるの？」

花緒里に横目でちらりと見られ、そう言われた。

「そこまで立ち入るつもりはありませんけど」小穂は言う。「何でですか？」

「まあ、私の見る目がなかったんだろうね」花緒里は言った。「底が見えなくて、ちょっと謎めいてるくらいがいいとか、思ってたのかも……でも、身ごもったときに分かったのよ。子育てに専念するために仕事を辞めてもいいんじゃないかって彼に言われて、私もその気になればいつでも復帰できるって自信はあったから、四、五年は専念しようかと思って、ボスに辞めるって言ったの」

当時は二人とも［ルイスラザフォード］に勤めていたはずだから、そこの上司に辞職を申し出たということなのだろう。

「ボスは、何も辞めることはないって惜しんでくれたんだけど、私は決めちゃってたから、はいはいって受け流しながら残務整理してたのよ。そしたら、そのうち、変なこと言い始めるわけ。かつて、君へのライバル意識をむき出しにしてた戸ケ里が君と結婚することになって、俺は驚いたんだ。しかし思うに、あいつは、自分のライバルである君をこの業界から追い払いたいがために、君と結婚したんじゃないかって。

　さすがに、そんなこと考えて結婚する人間がいるとは思えないし、これから幸せな家庭を築こうとしてる人間に言うことじゃないなと思って呆れたの。それで、いい加減にしてくださいって言って、残務整理続けて、ふと、ファームのデータベースを開いたのよ。そしたら、私のキャンディデイトの何人かのフラグが戸ケ里に替わってるじゃない。あれ、おかしいなと思って。担当する案件はともかく、キャンディデイトなんて、誰かに引き継いでもらうものじゃないからね。しかも、上から何人かだけ。入力間違いなのかバグなのか分かんなくて、何回かデータ更新してみたのよ。そしたら更新するたび、ほかのキャンディデイトも上から順番に、どんどん戸ケ里のフラグへと置き替わっていくのよ」

「きゃあ、怖い！　怖い！」

　別室で黙々とデータベースに手を入れる戸ケ里と、その画面をぞっとしながら見ている花緒里の光景を想像し、小穂は美南と二人で悲鳴を上げた。

「結局さぁ、ヘッドハンティングの仕事してるからって、自分が誰の人間性でも見極められるなんてつもりになってちゃ駄目ってことよ」花緒里がしみじみと言う。

「鹿子ちゃんも、その限界を自分で認めたところから始まるからね」

「べ、勉強になります」

小穂は苦笑いを引きつらせて、そう返事をした。

5

「じゃあ、私はタクシー拾って帰るよ」

地下鉄銀座駅の入口で、戸ケ里が言った。

「そうか」

山室は、久しぶりに会おうと連絡を寄越し、なぜか銀座の高級クラブに連れてきた男を見返した。

「たまにはこういう夜もいいだろう。また会おう」戸ケ里は用意していたような微笑を顔に張りつけて言った。

「どういうつもりだ?」

山室は返事をする代わりに、そう尋ねる。

戸ケ里は小さく首をかしげた。

「ほかのヘッドハンターと引き合わせたりして」

「何言ってんだ」戸ケ里は言う。「別れた妻のいる店だから、何かと融通が利くと思って行ったら、彼女の後輩がバイトしてた。知ってる子だから、君に紹介した。

それだけのことだ」

「先日も、矢来とかいうヘッドハンターが俺にアプローチしてきた」

「矢来？」戸ケ里はわざとらしいほどに、一生懸命記憶をたどるような表情を作ってみせた。「さあ……知らんな」

「俺がそういうヘッドハンターの話に興味を持ったら、どうする？」山室はそう訊いてみる。

「それは君の自由だ」戸ケ里は言った。「私がとやかく言うことじゃない」

「俺はまだしばらく、今の会社を離れるつもりはない」

山室がそう言うと、戸ケ里は数秒の沈黙を挿《はさ》んでから、口を開いた。

「それも君の自由だと言いたいところだが、そうはならないこともある」

秋の冷ややかな夜風が、山室の首筋を抜けていった。

6

山室久志。

井納から上がってきた六人のキャンディデイトの中からその名前を見つけた小穂は、思わず、「へえ」と声を上げていた。

井納には、〝リストラ屋〟とか〝コストカッター〟と呼ばれている人間を探してほしいと頼んであった。

どうやら山室には、そうした呼び名が付いているらしい。

井納がまとめたプロフィールによれば、山室は横浜国立大学を卒業したあと、大手就職情報会社〔職通《しょくつう》〕に数年勤め、独立。元同僚たちと登録型転職マッチング会社〔ビズセレクション〕を起こし、副社長を務めた。その後、同社を退社して、HBSに留学しMBAを取得。紳士靴販売チェーン〔メンズシューズKUNO〕常務を経て、オーディオ機器メーカー〔ブルースター〕やカラオケ店チェーン〔みんなの十八番〕の社長などを歴任。現在、文具メーカー〔モリヨシ〕社長……とある。

文具業界紙の記事も添付《てんぷ》されている。「〝リストラ請負人〟に赤字脱却を託すモリヨシ」という見出しだ。常務や社長として経営に携わった過去の会社では、いずれもリストラ計画の陣頭指揮をとり、それが劇的な効果を生んで、業績を改善させたのだという。

最初の〔メンズシューズKUNO〕では、世界的な不況も重なり、従業員の削減も全体の二割に達するなど、五年がかりの難業となったが、〔ブルースター〕や〔みんなの十八番〕では、それぞれ二年足らずで成果を出し、次の会社へと引き抜かれていくなどしたため、一部の関係者からは〝リストラ請負人〟と呼ばれるようになったということだ。

山室がかつて勤めていた〔職通〕は、転職業界の雄《ゆう》である。多彩な人材を輩出していて、サーチファームと競合するような、エグゼクティブ相手の転職ビジネスを手がけている子会社も擁している。

つまり山室は、日本の諸々の産業を一つの会社として捉《とら》えると、人事畑でキャリアを積んできた人間だと言っていい。

そんな人間だからこそ、人的コストが業績に与える影響も十分すぎるほど理解でき、また、どの部門のどの人員を削れば、業務へのマイナスの影響を最小限に抑えた上で経営のスリム化に寄与するかということも、考えることができたのではないだろうか。

山室に関する資料のほか、彼が経営に携わった会社の業績の推移などもチェックした小穂は、〔スポマート〕のキャンディデイトには彼のような経営者がいいのではないだろうかと思うようになっていた。

「今度はハーバードのＭＢＡですか」

八人のキャンディデイトを記したリストから顔を上げた野中は、皮肉めいた薄笑いを口もとに覗かせて言った。

彼が目を留めたのはやはり、リストの筆頭に挙げている山室のようだった。

「前よりスペックが上がってるじゃないですか……いや、ビジネススクールはスタンフォードのほうが上でしたっけ」

「そのへんはもう、どちらが上とかというようなレベルの違いはないと思いますが……」

小穂の返事に野中は小さくうなずく。

「私も忙しさにかまけて果たせなかったんですが、こういう名門スクールに留学してMBAを取ろうかと思ったこともあったんですよ。だから、こういうキャリアを見ると、ついつい興味を持ってしまう。前回のこともあるし、鹿子さんも、こういう人材はあえて外してくるかと思ってました。というより、普通はそうするべきです。それなのに、リストの筆頭にまた載せてきた。でも、打診したところで、またあっさり断られるんじゃないですか？」

「前回のキャンディデイトとの違いは、この方が、リストラを主軸とした経営手法で、いくつかの会社を立て直した実績があるということです。断られるかどうかは何とも言えませんが、オファーする段になったら、引き受けていただけるよう努力はいたします」

「ふむ……」

「とりあえず、一度、打診の前段階として感触を探ったり、あるいはリファレンスを取ったりして、検討材料を増やしてみましょうか」

小穂の提案を、野中は「そうですね」と了承した。


山室には、〔クラブ紗也加〕に飲みに来た翌日、ホステスとしてのお礼メールを送っている。さらには、キャンディデイトとして〔スポマート〕のリストに載せることを決めたときに、サーチの仕事においても何らかの形で関われたら嬉しいというような、取っかかりの挨拶状のようなものを、手書きでしたためて送っている。アプローチのための下準備は済んでいる。

店で会ったときは、戸ケ里に引っ張られて来ただけで、進んで飲みに来たわけではないというような様子だったが、そこは野中のように、仕事の話になれば、それなりの反応をしてくれるだろうと期待するしかない。

小穂はオフィスに戻ると、早速山室に電話してみた。

〈もしもし〉

秘書と思われる女性に取り次いでもらい、山室が出た。

「もしもし、山室さんですか。鹿子です。この間はありがとうございました」

〈いえ〉山室は少し迷惑そうな声で応じた。〈わざわざ電話していただかなくても〉

「ごめんなさい、お忙しいときに」小穂は感情をこめて謝り、話を続ける。「今日はお店のことじゃなくて、本業のほうでちょっとお電話させていただいたんですが、少しだけ、お時間ありませんか？」

〈何ですか？〉

興味があるというよりは、早く話を片づけたいというような反応だった。

「実は私、ある会社の社長を探す案件を抱えておりまして、ちなみになんですが、山室さんは今現在でも昔の話でもけっこうなんですが、何かスポーツはおやりになってますか？」

〈……柔道なら、中高生の部活でやってましたが〉

「柔道ですか！　なるほど、山室さん、柔道着似合いそうですもんね」小穂は言う。「それはよかったです！」

〈柔道が何か？〉

「いえ、柔道というか、具体的な社名はまだ明かせないんですが、その会社が各種スポーツに関係するビジネスを手がけているもので」そう答えてから、また訊いてみる。「もう一つ、うかがってもいいですか？　山室さん、経営のプロとして、これまで何社かの企業を渡り歩いておられるようですけど、今現在は、次の働き場所に目を向けるような心境にあるのかないのかということですけど」

〈まだ今の会社に移ってきて二年足らずですし、やり残していることがあります。次に目を向ける状況ではありません〉

「以前は二年程度で業績をV字回復させて移られた会社もありますよね。今の会社も山室さんの手腕によって、収支は大幅に改善して黒字化の目処《めど》もついた状態のようですが……?」

〈それは数字の上でのことであって、やるべきことはまだ残っています。リストラというのは、そんなに簡単に目処がつくものではありません〉

「もちろん、リストラ自体、大仕事だと思いますし、その効果が継続していくものかどうかを見届けなければならないという思いがあるのは分かります」小穂は山室の言葉をそう受け止めてから続けた。「でも、どうでしょう。ほかにも経営の危機に瀕《ひん》している会社があって、山室さんの力を必要としているとすると、ちょっと興味が湧いたりしませんかね?」

〈……今の会社のことで頭がいっぱいですので、そう言われても、興味など湧くものではありませんね〉

ほんのわずか、考えるような間があった気もしたが、答えはにべもないものだった。

「分かりました」今日のところは深追いせず、いったん引き退がったほうがいいなと思った。「最後にもう一つだけ、ちなみになんですが、山室さん、これまでの転職は、どれも戸ケ里さんが動かれてのものですか？」

〈いえ、今の会社だけです〉

「そうすると、こういう話は、戸ケ里さん絡みでなければ聞かないというわけではないんですね？」

〈それはまったく、関係ありません〉山室は言下に言い切った。

小穂は礼を言い、また連絡させてもらうかもしれないと告げて、電話を切った。

感触からすると、難しいと言わざるをえない。

しかし、ヘッドハンティングの仕事を始めてから五カ月近くが経ち、ほかの案件も含めてそれなりに引き抜き交渉を経験してきた感覚で言うなら、初めのうちのキャンディデイトの反応というのは、だいたい、こんなものである。

山室はリストラの手腕で評価され、また、自身でもそこに売りがあることを理解しているプロ経営者だと言っていい。でなければ、経営危機の会社ばかりを渡り歩いたりはしない。

「スポマート」はそんな彼の手腕が存分に発揮できる舞台である。クライアント側の受けも上々だ。そう考えると、このマッチングはベストだと考えていいだろう。

交渉の鍵となるのは何か？

いろいろ考えてみて、小穂は、時期的なものではないだろうかと思った。

彼はまだ、〔モリヨシ〕においてやり残していることがあると言っている。

これにいつ区切りがつけられるのかは、訊いてみないと分からないが、その時期と、〔スポマート〕の社長交代がいつまで待てるかというリミットの兼ね合い次第で、話がまとまる芽が出てくるかもしれない。

その時期的な問題はおいおい両者から確認を取ることとして、とりあえずは山室のリファレンスを進めることにしようと、小穂は決めた。

そこからまた、交渉の突破口《とつぱこう》が見つかることも期待できる。

「花緒里さん、戸ケ里さんのＨＢＳの留学仲間って、山室さん以外に知りません？」

山室の人脈を手繰《たぐ》るため、小穂はオフィスでつかまえた花緒里に訊いてみた。

「知るわけないじゃない」花緒里は戸ケ里の名前を出すと、露骨に嫌な顔をする。

「結婚式だって誰も呼ばなかったし、私、あの人には友達なんていないのかと思ってたんだから」

「そ、そうですか……」

こちらのルートは難しそうだ。

「ちなみに、〔ビズセレクション〕って、花緒里さん、知ってます?」

「うーん、聞いたことがあるような、ないような」

「もともとは〔職通〕にいた人たちが独立して起こした転職情報会社で、山室さんが副社長をやってたらしいんですよ。今は〔職通〕の傘下に入ってるみたいなんですけど」

「〔職通〕ならいくらでも知り合いがいるから、誰かに訊けば分かると思うけど」

山室のリファレンスを取りたいので、二、三、当たってみてもらえないかと頼んでみると、花緒里は「いいよー」と快諾《かいだく》してくれた。

ほかにも小穂の高校・大学時代の同級生や三田会で知り合った同窓生を中心に、現状の人脈をフルに使って、紳士靴業界、オーディオ業界、カラオケ業界、文具業界に勤める知り合いがいたら紹介してほしいと、メールなどで触れ回った。

それから何日か経つうちに、各所から反応が集まってきた。

紳士靴業界では、同級生の夫が英国ブランドの高級紳士靴の輸入代理店に勤めているらしく、業界の動向にもそれなりに詳しいということで、電話で話を聞かせてもらった。

〈〔KUNO〕さんね、うちとは付き合いないですけど、就活のときの靴なんかはあそこで買ったりしてたんで、もちろん知ってますよ。昔はファッションブランドの〔スタイナー〕とライセンス契約を結んで、その靴を作って売ってたんで、割と儲《もう》かってたんです。でも、〔スタイナー〕本体が傾いて、中国資本に買われて、ライセンス契約も打ち切りになったんで、一気に苦しくなっちゃったんですよ。それから四、五年でどんどん店がつぶれてって、こりゃ、会社自体も危ないんじゃないかって思ってたんですけど、何とか息を吹き返しましたね。〔スタイナー〕の代わりにライセンスを取った〔フィッツロイ〕がそこそこ根づいたのと、若者向けの〔タカヤス・ウラハラ〕が当たったのが幸いでしたかね。もちろん、不採算店を徹底的に切って、身が軽くなったっていうのも大きいと思いますよ。やっぱり、外回りの営業マンなんかは、高級靴を靴擦《くつず》れ我慢して履き慣らすなんてこと、してられませんから。一年で履きつぶれてもいいから、それなりのデザインで、軽くて、一万円でお釣りが来る靴を買いますよ。今は中国にも出店して、また店を増やしてるみたいですよ〉

　話を聞くと、徹底したリストラ策が功を奏した上に、新しい経営の柱も立ったのが、業績回復の要因となったらしい。ただ、このときの山室は常務であり、次の会社にはリストラの腕を買われて引き抜かれているので、功績もリストラに関するものが大きいのだろう。

〔ブルースター〕時代については、小穂が〔フォーン〕を辞めるときにも相談したファッション誌の女性編集者から音楽評論家を経由し、オーディオショップのオーナーを通して、〔ブルースター〕の営業課長に直接話を聞くことができた。

〈いやあ、あの二年間はうちの暗黒時代ですから、あんまり思い出したくないですね〉営業課長は苦笑気味にそう話し始めた。〈それまで百二十人いた社員が一気に百人を割りましたからね。あの社長、オーディオはまったくの門外漢《もんがいかん》だったんですよ。うちに来てしばらくは、アンプの仕組みとかスピーカーの音の違いとか、技術屋に一から説明受けてたんですから。それがばっさばっさと人を切り始めたんで、社内は阿鼻《あび》叫喚《きようかん》ですよ。まあ、オーディオがマニアだけのものなんて時代になって、経営的に厳しいって声は聞いてましたけど、みんな自分の仕事に誇りと愛情を持ってましたから、早期退職を募っても五人しか応募がなかったんですよね。それで社長自ら出てきて、各部、各課の責任者と膝突き合わせて、朝から晩まで余剰人員の検討会議ですよ。この業務にこれだけの人員は必要なのか、そもそもこの業務は必要なのかなんてことを、重箱の隅をつつくように追及されるわけです。私もそのときは課長補佐として出席してましたけど、いやあ、あれはきつかったですね。

当時の営業課長は親分肌の人でしたからね、部下でリストラ対象になる人間を出せなんて言われたところで、ふざけんなって態度ですよ。そんなの一人もいるわけがないってね。

　そしたら、部下の考課《こうか》を冷静に下せないのは、管理職としての能力不足に当たるっていうことで、その営業課長が肩たたきの標的になっちゃったんですよ。それもまた社長が直々に膝を突き合わせて、君の能力を冷静に分析すると、この部署のこの業務を任せるしかないなんてことを言い渡すんです。今までの仕事というか、自分の存在価値を否定されるわけですよ。人間、そんな立場に置かれたら、しゅんとするか、かっとなるかどちらかですよね。もうどちらもいないから言っちゃいますけど、その営業課長は降参して配置転換を呑んだかと思ったら、傘持って社長室に引き返していきましてね。よく警察沙汰《ざた》にならなかったと思いますよ。社長は肋骨《ろっこつ》折れたらしいですよ。でも、二日後には何もなかったように会社に出てきて、また淡々と検討会議開いてね、この人、恐ろしいなと思いました。営業課長のほうは、もう辞めるしかないですよね。そこからはもう、ほかの部署もみんなびびっちゃって、社長のワンサイドゲームです。

　ただ、山室社長を呼んだ会長が死んで、奥さんが新しい会長に就いたのを機に、潮目が変わりましてね。あまりに容赦のない荒療治《あらりょうじ》を見聞きして、このままじゃ駄目だと思ったみたいですよ。今度は社長が、あっさり追い出されちゃいました。

　まあ、今は、曲がりなりにも利益を出せてますから、あのリストラも確かに効果

があったんでしょう。でも、あの二年間は、生きた心地はしなかったですね〉

一口にリストラと言っても、現場は相当な修羅場《しゅらば》なのだな……小穂はそんな感想を率直に持った。山室はそこをくぐり抜け、周囲からは血も涙もないくらいの人間として恐れられていたようだ。

結果は出したものの、終《しま》いには、オーナー側も山室を持て余して、切るしかなくなった。そのいきさつを含めて、人間性には少なからず、引っかかりを覚える。

〔スポマート〕のために、文句なく推せる人材かどうか……見極めが必要かもしれない。

あるいは、それくらい徹底的な経営者のほうが、野中などは歓迎するのかもしれないが……。

その後、何日かして、次の聞き取り相手が見つかった。

小穂の大学時代の同級生が、銀座の大きな文具店で働いている。その彼女が文具業界の三田会で知り合った中に、〔モリヨシ〕の社員がいるということだった。

〈まだ二十五、六なんだけどね、会長の孫なのよ〉

営業部の次長を務めているという。そんな男なら、まだ若くても、山室の話を聞けるだろうと思い、小穂は橋渡しを頼んだ。山室が籍を置いている会社の人間なので、あからさまにヘッドハンティングのリファレンスだとは知らせず、人材コンサルタントとして、リストラ経営のケーススタディをしていると伝えてもらった。

直接会って話が聞けるということだったので、小穂は約束の日の夕方、押上の〔モリヨシ〕本社に足を運んだ。

出迎えてくれた森川航は、まだ学生と見間違われてもおかしくない風貌ながら、さすが会長の孫というべきか、立ち居振る舞いは堂々としていた。通路の中央をずいずいと歩いていき、小穂を会議室に通してくれた。

「こちらの山室社長が、〝リストラ請負人〟として有名でいらっしゃるということをお聞きしまして、その手腕は客観的に見るとどうなのかというあたりを、お話しいただけると嬉しいんですが」

「何でも訊いてください」と鷹揚《おうよう》に構えていた森川は、小穂が切り出した話題を聞いて、冷ややかな薄笑いを浮かべた。

「〝リストラ請負人〟とはよく言ったもんですよ。人を切ること、不採算部門をつぶすことにかけては、あの人の右に出る者はいないんじゃないかな。たぶん、そういう仕事が楽しいんでしょうね。そうじゃないと、ああはできないですもん」

「そんなに徹底してやられるんですね」

リストラを楽しんでやるのかと、小穂は鼻白む思いだった。

「やり方も巧妙ですよ。あの人はまず、有能な人間に目をつけるんです。役職付きで周りも有能だと認めているけれど、当座の仕事と嚙み合ってなくて、いまいち結果が出ていないみたいな人ね。やっぱり、赤字が嵩《かさ》んでる事業部門は、そんなふうに空回りしてる人材がいるものなんです。そういう人間に厳しい査定を突きつけて心を折る。そういう評価を甘んじて受け入れ、理不尽な配置転換を吞むよりは、外に出て心機一転勝負し直したほうがましだと思わせる。目をつけられたら、逃げようがないわけですよ。

有能な人間を一人追い落としたら、あとはがたがたと崩れていきます。あの人で駄目なら、俺なんか駄目に決まってるって思わされちゃうんですよ。そのへんの手順は慣れたもんですね。たぶん、それまでの会社で身につけてきたんじゃないかな」

「業績はそれで改善したんですか？」

「リストラっていうのは、退職金に上乗せしたり、不採算事業を畳んだりするのに、それなりのお金がかかるんですよ。だから、今期の全体はまだ赤字なんですが、本業はもう黒転《くろてん》してます。そりゃあ、あれだけやればねって話ですよ。何せ百人以上、切りましたからね」

「えーっ⁉」

「切る」という言葉も悪いが、百人余りの怨念《おんねん》がこのオフィスにこもっているような気がして、小穂は背筋に寒気を覚えた。

「特に中間管理職ですよ。うちは営業一部二部で次長、課長が十八人いたんですけど、次長が僕一人、課長は四人になりましたからね」

〔スポマート〕で久しぶりに会った長岡の顔を思い出し、何とも言えない気分になる。あそこも副店長が何人もだぶついていると言っていた。もし山室が〔スポマート〕のリストラに着手したなら、彼などは危ないのではないかと思う。

「恐ろしいのは、リストラはまだ終わってないなんて、本人が言ってるらしいことですよ」

「まだ不十分だと……？」

「本心はどうか分かりません。社内に緊張感を持たせる意味で言ってるだけかもしれませんが、案外、本気かもしれませんよ。楽しんでやってるとしたら、本気でしょうね」

「でも、そしたら、どこで区切りをつけるんでしょう……？」

「いやあ、さすがにこれ以上は無理ですよ。あの社長は、会長がヘッドハンターを使って呼んだんですけど、その会長も、これ以上は好きにさせられないって感じになってますからね」

自分にはその会長がバックに付いているとばかりに、森川の口調には、先が見通せているような余裕があった。

山室はまだやり残している仕事があると言っているが、時間はそれほどないのかもしれないな……小穂は〔モリヨシ〕を出て、帰り道を歩きながら思う。非情なまでに徹底したリストラ策の遂行ぶりに、彼を招聘《しょうへい》したオーナーサイドも嫌気が差し、最後は、切り捨てた余剰人員同様に追い出されることになる……〔ブルースター〕のケースでも聞いた皮肉な流れが、今回も見えつつある。

そうであるなら、少し待てば、山室を引き抜けるタイミングは訪れる気もする。その手腕は、十分、〔七村通商〕のお眼鏡に適《かな》うものだろう。野中らは、自分たちに代わって手を汚してくれる人間を探しているわけだから、これほど最適の人材はいない。

しかし、小穂には躊躇する思いがあった。

というより、山室を推すのはやめたほうがいいかもしれないという気持ちに傾きつつあった。

いくら経営危機だからといって、めったやたらに人を切ればいいというものではない。会社が人で成り立つものである以上、そこへ手を突っこむのには、それなりの慎重さが伴っているべきだ。

［スポマート］には、会社のために、そして多くのスポーツ愛好者のために、日々、こつこつと商品を搬入し、陳列《ちんれつ》し、勉強して得た知識を客に提供し、買い物をサポートしようとがんばっている社員たちがたくさんいる。小穂は長岡しか知らないが、彼を知っているからこそ分かる。彼のような社員は、ほかにたくさんいるはずなのだ。

そこに冷淡な切り捨てを売りにしているリストラ屋を投入することには、二の足を踏みたくなる。会社再建の劇薬、必要悪として彼の手腕がもてはやされるのだとしても、自分がその一人に加わりたいとは思わなかった。

押上駅近くまで戻ってきて、ふと通り沿いのファミレスを外から覗きこみ、おやと思った。

山室の姿を見つけた。

仕事相手だろうか、四十絡みの男と何やら打ち合わせをしている様子だった。

本来ならキャンディデイトとの距離を詰める機会でもあり、せっかく見かけたのだからということで、打ち合わせが終わるのを待ってでも、一言声をかけておきたいところなのだが、今はそういう気にもなれなかった。

見なかったことにして、小穂は帰り道を急いだ。

「鹿子ちゃん、この前の件だけど」

〔モリヨシ〕の森川を訪ねてから、三日ほどが経っていた。

小穂は、山室の代わりに推すべき人物の選定に入っていたので、花緒里がそう切り出してくるまで、彼女に頼みごとをしていたのを、すっかり忘れていた。

「一人つながったよ。〔ビズセレクション〕の立ち上げの一人で、執行役員やってるって」

「あ……ありがとうございます」

浜辺《はまべ》佳洋《よしひろ》という男らしい。

山室に関心がなくなったとも言えない。せっかくつなげてもらったからには、会っておかねばなるまいと、小穂はほとんど義務的に、浜辺にコンタクトを取った。〔ビズセレクション〕は新橋《しんばし》にあるというので、第一ホテル東京のロビーラウンジで会うことになった。

約束の時間に訪れたラウンジを見渡してみて、小穂はあっと思った。

浜辺が誰か、すぐに分かったのだ。

先日、押上駅前のファミレスで山室と一緒にいた男がラウンジの一角に座っていた。

「わざわざお時間をいただいてすみません。ありがとうございます」

挨拶をしてそう言うと、浜辺は何でもないというように笑ってみせた。

「山室さんのことで何か動いてらっしゃると、うかがいました」浜辺は言う。「お役に立てれば何よりです」

「ええ、その……山室さんの人柄であったりとか、あるいは仕事ぶりであったりとか、そういう諸々のことをお聞きできればと……」

今となってはそんな依頼にも気持ちが入らず、小穂自身もそのことに少々参りながら口にしたのだが、浜辺は意に介さないように、小気味よくうなずいた。

「人柄は一言で言えば、責任感が強くて面倒見のいい人です」

「え……？」思わず、声が出てしまった。

「別に、本人の耳に届くことを気にして褒めてるわけじゃありませんよ」浜辺は笑う。

「ええ……ここでの話は、山室さんには一切伝わりません」小穂は念のため、そう言ってみた。「ですから、忌憚《きたん》のないところをお聞かせください」

「承知してます。本人のいないところでお世辞を言ってもしょうがないですよ」浜辺は言う。「あの人が、〝リストラ請負人〟と呼ばれているのはご存じですか？」

「はい」小穂はうなずく。

「でも、考えてみてください。好きでそんなことばかりをやりたがる人がいますか?」浜辺はそう問いかけてきて、小穂が答えないのを見て続けた。「誰かがやらなくちゃいけないからやる……そういう責任感でやってるだけです。でも、やるならとことんという人ですから、それだけが売りのように見られてしまう。そこは損してるなと、僕は思います」

「面倒見がいいというのは……?」

「言葉通りです。山室さんは〔ビズセレクション〕起業時の大先輩ですし、その後も公私ともに付き合いがありますから、保証できますよ。つい先日も、〔モリヨシ〕を辞めた方の再就職先のマッチングの件で、彼と打ち合わせをしてきたばかりです」

「え……辞めた方というのは?」

「言い方は失礼ですが、リストラされた方ですね。山室さんはそういう方々に、うちを紹介して、再就職先を何とか見つけられるよう、フォローしています。もちろん、うちを使ったところで山室さんには一銭も入りませんよ。ただ、辞めた人の再就職が全部決まらないことには、リストラが終わったことにはならないんだって、彼は言ってますね。それも、条件が悪いところじゃ話にならない。有能だけれど辞めざるをえなかった人間も多いから、〔モリヨシ〕よりいい条件で雇う会社もあるはずだって、そういうところでも妥協はしないんで大変ですけどね」

浜辺がそう言って笑う一方で、小穂は嘆息していた。何と言っていいか……言葉が出ない。

「それでも、昔取った杵柄《きねづか》で、あの人のマッチングの目は確かですから、この人間はこういう特性がある、こういう仕事が向いている、なんてことを教えてくれる。そういう情報をもとに求人先を引っ張ってくると、いい感じで決まっていきます。まあ、〔モリヨシ〕を出た人全部がうちに来てるわけじゃないですけど、山室さんマターは七十人くらいいて、ほとんど決まりました。あと残ってるのは二人だけですね。この二人がどちらも山室さんの評価が高かったんで、条件を上げていた分、難問だったんです。けど、ようやくここに来て、いい会社が出てきましたから、いよいよゴールも近いんじゃないかと思います。今はそれぞれ選考の結果待ちです」

〔ビズセレクション〕を通しての再就職先フォローは、〔メンズシューズＫＵＮＯ〕の頃からやっていたという。

「でも、たいていのところは、ある程度会社の中がすっきりすると、それでリストラは終わり、山室は御役御免ってなっちゃうんですよ。そこが雇われ社長の哀しさというか……ただ、あの人も、外から来てそれだけの大なたを振るった以上、自分だけが会社に居残るなんてつもりはないんじゃないですかね。とりあえず、リストラされた人たちの再就職を見届ければという感じで。その手腕が認められて、またほかから声がかかるわけですし、貧乏くじを引かされてるのか、それがあの人の選んだ道ということなのか、何とも言えませんけどね」

それが山室の選んだ道であったとしても、好きでやっているのではない。自分にしかできない仕事だという使命感でやっているのだろう。

会社というのは、あらゆるステークホルダーの思惑が入り混じる組織だ。社長といえども、雇われでしかも外部招聘された者であれば、その思惑に翻弄《ほんろう》されずにはいられない。

しかし、山室はそんな中でも、可能な範囲において使命をまっとうし、あらゆる方面において責任を取ろうとする経営者なのだ。

〔スポマート〕はリストラを必要としている。ただ、それを主導する〔七村通商〕には、野中を含め、責任を取ろうとする者はいない。ベルトコンベアだけが敷かれ、その上で長岡ら現場の社員たちが仕分けられようとしている。

山室が必要だ。

彼以外には考えられない。

浜辺の話を聞いて、小穂は考えががらりと変わった。

7

「私なりに悩みましたが、新時代に乗り遅れまいとする会長のお考えには、大変共鳴しました。文具業界にはまだまだ大きな可能性があると思っていますし、変革の先導者を務めたい気持ちがございます。今回のお話、謹《つつし》んでお受けしたいと思います」

大手印刷会社の事業部長を務めていた男だった。今は小さな関連会社の副社長に収まっているが、めぐり合わせさえよければ、本社の役員になれた逸材だと戸ケ里は言っていた。

「ありがとう」

森川善次が手を差し出すと、この瞬間、〔モリヨシ〕の次期社長に内定した山田和敏《かずとし》が力強くその手を握り返してきた。山室よりは一回り歳がいっているが、その手は森川には若く感じる。

「山室くんはよくやってくれたが、敵も多かった。君には長くやってほしい。十五年くらいはやってもらわないと困るよ。はっはっは」

「身体だけは丈夫ですので、お任せください。身命《しんめい》が尽きるまで、貢献したいと思います」

「航のことも頼んだぞ」

「役目は心得ています」山田は言った。

戸ケ里の働きもあり、森川が腰を上げてから三カ月も経たないうちに、山室の後継が固まった。

これで、自分の仕事は全部終わった……森川はそんな感慨にふけった。まだ、山室に引導を渡す仕事が残っている……すぐにそう思い直したものの、それで何か気持ちが変わるわけではなかった。

8

「ありがとう。ありがとう」

普段は閉め切られている会長室の応接ソファに腰を下ろした森川会長が、出迎えた役員連中に向かって小さく手を上げた。

「十分だ。あとは山室くんだけでいい。君らは仕事に戻りなさい。暇を持て余してるわけじゃないだろう。はっはっは」

山室以外の役員たちが笑顔を引きつらせながら、口々に挨拶を言い、部屋から引き上げていく。

　山室は、静けさを取り戻したこの部屋と同化するように、凪《な》いだ心持ちで森川の向かいに座っていた。

「山室くん」やがて森川が口を開いた。「この二年、君は実によくやってくれた」

「身に余るお言葉です」山室は小さく頭を下げた。

「君が思い切ってメスを入れてくれなかったら、今頃、この会社はご臨終《りんじゅう》だったかもしれない。九死に一生を得たとはこのことだ」

　山室は何も応えず、話の続きを待つ。

「しかし、息を吹き返したからには、また新たな挑戦の旅に出なきゃいけない。まだ病み上がりの身体で、もしかしたら抜糸も済んでいないくらいかもしれないが、会社というのは外に出て戦わなきゃいけない。ここらが区切り時だ。私はそう思う」

「まさに私もそう思います」

　山室が同意すると、森川は目をしばたたかせて見返してきた。

「二年間、持てる力を注ぎこんで、私なりに精いっぱいやらせていただきました。すべてが思い通りにいったわけではありませんが、結果については、おおむね満足しています。瑞々《みずみず》しい気力を持った次の人にバトンタッチできる状況には整えられたのではないかと自負しています。思い残すことはありません。会長にはこうしたチャンスをくださったこと、思う存分やればいいと、我慢強く見守ってくださったことに、心から感謝申し上げます」

山室はそう言って、深々と頭を下げた。

今週に入って、立て続けに吉報が舞いこんできた。

最後まで再就職先が決まっていなかった元課長と元次長の二人に、採用の通知が届いたのだ。

粘った甲斐があって、二人とも中堅どころの専門商社と工具メーカーに、〔モリヨシ〕以上の待遇が約束されての雇用となった。連絡をくれた〔ビズセレクション〕の浜辺によれば、二人とも新しいビジネスライフに前向きだという。

ようやく、一区切りついた……山室はそう思った。

だからこそ、森川にもすっきりと、職を退く意思を伝えることができた。

もちろんそれには、戸ケ里から、森川の意向をそれとなく匂わされていたことも大きく作用した。それがあったから、森川から会社に出向くという連絡が入ったときには、ぴんときたのだった。

戸ケ里なりの友情の証なのだろうと、山室は取っている。

さて、この先はどうするか……山室は社長室に戻って考える。

浜辺が連絡ついでに口にしていた。

ヘッドハンターが一人、リファレンスを取りに来たと。

9

「名前を出しておきたいと思います。山室久志さんとおっしゃいます。在籍企業は文具メーカーの〔モリヨシ〕です。リファレンスを取り始めて、ある時点までは、私はこの方について、消極的なスタンスに立とうと考えていました。ですが、今では、この方しかいないと考えるようになっています」

この日、小穂は〔七村通商〕に出向き、野中に加え、彼の上司でもある繊維事業本部長や部長らを交えたミーティングで、リファレンスの結果などを話しながら、キャンディデイトを山室一本に絞ることを提案した。

「仕事ぶりはハードで、おそらく短期間のうちに、そちらの期待に沿うような結果を出してくるんじゃないかと思います。ただ、できれば、数字的なものだけで計画の達成度を判断するのではなく、舵取《かじと》りを任せた以上、本人が納得できる形に収まるまで、時間的なマージンを与えていただきたいと思います」

「もちろん、我々は、直接経営するような余裕がないから人を探しているんであって、その人の邪魔をするつもりも、手柄を取るつもりもありませんよ。期待通りの方なら、経営が落ち着いてからも、続けてもらって一向に構いません」

　野中はそう言い、事業本部長に意見を求めるような視線を送った。

「いいんじゃないの」本部長が短く、了承の言葉を口にした。「問題は受けてくれるかどうかだな」

「そうですね」小穂は言う。「了承をいただいたからには、全力で当たらせていただきます」

「時間的にも、いつまでも待てるものではありませんから、なる早《はや》でお願いしますよ」

「分かりました。がんばります」

　三人に発破《はっぱ》をかけられ、焦る気持ちはあったが、自分が見込んだキャンディデイトに当たれる喜びのほうが強かった。

〔七村通商〕の高層オフィスを出る。国道246号沿いを歩く脚《あし》に、すっかり深まった秋の夕風がひんやりと撫でつけてくる。

　問題は受けてくれるかどうか。

　タイミングさえ合えばとは思うが……そこは祈るしかない。

早速、アポを取っておこうか。

そう思い立ったものの、山室の携帯番号を知らないことを思い出して、唇を噛む。

また会社に電話するしかないが、それなら、オフィスに戻って落ち着いてからのほうがいいか……。

そんなことを考えていると、手にしていた携帯が鳴った。

知らない番号。

誰だ？

「もしもし？」

〈もしもし〉男の声が聞こえた。〈山室ですが〉

「あ……」

不思議だ。

「ちょうど今、山室さんに電話しようと思ってたんです」

この仕事……人と人、人と企業を取り持つ中で、それぞれの能力や条件といった判断材料と同じくらい、縁とも言うべき見えない何かがものを言うことがあるのだ。

こういうタイミングもその一つ。

面白いなと思う。

「先日の件で……」〈先日の……〉

言葉が重なり、小穂はくすりとしながら「はい」と言い換えて、山室の先を促した。

〈その仕事、私にしかできないことですか?〉山室が訊く。

風が吹いているのだと、小穂は気づいた。

「はい……そう思うからこそ、山室さんにお願いするんです」

自分が足を踏み入れたこのフィールドには、確かな風が吹いている。風下《かざしも》に立つことによって、相手の息遣いが感じ取れるようになる。

風向きが変わるとき、このフィールドに身を置く者たちは動き出す。

その動きを追う一歩一歩に、戸惑いがあり、発見があり、確信がある。

ヘッドハンティング。

まだまだフィールドに出たばかりだけれど……。

やっぱり、この仕事、面白い。

〈参考文献〉
『ヘッドハンターはあなたのどこを見ているのか』武元康明　KADOKAWA
『スノーピーク「好きなことだけ！」を仕事にする経営』山井太　日経トップリーダー編　日経BP社
『進化系ビジネスホテルが予約がとれないほど人気なワケ』永宮和美　洋泉社
『なぜこのチェーンストアは流行っているのか』根岸康雄　ディスカヴァー・トゥエンティワン
『職業としてのプロ経営者』小杉俊哉　クロスメディア・パブリッシング

なお、取材に快くご協力くださいました岩田松雄氏、髙城幸司氏、望月咲緒莉氏、森本千賀子氏、M氏に心からお礼を申し上げます。

解説――ヘッドハンターの教科書になる物語

森本千賀子

「ヘッドハンティング業界を題材にした小説の企画のために、業界のことを教えていただきたい」と、編集担当の方を通じて連絡をもらったのは、二〇一五年六月。ちょうど、世の中も人材業界に新規参入する企業が増え、盛り上がり始めた頃でした。

雫井脩介さんは、「ミステリー作家」という印象があったので、お話をもらった際は、「ヘッドハンター同士の陰謀やバトルとか、もしくはドロドロとした殺人事件とか、そんなことなのかしら？」などと考えていました。いずれにせよ、雫井さんに人材業界を題材に小説を執筆してもらえるなんて、こんなに光栄で嬉しいことはありません。今でこそ、「ヘッドハンター」や「転職エージェント」という職業が世の中にも浸透してきましたが、当時はどのような仕事をしているのか、いまいち想像がつかないという方が大半。さらに、言葉だけが一人歩きをしてしまい、強引に人をヘッドハントするような、ちょっと怖いイメージを持っている人もいました。誤解を招いてしまいかねない業界でもあるので、だからこそ、正しく理解してもらうためにも自分の言葉で直接お話ししたいと思い、お受けしたい旨《むね》をすぐにお返事しました。

しかし、連絡をもらったときは、ちょうど怪我の手術の直前というタイミングで、休み前のスケジュールは分刻み。取材はお受けしたい、けれど時間がない！そこで、失礼かなとは思いながら、唯一時間の空いていた入院中の病院でならと伝えたところ、病院に来られ、お話しすることになったのです。

ちなみに、私が初めて自著を刊行したのは二〇〇九年。週刊誌の『モーニング』で連載していた三田紀房《のりふさ》さんの漫画「エンゼルバンク」の最後に掲載していた、経営者と私の対談連載がきっかけで生まれた『リクルートエージェント№1営業ウーマンが教える 社長が欲しい「人財」！』（大和書房）という本です。今必要とされている人材とは？ といった人材の市場観について書いたのですが、発刊当時は「この本は、一体どのジャンルの棚に置かれるのかな？」と疑問に思うほど、転職やキャリアをテーマにした書籍はあまり見かけませんでした。この十年で業界の様相は大きく変わり、最近はその盛り上がりとともに、書店でも転職やキャリアに関する実用書がコーナーの一角を大きく占めるまで成長しましたが、二〇一五年という盛り上がり始めた時期に、この業界を小説にしてもらえるというお話は、とても新鮮で、嬉しかったことを覚えています。

取材のために病院に来られた雫井さんとのお話の中で印象に残っているのは、ヘッドハンティング業界のビジネスモデルを、細かなところまで理解なさろうとする姿勢です。たとえば、具体的にどの段階でフィー（支払い）が発生するのか、そのフィーはどれくらいの金額なのか——といったビジネスモデルなど。この業界のことを一つのストーリーとして本気で向き合って書こうとされない限り、気にもならないことかもしれませんが、まさにこれがヘッドハンティング業界の根幹といえるポイント。

フィーに限らず、今までにお受けした取材では聞かれたこともない、業界の本質に迫るようなことを、時にじっくりと考えながら質問されていた雫井さん。それはインタビューというよりは、「学びに来ました」といった様子で、その姿勢からは、ヘッドハンティング業界を題材に面白おかしく書くのではなく、この業界の価値、または課題を浮き彫りにしようとしているのだなと感じました。そして、この取材力こそがストーリーの深みを生み出しているのではと思ったのです。

事実、この本には、ヘッドハンターの本質が見事に描かれています。そして、舞台となる企業の経営課題や社長が抱える悩みは、まさに現実そのもの。絵空事《えそらごと》の現実離れした話ではなく、私たちヘッドハンターの世界の日常で、実際に起こっているようなことばかりです。

この作品の主人公である鹿子小穂《かのこさほ》は、創業者である父が社長を務めるアウトドアグッズメーカー〔フォーン〕に勤め、二代目と目《もく》されていた人物。しかし、父がヘッドハンターに依頼して大手商社から引き抜いてきた大槻信一郎《おおつきしんいちろう》との関係の悪さが引き金となり、父親に会社を追い出されてしまいます。一見、現実であまり起こらないような突飛な展開のように思えるかもしれませんが、私たちの世界では実際に起こっているケース。外部から連れてきた人材に実権を握られてしまい会社を乗っ取られたり、ヘッドハントされた人と後継者との関係がうまく行かずに創業家が追い出されたり、といったことが本当にあるのです。また、登場する企業も「雫井さん、その業界にいらしたんですか？」と思うほどリアル。登場人物たちのビジネス上のやりとりは、まさに私たちの日常的な現場を見ていたかのごとく描かれています。そのあまりのリアルさゆえに私は、人材業界に携わる人や、業界の方向けの研修では、〝教科書〟として本書を読むことを勧めているほどです。

現在、日本で認可を得ている人材紹介の事業社は、二万二千社ほどあります。これは、全国のセブン-イレブンの店舗数と同じくらいと聞くと、その多さに驚くのではないでしょうか。さらに年間千七、八百社ずつ増えており、それだけこの業界に携わる人が増加しているということですが、そんな状況にもかかわらず、ヘッドハンターの教科書的なものはありません。自分たちが関わって転職した方がどうなったか、それによって会社がどうなったかを、なかなか具体的に知ることができない。業界のやりとりがリアルに描かれている本書は、ケーススタディとしてもぴったりなのです。

ヘッドハンターの仕事は、ただ人をあてがえば良いというものではありません。お客様から依頼された真の目的そのものを理解することが重要であり、そこを見誤ると人選も間違ってしまい、転職した本人も、転職先の経営者や企業も不幸になってしまいます。その一番重要なエッセンスを、まさに本書から学ぶことができるのです。

また、主人公の小穂がヘッドハンターになっていく過程での気持ちの動きは、私自身、学ぶことが多くありました。

今、異業種からヘッドハンターを目指す方が多くいますが、その方たちの不安やこの業界に対しての思いは、なるほど、こうなるのだなと。また、ヘッドハンティング業に触れるきっかけは、小穂と同じように意外と否定的なものだった方も少なくありません。突然、ヘッドハンターからコンタクトが来て、初めてその存在に気がついたり、もしくは、自分が昇進するだろうと思っていたポジションに、いきなりヘッドハントされた人が就いてしまったり。ヘッドハンターに触れるきっかけは様々ですが、それを機に興味を持ち、この業界に飛び込んでくる。その時の気持ちを、本書を読みながら体験したように感じることができました。

中でも小穂が、ヘッドハンターの紹介で入ってきた大槻に対する不満の中で口にする、「（ヘッドハンターなんて）そんなの虚業も同然じゃない」という言葉にハッとし、手が止まりました。

ヘッドハンターの仕事は、形があるものをソリューションする仕事とは違います。さらにお客様の会社に社員として関わっているわけでもありません。外から見える客観的な情報や視点から人を動かすというのは、コンサルティング業に近いところもあります。ただ、私が考えるヘッドハンターの真価は、その会社の経営課題や社長の悩みを、どこまで自分のこととして捉えられるかにあると思うのです。いつもこの仕事をしながら考え、意識している本質を、小穂の一言で改めて突かれた思いでした。

突然ヘッドハンターとしての道を歩むこととなった小穂は、最初は戸惑いながらも、自分のこととして全力で仕事に取り組んでいきます。それは、この仕事の本質を理解していったからだと思うのです。

実際に、ヘッドハンティング業界には、長くこの仕事に携わる人もいれば、当事者になりきれず事業者サイドにすぐに戻っていく人もいます。この業界にはまるか、はまらないかというのは、本質を理解したかどうかによるのかもしれません。


本書はビジネスの場が舞台となっており、これまでの雫井作品のファンからすると、新しい一面を見て驚かれた方もいるでしょう。しかし、抜群に面白いことは確かです。いったいこの物語はどのように展開していくのだろうとハラハラドキドキを味わいながら、緊迫したビジネスの現場で繰り広げられていく人間模様に胸が熱くなり、最後にはなんとも言えない心地よい感動が心に長く残る。そして読んだ後には、誰かについつい話したくなります。

その読後感に浸りながら、「引き抜き屋」としての小穂の今後の成長はどんなものだろうかと、思いを馳せてみます。私は二十数年、ヘッドハンターとして仕事をしてきましたが、長年仕事を続けてきた今でさえも、答えのない仕事だと感じています。

それはなぜかといえば、ヘッドハンターは、時代とともに進化し続けなければならない仕事だからです。時代の変化に合わせて、自分が今まで行なってきた仕事のやり方をリセットし、進化していかなければいけない。まさに終わりのない仕事です。

でもだからこそ、この先、小穂がどのように成長していくのか、想像もしていなかったような形でまた物語が続いていくのではないかと思い、とても楽しみなのです。

（株式会社morich 代表取締役 兼 All Rounder Agent）

本書は、二〇一八年三月にＰＨＰ研究所より刊行された作品に加筆・修正をしたものです。

この物語はフィクションであり、実在の個人・組織・団体等とは一切関係ありません。

著者紹介
雫井脩介（しずくい　しゅうすけ）
1968年、愛知県生まれ。専修大学文学部卒。2000年、第4回新潮ミステリー倶楽部賞受賞作『栄光一途』でデビュー。04年、『犯人に告ぐ』を刊行、翌年に同作品で第7回大藪春彦賞を受賞し、ベストセラーとなる。
著書に『銀色の絆』『望み』『仮面同窓会』『検察側の罪人』『犯人に告ぐ』『火の粉』『ビター・ブラッド』『クローズド・ノート』『つばさものがたり』などがある。

PHP文芸文庫　引き抜き屋1
鹿子小穂の冒険

2019年11月22日　第1版第1刷

著者　雫井脩介
発行者　後藤淳一
発行所　株式会社PHP研究所
東京本部　〒135-8137 江東区豊洲5-6-52
第三制作部文藝課　☎03-3520-9620（編集）
普及部　☎03-3520-9630（販売）
京都本部　〒601-8411 京都市南区西九条北ノ内町11
PHP INTERFACE　https://www.php.co.jp/
組版　朝日メディアインターナショナル株式会社
印刷所　図書印刷株式会社
製本所　東京美術紙工協業組合

ISBN978-4-569-76970-7

PHP文芸文庫

引き抜き屋 2

鹿子小穂の帰還

雫井脩介 著

ヘッドハンターとして実績を積む小穂の下に、かつて自分を追い出した父の会社が経営危機との情報が入る。小穂が打った起死回生の一手とは⁉

定価 本体八四〇円（税別）

PHP文芸文庫

銀色の絆(上・下)

雫井脩介 著

名コーチに娘の才能を見いだされた梨津子は、次第にフィギュアスケートにのめり込んでいったのだが……。母と娘の絆が胸を打つ長編小説。

定価 本体各六〇〇円(税別)